ELMAR MAYER-BALDASSERONI

ISBN 978-3-901960-59-8

Preis: € 19,95

Umschlaggestaltung vom Autor unter Verwendung eines seiner Ölbilder (Ohne Titel, Öl auf Leinwand, 80 x 60 cm, 2005)

Die Charaktere und Gestalten in diesem Buch sind frei erfunden, allfällige Ähnlichkeiten mit lebenden Personen wären rein zufällig und alles andere als beabsichtigt.

Mit finanzieller Unterstützung
des Bundesministeriums für Unterricht, Kunst und Kultur,
der Kulturabteilung des Landes Steiermark
und des Kulturamtes der Stadt Wien

ELMAR MAYER-BALDASSERONI

DIE HINRICHTUNG

Roman

SISYPHUS

Ich bin dazu geboren und dazu in die Welt gekommen,
daß ich für die Wahrheit Zeugnis ablege

Johannes 18,37

Es war die Nacht vom ersten zum zweiten Wonnemond, als ich, ein semikonservativer junger Mensch und Mann mit partialanarchistischem, aber gut angezogenem Weltbild, anstatt der Einladung meiner ehemaligen vermeintlichen Liebe, mich aber in Wahrheit allerschmutzigst Hintergehenden, nach Serbien zu folgen, ins hiesige Lirtzz zog, wohin ich aus bestimmten Gründen, die im Nachfolgenden nicht nur benannt, sondern ausführlich entfaltet werden sollen, seitdem nicht mehr gegangen bin. *On the way to the club*, wie Damon Albarn bereits verlautbarte. Dieses Lirtzz, ein von genuin Konservativen und Rechten meist geächteter, von der liberalen Linken, den Sozialisten, Marxisten und Grünen umso heißer geliebter Ort, am stets verdreckten Karlsplatz gelegen, am Weg dorthin, von der Oper kommend, begegnet man so manchem einem Rauchwaren Feilbietenden, bevor man als permanenter Nichtraucher dankend ablehnend darangeht, die betonierten Wände zum Lokal entlangzugehen, links und rechts Graffiti, Botschaften einer vergessenen Jugend, der scharfe Gestank von ranziger Brunze in die Nase stechend und nur ein wenig übertüncht von Bierlachen, das herbsynthetische Neonlicht, allerlei bunte Gestalten der sich auf diese Weise titulierenden Szene. Einmal mehr trug ich, mich weder der Linken noch der Rechten zuordnend, mein weißes, an der baskischen, spanisch-französischen Grenze vor elf Jahren erstandenes T-Shirt, auf welchem auf weiß verwaschenem Hintergrund ein großer, in seiner Dimension äußerst bulliger Stierkopf prangte. Dieses Konterfei verlieh mir ob seiner enorme Männlichkeit suggerierenden, tatsächlichen oder vermeintlichen Wirkung auf vielen meiner Streifzügen das Quentchen Glück oder Selbstvertrauen oder beides, um als Nachtjäger, stets mehr haschend als wartend, stets eher am Abdruck als am Anvisieren, zu bekommen, wonach ich trachtete. Diese Lokalität, die als Lirtzz so vielen bekannt ist, gleicht von außen einem Güterbahnhof am Hafen, von innen gleicht sie demselben genauso wie einer vor kurzem stillgelegten Stahlwerkshalle, junge Menschen mit allen erdenklichen und ebenso unerdenklichen Frisuren flanieren davor und darin in ihren lässig-widerspenstig-coolen Posen, ein Ort, der trotz seines offensichtlichen *Abgefucktseins* keinen Deut seiner Exklusivität eingebüßt zu haben scheint, nein, vielmehr ist man hier unter sich und fern all des Proletengeschwulsts vom Schwedenplatz, so pflegen wohl viele vor und in dem Lirtzz zu denken, daß sich hier das wahre Wien amüsiere, das ist wohl jedem davor und darin klar. Denn wozu sonst hätte man sich die Haare wohl schwarz und dunkelrot gefärbt und den elterlichen Dachboden auf zahllose Siebzigerjahre-T-Shirts hin durchforstet und darum erleichtert, wenn nicht zu dem Zwecke der unbedingten coolen Selbstdarstellung, als Devise gilt hier: je enger, desto hipper, man kann sich also mit anderen Worten in dem Lokal wähnen, das mit an Sicherheit grenzender Unwahrscheinlichkeit in der sich auf diese Weise titulierenden alternativen Szene unaufregend ist. Die Walpurgisnacht, am Eingang des Blütenmonats stehend, wenn die Mächte der Finsternis der siegreichen Kraft des sonnenwarmen Mutterschoßes weichen, war kurz vorüber, allerlei Fledermäuse und nächtliche vogelgestaltige Dämonen, unruhige Seelen, alle möglichen Spukgestalten traten in den Nächten auf, und manch irdische Weiber ritten nachts mit diesem Schwarme. Die Wilde Jagd der Geister nahm auch den ersten Bezirk an der Grenze zum zweiten nicht aus, und das sich zum Sabbat zusammenrottende menschenfresserische Nymphenheer verlangte nach Opfern. Nun, bewaffnet mit einem Bier und wie beinahe immer in der Hoffnung, die Liebe meines Lebens kennenzulernen, denn es war im Endeffekt der einzige Grund, weshalb ich mich halbmüde mit der letzten U-Bahn gen Lirtzz schleppte, um endlich meiner Traumfrau zu begegnen, ein äußerst realistisches Unterfangen in einem solchen Lokal in einer solchen Stadt, trotzdem ging ich dieses Wagnis ein, es war schlichtweg besser, als gleich schlafen zu gehen oder sich etwas im Fernsehen anzusehen, denn damals sah ich noch fern. Solcherart besonnen ging ich im Lirtzz umher, ein kühles Bier in meiner Rechten, die Linke lässig eingesteckt, mein Blick schweifte umher, meine Seele tanzte Britpop, die lauten Bässe durchdrangen Mark und Bein, eine Menschenansammlung, es war der erste Freitag im Monat, es herrschte IVPITER, so nannte das Lirtzz diese Veranstaltung, ich zog aus dieser Menschenmasse meinen Nutzen und untersuchte sie auf ihre partnerschaftliche Brauchbarkeit hin, wobei ich – und dieser Fehler unterlief mir leider immer wieder – die anwesenden Damen unbewußt in zwei Kategorien einteilte, in potentielle Geschlechtspartnerinnen und ebenso potentielle Beziehungsfrauen, eine Polarisierung, welche sich oftmals als fatal erwies und erweisen mußte, da sie ja, auf einer stark oberflächlichen Betrachtungsweise basierend, erwiesenermaßen stets in die größere oder kleinere Misere führte. Ich hob also zum Mustern der anwesenden Damenschaft an, tanzte locker, verhielt mich abnormal, wider mein eher kauziges Naturell kühl und souverän, um nach einer oberflächlichen Inspektion der anwesenden Damen *einer besonders großgewachsenen*, wirklich schlanken, um nicht zu sagen ausgesprochen dünnen, offenbar sehr jungen Frau gewahr zu werden. Weiße Gams. Es ist das Seltene, das Rare, das Schöne, das Außergewöhnliche, Einzigartige, nie Dagewesene, das fasziniert, begeistert, zu fesseln vermag. Sofort schien mein verinnerlichtes Raster eine bloß kurzfristige Geschlechtspartnerin auszuschließen und von diesem Standpunkt aus mit erheblicher Stärke dazu zu tendieren, das Mädchen in die Reihe der anzuhimmelnden Unberührbaren einzureihen, jene Frauen, welche – mit einem Dreckscharakter gesegnet – sensible Charaktere im Vorbeigehen zerschlagen. Ich ließ sie zuerst vorüberziehen, ignorierte sie, obwohl sie mich noch gar nicht wahrgenommen hatte, ja, ich ignorierte sie prophylaktisch, im Vorhinein also, wohlweislich, wissend, was mich erwarten würde, ein Unwohlsein überzog mich bei ihrem vorbeihuschenden Anblick, ein Gefühl der Verderbnis, die Gefahr, prompt abgewiesen zu werden, was wenigstens einen schnellen, kurzen, jäh schmerzenden Tod dieser einseitigen, noch imaginären Liaison bedeuten würde; eng gepaart mit der Erwartungsangst, nicht auf Anhieb und unmittelbar ein geistreiches Gespräch führen zu können und somit äußerst langweilig zu wirken, all dies vermählte sich in mir zu einem dunklen Gebräu, das Unheil, das von diesem Mädchen ausging, war für mich zum Greifen nahe, ich lauerte aber, konnte sie nicht unangesprochen vorüberziehen lassen. Im Gemenge der Menschen verschwand sie, ich trank, tanzte, gustierte im Einerlei der anwesenden Frauen, konnte aber nicht von ihr und ihrer negativen Anziehungskraft, welche in keinem Fall auch nur eine annähernd erotische gewesen war, lassen, vielmehr steigerte sich mein Verlangen, sie anzusprechen, ich zögerte es jedoch hinaus, so lange und so gut ich konnte, wohl ahnend und wohl wissend, was mir geschehen würde, wie ein Lamm zur Schlachtbank, so würde ich wohl hingehen, dachte ich mir, verdammt, wahllos war ich, ich versuchte meine Bedenken im Bier zu zerstreuen und zu ertränken, machte mir ein Bild von ihr, offensichtlich entsprang sie einer Art landläufig als solche bezeichneten Oberschicht, ihre Physiognomie erzählte mir von ihrer Anmut, ein langer, schlanker Hals, zerbrechliche Gliedmaßen, ein noch unreif wirkender, fast noch kindlicher Busen, die Haare züchtig zum Roßschwanz zusammengebunden, sie projizierte auf mich das Bild einer jungfräulichen Elevin, einer hochwohlgeborenen Ballettmaid von aristokratischer Natur, etwas augenscheinlich Kostbares, etwas oder jemand, diese Frage stellte sich mir damals nicht. Einsam ragte sie in ihrem Gardemaß aus der Menge der Menschen, einsam, mit einem permanenten Lächeln, wieselflink lachend. Es war bereits fast halb vier, als ich daranging, sie schlußendlich doch noch anzusprechen, was mir bei allerhand anderen Frauen stets ein Leichtes gewesen war, ich, der mit *sogenannten* Freunden, also in Wahrheit Erzzecken und Affenaftern, Bierwetten abgeschlossen und gewonnen hatte, welche das Küssen wildfremder Frauen in

Lokalen innerhalb von zehn Minuten zum Gegenstand hatten, ich konnte mir doch in diesem Moment keine Blöße geben und mußte daher unbedingt alles daransetzen, mich sogleich daranzumachen, einen Kontakt mit der zu jenem Zeitpunkt noch unbekannt Gewesenen herzustellen. Es muß an dieser Stelle nochmals eindringlich betont werden, daß von diesem Mädchen, ja, so muß sie tatsächlich genannt werden, weil es sich hierbei um keine Frau im eigentlichen, geschlechtlichen Sinne gehandelt hat und handeln konnte, keinerlei erotische Anziehungskraft auf mich ausging, es war ihre bloße Schönheit, welche mir all diese Beschwerden verursachte und mich auf die unerhabenste Weise unwohl fühlen ließ. Sie stand auf einer Stiege, als ich sie ansprach, zuerst mit den Worten *Du stehst da so leidenschaftlich, ist diese Leidenschaft echt?*, ich tat dies im allerstärksten steiermärkischen Dialekt, den aufzubieten ich imstande war, da ich mich dieser überlegen scheinenden Frau keinesfalls in irgendeiner Weise höflich unterordnen wollte, als sie mich wegen der Lautstärke, welche selbst meine Kleidung am Körper auf das Heftigste zum Beben brachte, wissen ließ, daß sie mich nicht verstand, worauf ich etwas nervös herausstieß *Du schaust interessant aus, ich würd' dich gern kennenlernen*. Sie sperrte ihre großen, hellen Augen auf, lachte noch heller und sagte *Endlich jemand Normaler*, sie fragte nach meinem Namen, nach meinem Alter, ich ließ sie schätzen, als sie mir die Zahl *Zwanzig* zu verstehen gab, lächelte ich, meinte, das müsse wohl an meiner Bartschur liegen, und teilte ihr mit, daß ich mich in der Mitte meiner Zwanziger befand. *Ég er frá Íslandi* sagte sie, um dann, wieder in wasserklarem Deutsch, zu erklären, daß sie aus Island komme. Die schöne Isländerin. Wir tauschten kurz Belangloses aus, Beruf, Herkunftsort, wobei sie vermerkte, daß man *sehr wohl* höre, daß ich kein völlig reines Hochdeutsch spreche, was kein Wunder war, ich hatte es ja auch darauf angelegt, ich hingegen meinte, daß man aus ihrem Reden beinahe keinerlei Isländisches vernehmen konnte, was sie selbst als Kompliment hinnahm, was es aber nicht sein sollte, sie meinte dann, sie müsse fahren, was die prekäre Situation für mich tatsächlich zu entschärfen schien, sie wollte wissen, weshalb ich nicht früher auf sie zugegangen sei, ich flunkerte ein wenig und erwiderte, daß ich sie nicht gesehen hätte. Es war – wenn überhaupt – eine veritable Notlüge gewesen, tatsächlich hatte ich vielleicht nicht den Mut gehabt, sie zuvor anzureden, außerdem hätte ich vielleicht nicht gewußt, wie ich sie eine Stunde lang bei Laune hätte halten sollen, es war also die allerbeste Entscheidung, so dachte ich damals und noch vielmehr heute, erst zum Schluß zur Tat zu schreiten, obgleich es eventuell sogar besser gewesen wäre, diesen Schritt sogar ganz zu unterlassen, seine Kollateralschäden und Nebenwirkungen und Spätfolgen nahmen und nehmen mich teilweise bis heute in ihren beklemmenden Anspruch, es wäre also unter Umständen besser gewesen, der Gefahr zu widerstehen, wozu ich zum damaligen Zeitpunkt aber völlig außerstande gewesen war, wie ich mir selbst eingestehen muß. Zum Abschied erhaschte ich noch ihre E-Mail-Adresse, es erschien mir unverbindlicher und daher durchaus harmloser, sie darum als um ihre Telefonnummer zu bitten, E-Mail-Adressen sind eine Begleiterscheinung unserer immer anonymer und unverbindlicher werdenden Zeit, etwas Herrliches, wohinter man sich verstecken kann, wenn man will, ein wunderbarer virtueller Mikrokosmos, ein digitaler Kokon, in den man sich einspinnt, etwas weitaus Angenehmeres als Telefonnummern, die einen selbst erreichbar machen und die einen, wenn man es unbedingt darauf anlegt, unendlich darauf warten lassen, von jemandem zu hören, vor allem dann, wenn dies nicht passiert. E-Mail-Adressen sind also eine Vorform des emotionalen Safer Sex, man kennt einander, jedoch nicht wirklich, man dringt ineinander ein, zumindest intimsphärisch, ohne einander zu durchdringen. Sie erzählte noch etwas von dem In-einer-christlichen-Jugendherberge-Schlafen und in diesem Sinne frühmorgens mit dem Taxi In-ebendiese-Fahren. Sie würde noch am nächsten Tag von ihrem Kurzaufenthalt in Wien zu ihrer Mutter nach Island zurückfliegen, da diese sich nach einer Operation gerade im Spital befände, sie wolle aber jedenfalls wiederkommen, um hier ihre Deutschkenntnisse zu perfektionieren oder um vielleicht sogar ein paar Auslandssemester hier zu verbringen. Die in der christlichen Herberge Schlafende und in Fürsorge für die frischoperierte Mutter heimwärts Eilende. Ein paar Indizien mehr, die mich neben einigen anderen fortwährend dazu trieben und mich beginnen ließen, in dem Glauben zu verharren, es hier mit einer wohlerzogenen und unter Umständen ja sogar grundanständigen jungen Dame zu tun zu haben. Potz Blitz, eine Heilige war geboren, ich konnte und wollte mich unter keinen Umständen der Heiligkeit ihrer Aura entziehen, obgleich ich nach altem Brauche noch am selben Abend, nachdem sie von dannen gezogen war, eine andere, ihr jedoch in keiner Weise Nahekommende ansprach. Diese Ansprache blieb jedoch, wie so viele vor und nach ihr, ohne tiefere Konsequenzen, und selbst wenn, hatte ich mich doch zu sehr bereits in ihrer Heiligkeit verhakt und absichtlich verhängt, gelechzt hatte ich nach ihrer Aureole, ohne einen Bissen davon nehmen zu dürfen. Ich wußte bereits aus vorhergehenden Erfahrungen, daß es eines kühlen Kopfes bedarf, um einen solchen Fisch an Land ziehen zu dürfen, was ob der gigantomanischen Ausmaße dieses Kalibers ungleich schwerer fiel, ich mußte trotz meiner erheblichen, heftigst aufgewühlten Affinität Kühle vortäuschen und verfing mich dabei im Kampf mit der Zeit, erst nach unendlichen vier Tagen besann ich mich und schrieb meine erste E-Mail, unwissend, ob die von ihr angegebene Adresse tatsächlich existierte, ich verfaßte die Zeilen in prä-amikaler Reserviertheit, jedoch mit dem sanften Hinweis, sie möge doch zeitnah einmal gen Wien reisen, ich trachtete also danach, ihr mit aller gebotenen Zurückhaltung den Hof zu machen. Ich war von der tiefen Hoffnung besessen und es war mein sehnlichster Wunsch, daß sie tatsächlich wieder nach Österreich kommen würde, um hier ihre Deutschkenntnisse zu verbessern, und bat die Vorsehung inständig darum, mich ihr mehr und mehr weihen zu können. Sie schrieb mehrere Tage nicht zurück, hierin lag bereits ein himmelschreiendes Vorzeichen für ihre Unverschämtheit, die sie offen vor sich und mit sich hin und her trug, eine Unverfrorenheit, die in meinem Bekanntenkreis vergeblich und umsonst ihresgleichen suchte. Ich schrieb daraufhin, wieder nach ein paar verstrichenen Egoschutztagen, eine zweite Nachricht, versehen mit der Bemerkung, daß ich mir nicht sicher sei, ob ich Nachrichten erhalten hätte, da mein E-Mail-Konto nahezu voll belegt sei und ich daher unter Umständen nicht mehr alle Nachrichten hätte empfangen können. Auf diese subtile Weise, darüber war ich mir völlig im Klaren, konnte ich einerseits mein Gesicht wahren und andererseits Gewißheit darüber erlangen, ob das Verzogene mir nun denn überhaupt antworten wollte. Es wollte, denn nach zwei, drei Tagen kam eine belanglos-banale Mail aus Island dahergeflattert, mir sagend, daß man im Streß sei und man für den Abschluß des ersten Studienabschnitts lernen müsse, man lobte aber, daß ich mir die Mail-Adresse *natürlich gemerkt hatte*, was mit einem lächelnden Piktogramm versehen wurde. Darauf wurde erst nach ein paar Tagen geantwortet, ich *antwortete* nicht, sondern *es wurde geantwortet*, es handelte sich also um etwas tatsächlich sehr Passives, ich hatte längst die Zügel aus der Hand gegeben, vielleicht ohne es gemerkt zu haben, war mir die Sache bereits zum damaligen Zeitpunkt in einem hohen, mir besonders abträglichen Maße entglitten. Ich war beseelt von der Idee, es handle sich hier um eine wirkliche, junge Dame, welche frei von jeglichem Tadel sei und mit dem nötigen Respekt behandelt werden müsse, gegenüber welcher man sich herrenhaft und vorbildlich, auf jeden Fall geduldig und nicht zu fordernd verhalten müsse, sie sei gerade erst ihrem familiären Ei entschlüpft und mache die ersten Gehversuche auf dem heißen Parkett des europäischen Festlands, dachte ich, es sei ein wahrer Frevel, eine solche Blume zu pflücken und sich an ihr zu delektieren, ein veritabler Unhold könnte dies fertigbringen, und nur ein solcher und nur ein wahrhaftig Übler, es galt daher, sie mit allen Mitteln durchaus zu allen Zeitpunkten mit der höchsten Behutsamkeit zu behandeln, da war ich mir völlig sicher, daß aus diesen zarten Banden eines Tages die Flammen der Liebe emporschlügen, wenn man ihr ein wenig Zeit ließe. So lebte ich zumindest in dieser Hoffnung, damals, zu diesen Tagen, allerorts sprach ich von der seriösen, noch weltunerfahrenen, gerade heranblühenden Jungmaid, die ich kennenlernte, ich zimmerte mir auf diese Weise aus der tausende Kilometer betragenden Entfernung ein sehr festes Bildnis von ihr zurecht, ohne sie tatsächlich gekannt zu haben. Man schrieb einander in den folgenden Wochen über teilweise Alltägliches, isländische und österreichische Umgebungen, isländische und alpenländische Schulen und Landschaften, über die isländischen Mittsommernächte und die Trolle und Elfen, Kleidungsfarben, Musikgeschmäcker, interkulturell verschiedene Tiervorlieben, weiß Gott, wie banal war dieses Geschreibsel manchmal gewesen, und doch fesselte es Geist und Seele, meine zumindest. In diesen oft längeren Texten war kein Hauch von Geschlechtlichkeit, sie hielt alle Themen dies betreffend geschickt von mir fern, ich gewann den Eindruck einer hochintellektuellen, im Dunste Islands bisher unentdeckt dahinblühenden, einsiedelnden Rose, noch bar des großstädtisch-festländischen Staubes und Lärmes, die von der ätzenden Schicksalsjauche noch zur Gänze unbesudelt geblieben war. Ich sandte ihr sogar eines meiner Gedichte, sie meinte, es sei *super* und sie würde mir auch eines Tages eine Auswahl ihrer auf Isländisch und Deutsch verfaßten Werke zukommen lassen, ein Versprechen, das sie wie selbstverständlich brach, was ihrem stark fluktuierend-flunkernd-fahrlässigen Charakter entsprach, ich sandte ihr, ihr selbiges bekennend, die längste bis zum damaligen Zeitpunkt jemals von mir verfaßte Mail, woraufhin sie selbiges Bekenntnis lediglich zur Kenntnis nahm. Kein Wort des Bemanntseins oder Bemannt-Gewesenseins oder Rudimente davon schimmerten durch diese Patina der Unschuld, kein Deut der untreuen, niederen fleischlichen Triebhaftigkeit verdreckte den goldenen Hain meiner goldstrahlenden

Phantasien. Als Ausrede, daß sie außerstande sei, mir öfter als einmal in der Woche zu schreiben, zog sie die bevorstehende Diplomprüfung des ersten Studienabschnitts aus dem Hut, eine Ausrede, die zwar aus dem damaligen Blickwinkel gewiß von partieller Legitimität gewesen sein mochte, welche aus der Tiefe der heutigen Erfahrungen jedoch als eine weitere Facette ihrer verlogenen Schmierigkeit, ihrer schmierigen Verlogenheit betrachtet werden kann und vielleicht sogar muß. Ich übte mich, im Andenken an die vermeintlich Frischgefreite, in Vorabtreue, wenn ich mich mit meinen damaligen niederträchtigen Gefährten, diesen Aftervasallen, diesen Aftern, des Nachts den Animositäten des Wiener Nachtlebens preisgab, so sprach ich keine anderen Damen mehr an, einerseits, da ich die scheinbar Gefreite nicht verletzen wollte und in der Angst lebte, ihr bei unserem liebenden Zusammenkommen gestehen zu müssen, daß ich, sie bereits kennengelernt habend, einer anderen beigewohnt hätte, was *mir* vor Schmerz unverzeihlich gewesen wäre, und andererseits, da ich, in beinahe paranoider Manier, die Gefahr heraufbeschworen sah, daß sie dies sogar über tausende Kilometer hinweg spüren würde oder ich mich unbewußt in einer E-Mail verraten könnte und ich daraufhin von ihr im jungfräulichen Zorn auf ewig getrennt wäre. Beide eventuellen Kausalitäten wurden von meinen vermeintlichen, niederträchtigsten Gefährten kopfschüttelnd belächelt, ich hielt jedoch nibelungentreu an ihnen fest, mit tiefstem Glauben an deren unbedingte Richtigkeit, in reinster, zart entflammter Liebe zu dieser Zimperlichen und in stärkster Hoffnung auf die Rentabilität meiner Prinzipien und die Erfüllung meiner Desiderate. Nach etwas mehr als einem Monat, sie hatte ihre *selbstverständlich mit Auszeichnung* bestandene Abschlußprüfung des ersten Studienabschnittes der Deutschen Sprache an der Fakultät für Fremdsprachen, Literatur und Linguistik der Háskóli Íslands bereits hinter sich, was sie mir stolz auf den Bildschirm klatschte und was ich bereits zuvor auf ihrem sogenannten Weblog erkundet hatte, sie schrieb mir von ihrem Ansinnen, sich an der Universität Wien für zwei oder drei Auslandssemester ab Oktober zu inskribieren und daher würde sie zu diesem Behufe für eine Woche im Brachmond Juni in die Bundeshauptstadt Österreichs fliegen, wir vereinbarten ein erstes Treffen nach unserer ersten Begegnung im Lirtzz, ein erstes Treffen nach unserer mehr als einmonatigen E-Mail-Bekanntschaft also, ich schlug einen Besuch des Liechtenstein Museums vor, welches zum damaligen Zeitpunkt zufällig eine Ausstellung der isländischen Malerin Tryggvadóttir beherbergte. Zu diesem Zwecke teilte sie mir sogar ihre Handynummer mit der isländischen Vorwahl Null-Null-Drei-Fünf-Vier mit, ein einschneidender Einschnitt in unserer Beziehung, eine intime Zäsur, ich hatte also praktisch rund um die Uhr Zugang zu ihrer Privatsphäre, wenn ich es gewollt hätte. Ich rief sie sogleich an, sie frug mich, wie sie mich auch später immer frug, wenn sie mich sah oder seltener hörte, sie stellte mir die Frage nach meinem Befinden, frug, wie es mir denn ginge, und in dieser Frage erklang eine Gleichgültigkeit, eine rhetorische Frage, die, in süßem Ton gestellt, keine unmittelbaren Sympathien evozieren konnte, ich antwortete *man lebe*, versuchte trotz meiner latent vorhandenen Nervosität souverän, spontan und witzig zu wirken, frug sie, wie es ihr wohl ging, sie meinte, sie habe gerade einen Französischsprachkurs hinter sich gebracht. Sie hielt sich während des Gesprächs betont kurz, pseudohöflich, hackte es subtil ab, sie machte sich rarer als erlaubt, sie tat alles, damit wir einander nicht näherkommen konnten, und diese Zickigkeit tarnte sie als Höflichkeit. Per SMS einigte man sich auf meinen Vorschlag hin auf drei Uhr nachmittags im Juni, man traf einander vor dem Gebäude des altehrwürdigen fürstlichen Palais Liechtenstein, ich bleute mir am Weg dorthin ein, möglichst natürlich zu sein, keine situationsbedingte Nervosität zu zeigen und daher unbedingt authentisch zu wirken, ein wenig Unterhaltsamkeit könnte meine Erscheinung durchaus abrunden, so dachte ich. *Und das Wort ist Fleisch geworden und hat unter uns gewohnt, und wir haben seine Herrlichkeit gesehen.* Die Heiländin. Das edle, reine Material der Natur, die Gottmenschin als Maß und Mitte der Welt. Ewig Freie. Übermenschliche Spitze der Weltgeschichte. Brandstifterin des Geistes! Deus lo vult! Das ewige Leuchten der Firne ist Deiner. Ich will es hüten, im Geist und in der Wahrheit, Dein ewiges Licht, die heilige Lohe – In mir ist eine Opferwilligkeit und eine stilldudende Liebe, die ans Heldenhafte grenzt. Eine reiche, überschüssige Kraft. Allmächtiger, ewiger Gott, ich flehe in Demut zu Deiner Majestät: Wie Deine eingeborene Tochter an diesem Tage in unserer menschlichen Natur beim Tempel dargestellt wurde, so laß auch mich mit geläutertem Herzen Dir dargestellt werden. Durch Sie, meine Herrin. Ich sah sie beim Eingang zum Palais stehen, sie war wie ein Lichttanz in einer Schmuckschatulle, sehr schön, sehr groß, schlaksig dünn, kindhaft, sehr, sehr jung und eben sehr schön aussehend, Jeans, lackierte Zehennäglein, fragilste Ärmchen, das hellrote Haar wie von der Gouvernante zu einem keuschen Knäuel dressiert, den irritierenden und zugleich hypnotisierenden Augenaufschlag bläulich glitzernd, gediegen-dezent veredelt, ein bezaubernd-falsches Grinsen im Puppengesicht, ja, dieses Lächeln war unecht, sie lachte viel und laut, jedes dieser Gelächter war in sich eine Kopie, ein Surrogat, eine Prothese wahren Glücksgefühls, etwas augenscheinlich Aufgesetztes, den sensiblen Mitmenschen verunsichernd und wahre Intentionen verschleiernd, all die Mißgunst und die niederträchtigste Verachtung der Welt spiegelte sich in diesem entsetzlichen Lächeln, das die Magendecke durchschlug und sich geradewegs in die Eingeweide bohrte, wider. Entsetzlich smallgetalktes Gesülze über belangloseste Nichtigkeiten tat das seine, um diese prekäre Situation noch absurder werden zu lassen, ich ging daran, mich vor den einzelnen Gemälden Tryggvadóttirs als Kreativintellektueller zu gebärden, interpretierte da, mokierte dort, lobte selten, verarschte vieles. Ich gab mich weltmännisch-witzig, kunstschön, aber mundartlich-bodenständig, aß Banane, sprach über dieses und jenes. Ich mied jedoch den direkten Blick in ihre Augen, um der furchtbaren hypnotischen Erregung, die von ihnen ausging, nicht anheimzufallen, war es doch das, was sie und ihre Augen wollten, mich zu irritieren, ich war mir der ständig lauernden Gefahr auf das Furchtbarste bewußt, es handelte sich um einen psychoerotischen Drahtseilakt, ich mußte subtile Signale der Zuneigung aussenden, ohne von ihrem emotionalen Biß erhascht zu werden, zu gefährlich war diese Droge, als daß ich auch nur einen einzigen Atemzug von ihr hätte nehmen können, ich bewegte mich am Abgrund, jeder Zentimeter unter mir war brüchig, jeden Moment konnte ich abstürzen, ich hielt mich aber, balancierend, den Blick nie nach unten, so konnte es mir vielleicht gelingen zu überleben, so dachte ich, wenn auch der Abgrund noch so totentief und ohne Rückweg war, ich wagte es kaum zu atmen, denn mit jedem Atemzug konnte ich noch näher kommen, dennoch bin ich teils bewußt, teils unbewußt diesem Abgrund entgegengegangen, ja, ich habe ihn richtiggehend herbeigesehnt, habe um ihn gebettelt, jahre-, vielleicht auch nur monatelang, vielleicht hat sich dieser Abgrund nur aufgetan, weil ich es wollte, diese Ambivalenz, welche ihm innewohnte, diese unglaubliche, ihm immanent *inhärente Tragik*, sie hielt mich erfolgreich rücksichtslos gefangen. Dieser Abgrund ging an meiner rechten Seite, und ich war stolz auf ihn, ich hatte das Gefühl, daß mich alle Welt um diesen wunderschönen Abgrund beneiden mußte, der Museumsportier, die Besucher, alle waren nur hier, um diesem besonderen Schauspiel den Rahmen zu geben, sie alle wurden für mich und meinen Abgrund unbewußt als Statisten verzweckt. Für die Magie der Bewunderung und die Strahlen dieses hellen Scheins nahm ich alle Unannehmlichkeiten des Abgrunds in Kauf, er solle mich ruhig verschlingen, so dachte ich, er könne mich haben mit Haut und Haar, wenn ich mich nur ein wenig in seinem Abglanz sonnen dürfte, so könnte er mich mitnehmen, wohin er wollte, es war ein furchtbares Unbehagen an diesem Abgrund, die Angst des Fehltrittes, die Angst des Begehens unverzeihlicher Fehler, die Angst des Seins überhaupt, doch diese beinahe zwei musealen Stunden am Abgrund waren trotz ihrer Entsetzlichkeit so etwas wie die traurige Gewißheit einer Befindlichkeit überhaupt. Der Abgrund wurde nur einmal unterbrochen, als angeblich seine Mutter von Island aus auf Isländisch anrief, um ihn über das Wetter in Reykjavik und die besten Restaurants und Museen in Wien zu informieren, für kurze Zeit war dabei der Abgrund fern, er wirkte unschuldig, so wie eine kleine Erdspalte, die man mit der Schaufel ganz einfach begradigen und darauf herumstampfen konnte. Der Abgrund trat dabei etwas in Distanz und ließ mich weiteratmen. Nachdem der blühende Abgrund und ich gemeinsam das gesamte Liechtenstein Museum durchgeackert hatten und ich den einen oder anderen unterklassigen Witz zum Thema der dargebotenen Gemälde zum Besten gegeben hatte, ich etwa sagte, das schwarze Gemälde stehe für den animalischen, *schmutzigen Sex*, und die hellen Farben, so meinte der Abgrund, seien wohl eine Metapher für dessen unschuldigen Antagonismus, den sogenannten *Blümchensex*, frug ich, ob der Abgrund Lust habe, innerhalb der nächsten Woche, in der der isländische Abgrund ja noch in der Jugendherberge in Wien weilte, wieder etwas gemeinsam zu unternehmen, er erwiderte, wir hätten ja eh unsere Nummern, was im Klartext hieß, daß ich es war, der sich dem Abgrund wieder zu nähern hatte, da Abgründe nur in den seltensten Fällen beweglich waren und nur der Mensch von sich aus auf sie zugehen konnte. Tatsächlich war es ihr, also dem Abgrund, egal, ob sie mich wiedersah oder nicht, sie ließ mich in der Sonne stehen, einsam, so als ob nie etwas zwischen uns gewesen wäre, eine Einsamkeit, die in die Ungewißheit mündete, eine nagende Ungewißheit, ob man denn witzig, eloquent, charmant, klug, gut aussehend, interessant oder intellektuell oder alles zusammen gewesen war. Eine nagende Ungewißheit machte sich also breit, nicht wissend, ob man sich dem Abgrund jemals wieder nähern durfte und konnte, ich versuchte daher, die Ereignisse im Keim erstickend herunterzuspielen, so toll und so aufregend konnte das alles nicht gewesen sein, es war im eigentlichen Sinne des

Wortes in der Tat langweilig gewesen. Nach dem stets einzuhaltenden Sicherheitsabstand, welcher in dieser Causa ebenso wie bei vielen anderen desinteressierten und pseudointeressanten Frauen mindestens drei Tage zu betragen hatte, schickte ich eine heuchelnde Mail mit vielem Dank für das vergangene interessante Treffen, eine nicht einmal glatte Lüge, aber ich wollte dem asexuellen, hoffärtigen Abgrund nahe sein, ein rein seelischer Abgrund, nur für mich. *Now she's gone, love burns inside me*, so tönte der Black Rebel Motor Cycle Club oder doch eher *Burn Baby Burn* von Ash? Ich spann meine eigene Traumwelt, sobald ich ein nordländisches Autokennzeichen sah, zuckte ich zusammen, sie war ein mich aushöhlendes Gift, mich stark lähmend, sie vermittelte mir unbewußt das Gefühl tiefster Schuld an diesem, jenem und allem, ich wollte meine Gefühle hinausschreien, durfte aber nicht, denn noch im Museum wurde mir mitgeteilt, wie gräßlich etwa Liebesgedichte seien, welche man tonnenweise in der Schule bekommen hatte, ich ertrank in meinen Emotionen, weil kein Ventil vorhanden war, paradoxerweise überhöhte ich den Abgrund zum Plateau, ich ersann mir eine unschuldig-frisch-naiv nach Wien Gekommene, welche in ihren jungfräulichen Gedanken nichts als Kultur und das Studium zu tragen schien, obgleich mir der gräßliche Abgrund unter der frommen Glasur bereits bestialisch entgegenschimmerte.

Und dennoch war ich Zeuge einer Vergegenständlichung absoluter, reiner und göttlicher Materie geworden, ein reiner und zugleich reinigender Seraph war mir erschienen, ich gewahrte einen Cherub des ewigen, weißen, strahlend gleißenden Lichts, eine flackernde, lodernde Gloriole, eine Aura, die greifbar war wie jene der obersten Erzengel, auf Goldenem Vlies wandelnd und von ihren Fingerspitzen aus leuchtende Strahlen auf die Erde sendend, stets das Lob des Herrn kündend und die gesamte Schöpfung an ihrem Heile labend, wie in Wolfgang Amadeus Mozarts weltallerherrlichstem und weltbewegendstem Requiem, das freilich eine Elegie war, das aber dennoch unter den Auspizien der Ewigkeit einen Blick in die blendende, strahlende, nie enden wollende Herrlichkeit und Vollkommenheit göttlichen Seins darbietet: SANCTVS, SANCTVS, SANCTVS DOMINVS DEVS SABAOTH – PLENI SVNT COELI ET TERRA GLORIA TVA – HOSANNA IN EXCELSIS – *Ja, Du bist heilig, großer Gott, Du bist der Quell aller Heiligkeit.* In tiefster Ehrfurcht erstirbt Eurer Hochheiligsten Lieblichkeit unterthänigst Euer gehorsamster Sohn und freiender Edelmann in allergrößter Hoffnung der Erhörung meiner allerliebreizendsten und immerwährenden Intentionen, Euer stets in hehrster und wohlgewogenster Neigung zugethaner und unterwürfigster, allerunterthänigster, treugehorsamster Egilmarus. Es wetterleuchtete von Zukunft um diese Allerschönste, die wie die Ouvertüre des Lohengrin herrisch-heldenhaft in mein Leben bebte. Ich warf mich innerlich nieder, konnte jedoch ob der charakterlichen Inkonsistenz dieser Erscheinung meine allertiefste und zutiefst verinnerlichte Anrührung nicht kundtun, auch wenn ich hier den Sinn allen Seins erkannte, das Alpha und Omega jedes einzelnen Gedankens, den Grund, weshalb ich zur Welt gekommen bin, und den wahren Grund jedes meiner Atemzüge und das einzig wirkliche Telos meines Seins, das mich unablässig okkupiert und beschäftigt und in welchem sich alle meine Bestrebungen akkumulieren, um einen adäquaten Konvergenzpunkt zu finden.

Ave, apotheotische Retterin, gepriesen sei Dein Lilienherz, das ewiglich flammt himmelwärts. Gegrüßet seist Du, Schlangentreterin, mit einer Krone aus zwölf Sternen auf dem Monde zu Deinen allerreinsten Füßen Stehende, mit der Sonne Bekleidete, wundersame Heilerin, vergitterter Quell, feuriger Busch, Gefäß mit Manna. Ich habe mich der Immaculata geweiht, mich ihr innigst anvertraut. Wunschmaid, Schildmaid, Loskieserin, Heldenreizerin, vieledle Herrin in weißester Seide, mildreich und makellos, Hehrste, voll der Huld und des Wohlgeruchs. Duftender Rosengarten im Mai, betörender Elfengesang, meine arme, heilsbegierige Seele hungert nach Dir, o Gnadenfräulein. Mein Leben für Dich. Begleitet von einem Aufleuchten Deines Antlitzes und einem dasselbige ganz einhüllenden Licht sind Deine Lippen von Anmut übergossen, gewähre mir auf Deine Fürsprache hin die Gnade aus der Sklaverei der Sünde, um mich, erlöst, im himmlischen Vaterlande dereinst ewiger Freiheit zu erfreuen, die Du lebst. Reine, heilige und makellose Opfergabe, nimm mich auf in die Schar Deiner Erwählten. Selig scheint mir der Sonne Licht; den Scheitel umgleißt mir Dein wonniger Glanz. Erglänzend in goldner Glut, Widerhall findet meine Seele in Dir, o Herrin. Lenke all meine Gedanken empor zu Dir. Gib, daß ich in Deinem Wohlgefallen stehe und aus der Fülle Deines Geistes lebe. Der Abgrund stiftete einen neuen Bund zwischen ihm und mir, seinem Auserwählten.

Ich fiel der Entrückung und der Heimsuchung durch den Geist der glorreichen Retterin, Unserer Lieben Frau, anheim, solch eine Beatifikation zu Lebzeiten wird nur von Zeit zu Zeit bei den Erwählten Ihrer Heiligkeit erkennbar. Ich wollte mich zu Boden werfen, um all diese Herrlichkeit auszukosten und um Ihrer Herrlichkeit ausreichend zu huldigen, jetzt und in alle Ewigkeit, denn es hatte mich gleichsam voll erwischt, meine schäumend-wilden Emotionen tobten sich daran aus, und ich war der süßlichen Schale des Unfaßbaren und Abgründigen rettungslos anheimgefallen, ich schwelgte und wiegte mich in allerherrlichster und reinster und hehrster, idealster Verliebtheit in diese immaterielle und unbefleckte, unbefleckt empfangene sowie ganz sicherlich ebenso unbefleckt empfangende Madonna und drehte daheim in der heißen, sommerlichen, studentischen, stickigen Höhle sofort Nada Surfs *The way you wear your head* auf, *Don't push me, cause I'll fall in love with whatever you just said. Don't push me cause I'll fall in love with the way you wear your head.* Genau das war mir passiert. Alles, wirklich alles an diesem Unfaßbaren hatte mich in es auf alle Zeiten und ewig auf die allerreinste und hehrste Weise verliebt gemacht, ich war längst völlig hörig, komplett willfährig und total abhängig geworden, schwerstens intoxiziert und gleichsam schwer betrunken von ihr, konnte dies aber keine Sekunde lang kundtun, sondern hatte es ihr gegenüber permanent zu allen Zeitpunkten zu verhehlen. Und wenn der lichtumsponnene Abgrund mich in Tod und Tiefen schmetterte, wenn widriges Geschmeiß sich um mich zerrte, dann spendete ich meinen vollen Becher in das Meer des Alls! Mein metaerotisches Gefühlskonstrukt. Die beinahe in frivolem *rosso corso* lackierten zarten Zehennägel, die wasserblauen, großen Augen mit den langen Wimperchen, der süße, kindliche Busen, die langen, schlanken Gliedmaßen mit den nie enden wollenden Beinen, die zarte Haut, die noch niemals, unter keinen Umständen, besudelt gewesen zu sein schien, ich mußte es mit einer Erscheinung zu tun gehabt haben, ja, ich hatte eine

Vision erlitten, ein transzendentales Geschehnis, der liebe Gott selbst mußte sich in einen Mädchenkörper begeben haben, um sich seiner Schöpfung gegenüber standesgemäß zu vergegenständlichen, ich war Zeuge der Epiphanie einer reinen, jungfräulichen, strahlenden, herrlichen, alles in ihre wundersame Aura einhüllenden und dennoch fatalen Gottheit geworden, so bildete ich es mir ein und wollte mir für ein paar überschießend- und überschäumend-phantastische Zeiteinheiten lang auch gar nichts anderes in den Sinn kommen lassen! Sie war Biedermeier und Renaissance, Art déco und Fin de siècle, sie war Lifestyle, sie war die Offenbarung einer neuen Lebensart, war die vierte Dimension, schicker als ein Aston Martin, zugleich schnürte ihre pönalisierende, spröde Schönheit einem stets die Kehle zu, neben ihr konnte nichts sein, aber dennoch war sie so schwunghaft wie ... *Out in the corner* ... Ich glaubte, ich hatte mich gerade ziemlich, einzigartig und irreversibel verliebt ... Alles, was Odem hat, lobe den Abgrund! Den Abgrund, der nicht fragt, warum er geboren wurde, noch, welchem Zwecke er dient. Der in das Leben hineinragt. Der Blitzstrahl der Minne erschütterte mich vernichtend. Ich oblag dem Gebete. Segne dieses Dämlein, damit sie zu Deiner Ehre erblühe und mein loderndes, in feuriger Glut und schweifender Lohe stehendes, flammendes Herz emporhebe zu Dir, auf daß ich dereinst mit allen Engeln, Erzengeln und Heiligen in den ewigen Lobgesang ihrer Herrlichkeit einstimmen werde. *The only one I know has come to take me away. The only one I know is mine when she stitches me. The only one I see has found and aching in me. The only one I see has turned her tongue into me.* So wie von den Charlatans ausformuliert, seit dieser schicksalhaften Begegnung war ich mit Frühlingsgefühlen überschwemmt, wie sie vorher und nachher *niemals* wieder in mir auftraten, alles in mir vibrierte, brannte und schäumte über vor Aufregung, alles war durchschmolzen von einer einzigartigen emotionalen Legierung, und ich war stolz, *ihr* huldigen zu dürfen. *The only one I know never cries, never opens her eyes. The only one I know wide awake and then she's away.* Der holde Abgrund hatte mich in sein Heilswirken eingeführt. Er war es, der mich trunken machte. Herrin, gestalte meine Seele neu.

Wie dem auch sei, eine teilweise Erschütterung in Form einer bösen Entlarvung überkam mich in diesen Tagen, ich und meine beiden damaligen schmutzigen und charakterlich flexiblen Gefährten, meine damals besten Freunde, welche sich später in Wahrheit als Hyänen und illoyale Attentäter und daher als das inkarnierte Zerrbild wahrer Freundschaft erwiesen haben, wir gingen einen Tag später an einem spätfrühlingshaften Abend daran, uns im Lirtzz zu amüsieren, dieses Lirtzz, das ich in diesen Tagen unbedingt meiden wollte, da sie ja noch für fünf weitere Tage in Wien zu weilen pflegte, wie sie mich hatte wissen lassen, aus Angst, sie dort eventuell unverhofft treffen zu *müssen*, unter bestimmten Umständen vielleicht sogar nicht wissend, was mit ihr zu reden sei, es stand ja so viel auf dem Spiel, von einer solchen beinahe abartigen Angst befallen, fiel es mir durchaus schwer, auf den Wunsch meiner Drecksgefährten einzugehen und mit ihnen in diese Lokalität einzutauchen, konnte doch hinter- oder vorderrücks stets die Reine lauern, mich beim Flirtspiel erheischend oder gar, noch schlimmer, auf mich zugehend und mit mir reden wollend oder mich gar ignorierend, keine dieser Varianten schien mir überzeugend, woraufhin ich mich vor dem Lirtzzbesuch zierte wie eine alternde Diva, meine sogenannten und in Wirklichkeit mehr als falschen Freunde gewannen jedoch die Oberhand, ich nahm angesichts der geringen Chancen des tatsächlichen Eintretens des Befürchteten das Wagnis in Kauf und begab mich dorthin. Ich trug ein einer Skandinavien-Interrail-Reise entstammendes, von mir so genanntes Schwedenleiberl, da es mit der blau-gelben Flagge versehen war, ein gutes Omen vielleicht, war der nordische Urlaub doch so schön gewesen und war doch meine holde Gefreite ebenfalls den nordischen Landen entsprungen, egal, ich trug es einfach. Als wir am Kai vor dem Lirtzz entlangschlenderten, überkam *sie* uns, meine in sich bösen, stets charakter- und ausgesprochen hirnlosen Gefährten bar kluger Gedanken erblickten sie, umzingelt von Mädchen, beeindruckt, der Blitz traf mich jedes Mal, wenn ich ihrer gewahr wurde, obwohl wir an ihnen vorbeizogen, war ich mir nicht hundertprozentig sicher, ob sie es tatsächlich war, sie machte keinerlei Anstalten, mich wiederzuerkennen, obwohl sie keineswegs dazu außerstande gewesen sein konnte, ich war mir hingegen keineswegs sicher, ob tatsächlich sie da stand, ihr plötzlich dunkel gewordenes Haar irritierte mich auf die höchste Weise, sie konnte, da sie rotblond- und langhaarig gewesen war, nunmehr nicht plötzlich kurzhaarig und dunkel dort stehen, noch dazu wie befürchtet vorm Lirtzz, unangekündigt, in keiner Mail ankündigende Spuren hinterlassen habend, eine veritable Katastrophe, wenn sie es tatsächlich war. Ich zischte meinen subversiven Gefährten zu, sie sollten sich gefälligst nicht in solch auffälligem Gehabe nach ihr umdrehen, ich wollte keinerlei Aufmerksamkeit auf uns ziehen und drehte selbst der peinlichen Situation den Rücken zu, ich fiel einem besonderen Unwohlsein anheim, fühlte mich insgeheim betrogen, ich spürte, daß entgegen aller Ratio sie selbst tatsächlich zugegen sein *mußte*, ihr aufgesetztes lautes Lachen verriet sie schon von weitem, keiner konnte diesem Sog widerstehen, er war allgegenwärtig und widerwärtig im selben Atemzug. *The only one I see is mine when she walks down our street. The only one I see has carved her way into me. Everyone has been burned before. Everybody knows the pain.*

Tags darauf hielt sie in einer Mail fest, daß sie sich spontan dazu entschlossen hatte, ihr Image zu wechseln und sich den Luxus geleistet habe, von der rothaarigen Göre Abstand zu nehmen und von nun an dunkelhaarig zu leben. Sie wollte, so hielt sie es zumindest in ihrem Mail fest, damit einen Schritt gen Erwachsenenwelt tun, ihre Mutter, so schrieb sie, müßte sich daran gewöhnen, ihr *halberwachsenes Töchterchen* zu verlieren, und vor den dunkelhaarigen Südländern, welchen rotblondes Haar naturgemäß exotisch vorzukommen hatte, sei sie von nun an gefeit, da sie als Dunkelhaarige weit weniger südländische Aufmerksamkeit auf sich ziehe. Sie postulierte ebenfalls, daß sie sich selbst eher mit hellhaarigen Menschen vergesellschaftete, da grundsätzlich Hellhaarige zu hellhaariger Gesellschaft und Dunkelhaarige zu dunkelhaariger tendierten, ein Blödsinn sondergleichen meines Erachtens. Ein Abgrund in zwei Personen. Diese Mail verschaffte mir auch eine große, wenn auch nicht wirklich verifizierbare Gewißheit, daß sie selbst tatsächlich in dieser vergangenen Nacht dort anwesend gewesen war, ohne mich bemerkt zu haben oder dies zumindest mir gegenüber vorzugeben, so ließen es mich ihre Ausführungen in immer stärkerem Maße vermuten. Mir wurde zunehmend klarer, daß sich meine düstersten Vermutungen und Empfindungen auf das

Allerunherrlichste zu realisieren schienen, meine keinesfalls positiven Befindlichkeiten waren offenbar in der Tat im Begriff, bittere Früchte zu tragen, das Bild der reinen isländischen Landmaid verblaßte zusehends angesichts dieser nackten Fakten, keine weichzeichnerisch-frömmelnde Naivität konnte dem entgegengehalten werden, ich wußte mich auch angesichts der Tatsache, daß sie in einer ihrer Mails scheinbar beiläufig schrieb, sich andauernd überschüssige Verehrer vom Leibe halten zu müssen und ach, welche Langeweile solche lästigen und aufdringlichen und unbedarften Kerle einem doch bereiteten, einem *Gegner* gegenüber, welcher vor keinerlei Unbarmherzigkeit zurückschreckte, längst schon hatte ich erkannt, daß das Kettengerassel nahtlos in schärfste Detonationen übergegangen war, rette sich, wer kann. Vielleicht war der Wink mit dem Zaunpfahl der Überzahl an Verehrern, welche ja mit dem teilweise gerechtfertigten Anspruch der eigenen körperlichen Perfektion einherging, auch ein Gegenschlag gegen meinen jedoch in keinerlei böser Absicht formulierten Absatz, in welchem ich über meinen prosperierenden Studienhergang referierte. Unter Umständen faßte das Jungblut diese mit den allerharmlosesten und neutral beschreibenden Intentionen verfaßten Referenzen meiner Leistungen als indirekten Angriff auf seine Person respektive als subtile Glorifizierung meiner eigenen Person auf, woraufhin es sich selbst erhöhen mußte, um diese scheinbare Differenz zu egalisieren; dies zu bewerten mißlingt mir an dieser Stelle. Ungebrochen war jedoch in jedem Falle die negative Faszination, die vom *Abgrund* ausging, ich ging also daran, sie noch für den vorletzten Tag ihres Wienaufenthaltes Mitte Juni per SMS in den Wienerwald, genauer gesagt auf den

Cobenzl, einzuladen, denn ein persönlicher Anruf mißfiel diesem jungen Unding in jedem Falle, sie hätte in keinem Falle abgehoben, denn sie ließ in den allermeisten Fällen auf eine Antwort-SMS ungefähr einen Tag warten, eine weitere Ungehobeltheit, welche mich auf eine besondere Weise ärgerte und das ihre zu meiner bereits überreizt-erhitzten Befindlichkeit dazutat. Außerdem hätte mich ein persönlicher Anruf weiteren Angstzuständen und Überreizungen und nachherigen Selbstschuldzuweisungen und den dazugehörigen Kurzzeitdepressionen ausgesetzt, es war von diesem Standpunkt aus betrachtet wohl immer noch die harmlosere Möglichkeit, mit dem *Unheil* in Kontakt zu treten. Das Unheil antwortete, man traf einander bei der Endstation des Achtunddreißigers, und ich war nur wenig überrascht, die dunkelhaarig Gewordene als diejenige wiederzuerkennen, die tatsächlich im Lirtzz gewesen war und mich wissentlich oder aber unwissentlich ignoriert hatte, was ihr mit Erfolg gelungen war, ich bin ihrer jedoch dieser Tatsache zum Trutze gewahr geworden und konnte mir daher in Erinnerung rufen, was geschehen war, eine Enttäuschung und eine große Bürde zugleich, waren doch meine damaligen Drecksgefährten und permanenten Erzverräter und gleichsam schlechten Schauspieler im dumpfen Lirtzz von ihr nahezu begeistert und wurde mir nun doch die Möglichkeit zuteil, sie zu erobern, nicht auszudenken, wie sehr ich in der Gunst der niedersten Weggefährten im günstigen Falle gestiegen wäre, und nicht auszudenken, wenn das Gegenteil eingetreten wäre – meine Situation gestaltete sich also in jedem Falle als keine einfach zu meisternde, was mich wiederum unter einen gewissen Zwang stellte, welchen ich durch locker-subtil-lobende Bemerkungen bezüglich ihrer

Haarfarbe zu meistern suchte. Sie war ein wunderschöner, blendend aussehender, blind machender und grausamer Abgrund, dessen bloßer Anblick einen bis in die Seele hinab schmerzte. Wir schlenderten den Paula-Wessely-Weg entlang am glucksenden Bächlein und an den grünglänzenden Rebenhainen vorbei und der Sonnengott war uns gar hold, sie kam am Weg zum Cobenzl auf ihre Mutter in Island zu sprechen, welche nur bedingte Freude an ihrem Imagewechsel gehabt hätte, was ich verständnisvoll, meine Solidarität zum Ausdruck bringend, aufnahm. Ich versuchte, möglichst viel Ähnliches zu entdecken, entsann mir unmögliche Ähnlichkeiten zu möglichen, parallelisierte dort, wo es nichts objektiv Paralleles zu entdecken gab, rückte jede ihrer Aussagen insgeheim ins Licht der emotionalen Nähe, interpretierte Uninterpretierbares, dachte wenig Gutes schön, als wir zwischen den dunklen Buchen und den sich im Winde wiegenden Weiden gen Cobenzl zogen. Ich versuchte einen legeren Zeitgenossen abzugeben, indem ich ihr ein sich in den knisternden Haseln versteckendes Rehlein zeigte, sie erläuterte, daß sie im Gegensatz zu mir zuhause in Island noch nie an einem richtig vornehmen Ball, wie sie etwa bei uns in der Wiener Hofburg abgehalten werden, teilgenommen habe, was sie mit ihrer Zugehörigkeit zu keiner besonders hohen sozialen Schicht kausal begründete. Dabei handelte es sich meiner Meinung nach offenbar doch um ein zwar hochbegabtes, aber keineswegs mit dem goldenen Löffel aufgewachsenes junges Damenwesen, was sie für einen Wimpernschlag im Lichte der solidarischen Sympathie erscheinen ließ, das sich angesichts ihrer an diesem Tage spröden, eiligen, jede Sekunde zählenden Art jedoch bald in schlechten Gedanken aufzulösen hatte. Als sie irgendeinen

Roman anschnitt, der von irgendeinem gepeinigten Schüler erzählte, erwiderte ich, daß mich solches nicht im Allergeringsten interessierte und noch weniger zu interessieren hatte, da ich selbst als Oberschüler genug des Unkameradschaftlich-Unmenschlichen zu erfahren hatte, was einerseits den Tatsachen entsprach und mir andererseits durchaus ein wenig die Aura des Sensibel-Intellektuell-Zerbrechlichen verleihen sollte, was ja bei jungen, gescheiten Damen nicht immer unbedingt schlecht ankommt. In ihrem Falle war dies offenbar einerlei, die von mir ob des Cobenzlfeldzuges angebotenen Müsliriegel sowie das Mineralwasser wurden, dieselbigen keines Blickes würdigend, eiskalt abgelehnt, man hatte tatsächlich immer stärker das Gefühl, daß es sich hier um jemanden handelte, der an diesem Tag noch viel mehr vorzuhaben schien und für den diese gemeinsame Stunde in den Rieden nichts als eine Übergangsphase für Weiteres, womöglich weitaus Wichtigeres sein könnte. Ich betrachtete mich in weiterer Folge als unnötiges Hindernis im Rahmen der Erlangung dieses Wichtigeren, und es überraschte mich keineswegs, als – wir waren bereits am Latisberg vulgo Cobenzl angekommen und ich präsentierte der schönen Isländerin voller Stolz die weitsichtige Pracht des Wiener Panoramas von der Donau bis zu den Ebenen von Baden und Mödling – unsere Diva simulierend stöhnte *Mir ist so heiß, gehen wir dann?*, woraufhin ich äußerlich wohlwollend einlenkte, innerlich zerschlagen und verunsichert, an jedem gemeinsamen Schritt hängend, um Gemeinsamkeit unmerklich bettelnd, vor lauter Verlegenheit am Weg zum Autobus fragend, ob sie denn oberflächlich sei, was sie kaum empört verneinte, im Autobus sitzend erzählte ich von meinem bevorstehenden Geburtstag, und ich frug sie pseudophilosophierend, ob sie das Schubladendenken kenne und in welche Schubladen sie denn immer gesteckt werde, worauf sie, meine Frage erwidern wollend, gerade etwas von *Problemkind* ausführend, innehalten mußte, da ich vor lauter sinnloser Verwirrtheit eine Station zu früh dem Bus entstiegen war, ich blickte ihr unauffällig nach, sie saß spießgerade da, würdigte mich keines Blickes mehr, eine solche eiskalt-zerbrechende Unbarmherzigkeit stieß aus dieser Haltung hervor. Du warst in mir, ich war Dein Reich, hier konntest Du regieren, in mir herrschen, Pantokratorin meines Mikrokosmos, Dein Reich der Mißgunst, der Ungerechtigkeit, der Niedertracht, Du Königin der liederlichen Abgründigkeit. Alle Tage von morgens früh bis abends spät trugen den Stempel des Abgrunds und der Verderbnis an sich. Ich legte viel Gewicht auf die abgrundgefällige Gestaltung meiner außerordentlichen Abgrundgebundenheit. Ich war bezeichnet mit dem Siegel des Abgrunds.

Nach diesem Treffen quälte ich wieder einmal die irreführenden Hurensgefährten, meine Mutter und sogar Wildfremde aus einem Internetchat mit Fragen zum Abgrund, was ich denn beim Treffen am Cobenzl richtig und was ich bei selbigem falsch gemacht hätte, Fragen, ob sie denn etwas für mich empfinde, ob es denn überhaupt eine Chance gebe, und immer wieder Magenschmerzen der Selbstschuldzuweisungen, allerfurchtbarste Selbstgeißelungen, welche im Nicht-einschlafen-Können kulminierten, was für ein Hin-und-her-gerissen-Sein zwischen Bangen und Hoffen, endlose Fragen ohne Antworten, endlose emotionale Leere und Sehnsucht ohne jegliche Ansätze von Befriedigung, bar jeder Ruhe und mit wenig Hoffnung schrieb ich nach dem verdammten, furchtbaren Quarantänezeitraum von drei verflucht obligaten Tagen, ob sie denn mit mir meinen Geburtstag verbringen würde. Wieder hieß es bangen, hoffen, zittern, sich *völlig* ihr ausgeliefert wissen, mit seelisch bedingten Magenschmerzen zum damaligen Fitneßtraining gehend ein passives, bettelndes Nichts zu sein, sie hatte alle Macht der Welt, hätte Tage, Wochen nicht antworten müssen, sie suhlte sich in distanziertem Sadismus, ich war ihrer willkürlichen Langeweile ausgeliefert wie ein Kettenhund der prallen sizilianischen Mittagshitze, dem sein sadistisch-dreckiger Mensch das kühlend-netzend-nasse Wasser zehn Zentimeter außerhalb des Radius seiner eineinhalb Meter umfassenden, sich in das Nackenfleisch einschnürenden Kette platziert hatte. Der Hund konnte nur hoffen, daß der dreckige Mensch ihm das Wasser mit dem dreckigen Fuß zurechtschob und in diesem Sinne den Hund am Leben erhielt, bevor der staubige Hitzetod ihn ereilte. Dasselbe passierte weiland mit mir, der dreckige Mensch stellte jedoch jeglichen E-Mail-Kontakt ein und teilte mir, wieder nach Island heimgekehrt, per SMS mit, daß er mir in diesen Tagen nicht schreiben könne, da er nun seinen Ferialjob in Island beginne und nicht wisse, wann und was er arbeiten müsse und wann genau er wieder nach Wien kommen könne, eventuell käme der böse nordische Mensch aber doch einmal im Sommer kurz an die Universität und dann könne mich der dreckige Mensch eventuell auch einmal in den Ferien treffen, welche ich selbst in der Steiermark im Stahlwerk ferialarbeitend zu verbringen hatte. Dem dreckigen isländischen Menschen auf diese bestialische Weise ausgeliefert, konnte ich mich vor Schmerz und Durst gekrümmt zuerst kaum wehren, entschloß mich dann aber doch, mit einem engen Leiberl bekleidet ins Lirtzz zu gehen und als großer Löwe aufzutreten, um doch irgendwo, dort, in meinem Revier, ein paarungswilliges Weibchen anzulocken, welches sich nach einiger Zeit der tanzenden Prahlerei dann auch fand, es winkte wiederholt und gab mir dadurch unmißverständlich zu verstehen, daß es in hohem Maße paarungsbereit sei, man küßte sich wortlos auf der Tanzfläche, saß küssend im dunklen Eck, tauschte erst nach einiger Zeit Belangloses wie Vornamen aus, bevor es mich, wie es es selbst nannte, *abschleppte*. Ich fiel in Anfechtung. So viel weiblicher Zudringlichkeit vermochte ich mich keineswegs zu erwehren, vor allem eingedenk der Tatsache, daß ich mein darniederliegendes, stark ramponiertes Selbstwertgefühl wenigstens im Ansatz zu kitten suchte und ich mich wenigstens ansatzweise für das Erlittene beim dreckigen Abgrund rächen wollte. Dies gelang mir damals nur in mehr als beschränktem Maße, meine notorische Angst vor ansteckenden und irreparablen Immunkrankheiten ließ den geplanten Ausritt bei weitem nicht so wild erscheinen wie erhofft, und auch der Mangel an emotionaler Nähe zu dieser aufgedunsenen, selbstzerstörerischen Triebtäterin ließ mich sehr distanziert sein und wirken. Am Morgen Abschied von meiner Abschlepperin nehmend, vom Wallenstein-, also eigentlich Waldsteinplatz aus nach Hause triumphierend, sich als wiederhergestellter Mann fühlend, wechselten Gefühle des Triumphes schlagartig in jene der Niedertracht und des tiefen Bedauerns, wie konnte man sich nur eines solch abscheulichen Vergehens schuldig gemacht haben, so dachte ich, ich zerbrach den Nimbus der Vorabtreue auf die allerscheußlichste Weise, ich dachte, meine Liebe zum Abgrund würde zerbrechen, der dreckige Mensch würde mir solches, davon unter Umständen erst erfahrend und dann wissend, niemals auch nur ansatzweise verzeihen, ich hatte also, davon war ich felsenfest überzeugt, meine abartige Liebe besudelt, ein unverzeihliches Vergehen, das mich fortan mit schmerzend-quälenden Gewissensbissen malträtierte. Durch diese meine gröbliche Entgleisung, so dachte ich, hätte ich einem biblischen Sündenfall gleich alle Brücken der Liebe und der Barmherzigkeit aus eigenem allertiefstem Verschulden abgebrochen, was in mir die schmerzhaftesten Indisponiertheiten seelischer Art hervorzurufen schien, weshalb ich nicht nur meine Umgebung, sondern alsbald auch die katholische Telefonseelsorge auf anonymem Wege zum Behufe einer Aussprache, einer Schuldabgabe und Selbstversöhnung konsultierte. Herrin, ich habe große Schuld auf mich geladen. CONFITEOR DEO OMNIPOTENTI. MEA CULPA. MEA MAXIMA CULPA. Die spätnachts in der sommerlichen Steiermark zu Rate gezogene, von mir als solche bezeichnete Telefonseelsorgerin schien – entgegen dem Ansinnen ihres durchaus konservativen Arbeitgebers – keinerlei Schuldhaftigkeit in meinem Verhalten zu entdecken und sah selbst in der Reine der von ihr so bezeichneten *Vorabtreue* eine Idiotie in hohem Maße, was sie mir gegenüber auch relativ unumwunden zum klaren Ausdruck brachte, sei es doch in Anbetracht des Faktums, daß der laue Sommer uns mondenhelle Nächte zu schenken schien, ein äußerst dümmliches Vergehen, in diesem Zustand der Vorabtreue zu verharren, wo es doch beileibe klüger sei, sich seinen Trieben hinzugeben, woraufhin ich entgegnete, daß mir derlei eingedenk der Tiefe meiner Gefühle nicht in den Sinn käme, ich dieses Beisammensein mit der Lirtzzdirne keinesfalls genossen hätte und ich außerdem Polygamisches sowie physische Zuneigungen, welche des emotionalen Einander-zugetan-Seins entbehrten, auf das Schärfste verurteilte und ablehnte. Mein schlechtes Gewissen plagte mich umso mehr, als ich gegen elf Uhr vormittags an meinem Wiegenfeste – ich war zu diesem Zeitpunkt zum halbrunden Geburtstage gelenzt worden – eine SMS von der nordländischen Jugend erhielt, welche mir in großen Lettern *ALLES GUTE ZUM GEBURTSTAG!!* wünschte, *ich solle schön feiern, man melde sich wieder*, ich setzte zum Luftsprung an, etwas Schöneres hätte mir an diesem Tage nicht passieren können, als daß mir der zum Himmel gewordene Abgrund seinen Gruß entbot, ich war außer mir, unendlich glücklich, und ich glaubte, alles wieder im Lot zu wissen, ein böser Trugschluß, ich war mitten im zum Scheitern verurteilten emotionalen Vabanquespiel befindlich, statt auf Schwarz fiel die Kugel auf die von mir gesetzte grüne Zero, was ich als unglaublichen Teilerfolg feierte und mich für ein paar Momente im Elysium schwelgen ließ. Ich wurde immer mehr hineinverwandelt in die Abgründigkeit. Sapperlot. Ja, der gar so kühle Abgrund hatte meiner gedacht und sich in der Tat dazu aufraffen können, mir dies mitzuteilen, nach einem Anstandsabstand von etwa einer halben Stunde bedankte ich mich per SMS artig und verhalten, um nur ja nicht im Geringsten den Anschein eines Begeisterten oder gar Verliebten zu erwecken, wissend, daß mich dies um Kopf und Kragen hätte bringen können. Die Kehrseite dieser prunkvollen Medaille zeigte sich mir in der Gestalt noch weitaus verstärkter Schuldgefühle, was für ein treuloser, schlechter Barbar sei ich doch gewesen, so dachte und empfand ich, daß ich die, die mir gratulierte und daher doch etwas für mich empfinden *mußte*, so hinterhältig betrogen hatte, schlecht wurde mir bei dem Gedanken, so übel gehandelt zu haben, ich bereute es auf die allerbitterste Weise und verleugnete meine Tat sogar, nein, es sei nichts zwischen mir und dieser unwürdigen Dirne gewesen, welche mich als passives Opfer im Lirtzz aufgegabelt hatte und der ich in weiterer Folge hilflos ausgeliefert gewesen war, lediglich ein Kuß oder zwei, nichts weiter, alles andere sei Verrat oder Verleumdung, ich bestritt all das vor mir selbst und war innerlich in einem Zustand allergrößter Unruhe. Wieder einmal gelang es dem *widerlichen Abgrund*, mich auf subtilste Weise ins Unheil zu stürzen, ohne irgendetwas Großartiges getan zu haben oder in das eigentliche Geschehen eingeweiht gewesen zu sein, verstand es der widerliche Abgrund, alles in seinen destruktiven Bann zu ziehen wie ein schwarzes Loch, es handelte sich beim widerlichen Abgrund also um ein personifiziertes Bermudadreieck der verlorenen Seelen, welches alles an sich zog und sodann in seinen zermalmenden Schlund, in das himmelschreiende Verderben hinunterriß, das Fatale am widerlichen Abgrund bestand dabei vor allem in seiner nicht augenscheinlichen Schrecklichkeit, welche er sirenenhaft wie die Loreley zu tarnen wußte, weh dem, der ihm mit Körper, Geist und Seele anheimfiel, für den gab es kein Entrinnen mehr. Mein Anheimfall an den Abgrund war unaufhaltsam. Der widerliche Abgrund hatte sich im Zuge unserer Begegnung immer weiter meiner Seele habhaft gemacht, sich in ihr eingenistet, lediglich mein Körper war noch der meine, wegen der untrennbaren Einheit dieser beiden Komponenten spielte aber auch dieser verrückt, wenn mich meine quälenden Schuldgefühle zu plagen begannen. Quälend, ja, das ist das richtige Wort für diese Lage, quälend, gequält am Abgrund stehend, qualvoll, mit besonderer Qual qualempfangend und nichts entgegenhalten könnend. Sogar bei der ferialen, sommerlichen Schichtarbeit im Stahlwerk ließ die Qual nicht von mir ab, sie quälte mich fortan während des Schleifens, Tragens, Kehrens, Essens, Trinkens, Redens, Knöpfedrückens und Heiße-Brammen-über-die-Walzenstrecke-laufen-Sehens. Selbstzerfleischende Selbstzweifel, die aus mir kamen, aber vom widerlichen Abgrund unbewußt oder aber in weitaus höherem Maße bewußt gesandt wurden, nagten ständig an mir, sodaß mir das Dasein zeitweilig zur schweren Last geworden war, gefangen war ich im Netz, gesponnen aus Seilen der Abhängigkeit und der Selbstzweifel und der verzweifelten Zuneigung und der schwermütigen Hoffnungslosigkeit und der leisen Hoffnung und des ständigen stummen Bittens um Linderung und des ständigen stummen Fehlens jeglicher Antworten. Ich hatte dem Abgrund deutlich im Rahmen einer Mail mitgeteilt, daß ich am *dritten* Wochenende im Juli in Wien sei, da dies mein Schichtbetrieb nur so zulasse, weshalb man an besagtem Wochenende eventuell etwas Gemeinsames unternehmen könnte, falls der Abgrund zufällig in diesen Tagen von Reykjavik aus nach Wien flöge, woraufhin mir der widerliche Abgrund per SMS am Samstagmorgen des *zweiten* Wochenendes mitteilte, daß er wissen wolle, wo ich gerade sei, der widerliche Abgrund könne sich weiters erinnern, daß ich geschrieben hätte, ich sei irgendwann einmal in Wien, nur *wann* wisse er nicht mehr. An mir vollzog sich das Werk der Verabgrundung, denn ich stand unter der Knechtschaft des Abgrunds. Er war der Hammer, ich der Amboß, ich der Arsch, er der Tritt. Der Abgrund war ein unmenschliches System von mich zunehmend zerfickenden und bis aufs Blut sekkierenden Schikanen. Der widerliche Abgrund hatte dies alles sehr wohl gewußt, denn er war widerlich und intelligent zugleich und beides in hohem Maße, der widerliche Abgrund hatte jedoch, um mich einer weiteren subtilen Qual anheimfallen zu lassen, sich zum einen wieder einmal gemeldet, mir seelisch hechelndem Hund also wieder einen Brocken hingeworfen und mich verletzend bei Laune gehalten, und mir andererseits keinerlei Chance gelassen, den widerlichen Abgrund *tatsächlich* zu treffen, da er meine Antwort *völlig* und daher *total ignorierte*. Schlimme Sperenzchen. Rüdes Ränkespiel. Üble Unbill. Ungemach. Der widerliche Abgrund konnte insbesondere nicht damit rechnen, daß ich, entgegen meiner ursprünglichen Annahme und aufgrund administrativer Gepflogenheiten innerhalb des Warmblechwalzwerks, statt am *dritten* bereits am *zweiten* Wochenende frei war und ich deshalb nach Wien fahren konnte, was ich dem widerlichen Abgrund auch bald nach dem Erhalt der von ihm gesandten SMS mitteilte, was er, ich muß es noch einmal darlegen, so schwerwiegend ist die Schuldlast, völlig *ignorierte*!!! Ich Irrwisch. Der Abgrund konnte in meinem Blute lesen, und ich wohnte mit den Geistern des Abgrundes. Den widerlichen Abgrund gibt es, und der widerliche Abgrund weiß Ungerechtigkeit zu schaffen auf eine Weise, die wir nicht erdenken können und die wir doch im Glauben ahnen können. Dem Abgrund ist ein Menschenleben nichts wert. Es war ein tiefes und beständiges Hineindenken und Hineinleben in den Abgrund. Wundersame Wirrsal. Polarlicht im ewigen Eis. Der Abgrund bannte mich, er forderte mich zur Versenkung und zur Anbetung auf. Es war ein abgrundgewirktes Geschehen. Meine Abgrundabhängigkeit mußte ihre Krönung darin finden, daß der Abgrund den Abgrundsinn und das Abgrundgefühl instinkt- und verstandesmäßig in Herz und Hirn von mir, des ihm anvertrauten Lakaien, hineinbrannte. Angesichts des Abgrunds ist alles lächerlich. Jeder Gedanke und jede Tat wird ein Gebet für meinen Abgrund sein. Dein Wille, der sich im Kosmos vollzieht, ist uns unbekannt und Deine unergründliche und abgründige Sache allein. Dieses ignorante Versteckspiel tat weh, keiner konnte wissen, was dem widerlichen Abgrund noch einfallen würde, um mich taumeln zu lassen wie den Käfer im Wasserglas, ich vergötterte und verabscheute den widerlichen Abgrund im selben Atemzug, diese Potenz eines ambivalenten Janusgesichts, nichts half, die Zeit verstrich, während ich Reisepläne schmiedete, ich wollte Südwesteuropa per Eisenbahn bereisen, was mir fehlte, war eine Reisepartnerin oder ein Reisepartner, in meinen wildesten Gedanken bot sich der widerliche Abgrund dazu feil, aber schon verwarf ich diesen Gedanken wieder, zu abartig erschien es mir, mit dem Abgrund drei Wochen lang über Gibraltar bis nach Marokko im Zug schlafend zu fahren, dieser versnobte, verekelte, nobel-blaß-raunzende, widerliche nordische Abgrund und die brennende, staubige, schweißperlende Sonne Südspaniens, das konnte in keinem Falle gutgehen, so dachte ich, ganz abgesehen von der Gedankennot, die aus diesem von mir in Betracht gezogenen Aspekt erwuchs, drei oder im schlimmsten Falle gar vier lange Wochen gemeinsam mit dem widerlichen Abgrund konnte ich doch niemals genügend Gesprächsthemen generieren, um den widerlichen Abgrund bei Laune zu halten, obwohl meine Seele sich nach dem widerlichen Abgrund geradezu brennend verzehrte und ich kaum einen Atemzug ohne das Andenken an ihn tun konnte. Ich machte also von einer Internetreisebörse Gebrauch und publizierte eine Annonce ebenda, in welcher ich meine Suche nach einer adäquaten Reisepartnerin kundtat, der politischen Korrektheit wegen hielt ich auch nach einem Reisepartner Ausschau, eine Reise*partnerin* war jedoch, was ich tatsächlich begehrte, einerseits, da ich mit Frauen zumeist einfach bei weitem besser das Auslangen fand, andererseits, weil ich es dem widerlichen Abgrund heimzahlen wollte, daß er mich so stiefmütterlich hatte im Abseits stehen lassen, es war eine Mischung aus allem, und umso größer war meine Freude, als tatsächlich eine junge Frau darauf antwortete, ein bodenständiges, anständiges, nettes oberösterreichisches Mädel, also der blanke Gegensatz zum ihm diametral entgegengesetzten widerlichen Abgrund, mit dem Nachsatz jedoch, daß dieses oberösterreichische, anständige, gläubige Mädel niemals Eingang in mein verrücktes Herz fand, so wie es der widerliche Abgrund tat. Ich schrieb dem widerlichen Abgrund auch nichts davon, mit wem ich zur großen Reise aufbrach, dies tat ohnehin nichts weiter zur Sache, während er mir via Internet von einem geplanten einmonatigen Aufenthalt im Indischen Ozean, genauer gesagt auf der französischsprachigen *Île de la Réunion*, der früheren Île Bourbon, erzählte, er meldete sich nun nur mehr in großen Zeitabständen, die Ferialbeschäftigung in Reykjavik schien ihn offenbar derart in Anspruch zu nehmen, daß ihm jegliche, selbst wochenendliche Kontaktaufnahme verwehrt zu bleiben schien, woraus ich meine persönlichen Schlüsse, jedoch leider nicht die emotionalen und lebensweltlichen Konsequenzen zog. Während meiner Arbeitszeit im Stahlwerk wurde ich, nachdem oder bevor ich meine warmblechwalzwerkliche Arbeit verrichtet hatte, auf einen Videoclip aufmerksam, eine wunderbare Melodei im jugendhaften deutschen Musiksender *Viva*, technoid, dennoch stilvoll, es handelte sich um ein Opus von *Paul van Dyke*, darin agierten zwei junge, sehr schöne Modelle, ein Halbwüchsiger und ein wunderschönes Mädchen, perfekt sozusagen, die einander von zwei gegenüberliegenden Straßenseiten aus zwei Hochhäusern zu gewahren begannen, erst zweiflerisch staunend voneinander Notiz nehmend, dann vielmehr neugierig und zunehmend berauscht, um einander anschließend, wie magisch blind voneinander angezogen, auf halbem Wege in der die beiden bislang trennenden Straßenmitte zu treffen, sich zu begreifen und zärtlich-leidenschaftlich zu küssen, um sich danach wieder zu trennen und ihrer Wege zu gehen. Begleitet von schweren, aber nicht schwerlastigen Bässen sang dazu eine wundersame Frauenstimme Norwegisches, sie stimmte in hohen Tönen *Jeg har ingenting men jeg har alt nar jeg har deg* an, was im Deutschen *Ich habe nichts, aber ich habe alles, wenn ich dich habe* bedeutet. Wie treffend. Wieder war es das Nordländische, das mich bewegte. In der Tat erweckte dieser Satz, den ich zwar selbst niemals als solchen erkannt, ihn aber im Internet entschlüsselt hatte, in Verbindung mit dieser wunderschönen, kühlen, mich in durchdringender Weise an den kühlen, widerwärtigen Abgrund gemahnenden Sirene in mir die allertiefsten und allerhöchsten Gefühle zugleich. Ich schwelgte, kaufte mir die zugehörige CD, wenn ich in meiner alten, schweren Mercedeslimousine zur ferialen Schwerarbeit fuhr, so lauschte ich dieser wunderbaren Illusion, gab mich ganz diesem Gesamttraum hin, ich fuhr nicht, nein, ich schwebte vielmehr, jede langgezogene Bodenwelle ließ mich beinahe abheben, ein Traum, zu schön, um wahr zu sein, alles war so vollkommen, schmerzerfüllt, unerfüllt, eine bittersüße, unerfüllte Sehnsucht, viel interessanter als alles Gegenwärtige. Meine Abgrundsunterworfenheit war enorm. Der Abgrund war mir näher, als ich mir selber war. Abgrund, befiehl, ich folge Dir!

Als ich nach meinem einmonatigen Stahlwerkseinsatz im Juli eine Kurzreise an die ungarisch-serbische Grenze unternahm, um meine ehemalige jugoslawische Geliebte und vielmehr dreckige und herzlose Verräterin und deren Freundin im Rahmen des Gebetsfestivals einer pseudochristlichen Freischärlersekte zeltend zu besuchen, erzählte ich meiner ehemals geliebten, verräterisch-fremdgehenden serbischen und weiland noch mit mir befreundet gewesen seienden Hure und geldgierigen Gelegenheitsprostituierten mit leuchtendem Augenpaar von diesem isländisch-exotischen, für mich damals zwar widerlichen, doch wunderbaren Abgrund, ich hielt zum damaligen, resthoffnungserfüllten Zeitpunkt noch mit dessen Widerlichkeit hinterm Berg, schwelgte bloß, als ich zum letzten Mal mit meiner weiland Geliebten, aber sich als Drecksnutte entpuppt Habenden nach Serbien fuhr, mit eigenartigem Gefühl, sah ich meine vormaligen serbischen Schwiegereltern in spe doch nun als damaliger Exfreund ihrer Tochter, sie waren mir jedoch augenscheinlich für vieles dankbar und zeigten sich diplomatisch von ihrer zuckrigsten Seite und ich war ja dem guten Essen, den lustig-melancholischen Leuten sowie der klimatischen Milde des Landes nicht ganz abgeneigt gewesen. Meine vormals Geliebte – in Wirklichkeit ja eine stets niedere, besserwissende, verletzende, gierige und falsche Hure – sinnierte über ihre Affären und Pseudogeliebten, während ich das auf meine Weise tat, auf Englisch parlierten wir, und es war gut und beruhigend zu erfahren, daß meine ehemalige Liebe – ein niederes und in jeder Hinsicht schlechtes Bumsloch – mir mit aller Klarheit beim makellosen, widerlichen Abgrund Chancen einräumte, oberflächlich, wie meine ehemalige Beziehungsfrau, eine billige Südostnutte und veritable Erzhure, war, konnte sie Atteste nur aufgrund von Äußerlichkeiten erstellen, eine echte angehende unfähige Medizinerin mit den einhergehenden pseudodiagnostischen Unbedarftheiten und Pathologien durch und durch, welch Mangel, wer sie erlebt hatte. Als ich aus Serbien nach einigen netten und quasi-amikalen Tagen abreiste – damals pflog ich törichterweise noch Umgang mit dem vormaligen Geschlechtsteil, traf einige aus dessen Clique, oberflächliche und falsche Menschen aus Serbien, mit denen ich teilweise relativ gut über die Welt und vor allem Gott reden konnte, trotz deren immer ausnützender Falschheit und deren stets verhurten Charakters witzig und sehr ausgelassen –, als ich dies alles wieder hinter mir ließ, saß ich gerade im Zug an der serbisch-ungarischen Grenze, der Waggon wie immer etwa eine Stunde stehend, gelobt seien ehemals kommunistische administrative Zollverfahren, da ereilte mich plötzlich eine SMS vom widerlichen Abgrund höchstpersönlich, widerlich wie eh und je brach er über mich herein, in widerlichen Lettern suchte er mich heim, mir mitteilend, daß es wohl so aussehe, als ob wir einander vor September nicht mehr treffen würden, da er, der widerliche Abgrund, nun doch und mit aller Promptheit gen La Réunion reisen müsse, was mit Anfang August zu geschehen hatte und als weitere Konsequenz, wir hatten Ende Juli, jegliche gemeinsame Treffen von sich aus ausschloß. Einerseits erleichtert – man könne immerhin bei einem etwaigen Treffen keine gravierenden Fehler mehr machen, weil kein Treffen in nächster Bälde mehr stattfinde –, andererseits enttäuscht – zu gerne hätte man sich in den Dunstkreis der widerlichen Süße oder aber der süßen Widerlichkeit begeben –, nahm ich diese Nachricht in mir auf, ich ließ eine oder zwei Abstandsstunden verstreichen, um nur ja nicht den Eindruck zu erwecken, ich hätte wie der Schwamm auf das Wasser auf diese hundselende SMS gewartet, bevor ich antwortete, daß ich gerade im Zug an der serbisch-ungarischen Grenze saß und ihr, der Abgründin, alles Gute für ihren bevorstehenden Aufenthalt auf La Réunion wünschte, auf ihren Wunsch hin – sie würde mich mit einer Karte bedenken – verriet ich ihr meine Wohnadresse, sie mir *ihre* jedoch lange nicht. Ich schrieb dies mit Stolz, es klang nach Abenteuer, jemand, der sich bis ins vormals visumpflichtige, wilde Serbien und ins damals korrupte Ungarn vorwagte, mußte ein ganzer Kerl sein, dem man sich und sein Erbgut anvertrauen konnte, und so dachte ich, ein wahrhaft heroisches, der Wahrheit – oder auch nicht – entsprechendes Bild von mir vermittelt zu haben. Überhaupt trachtete ich immer danach, dem widerlichen Abgrund irgendwelche Bilder von mir zu vermitteln, vom urwüchsigen, steiermärkisch-kernigen Landbuben bis zum hochintellektuellen Akademiker und sensiblen Kreativen waren alle für mich positiv besetzten Wertigkeiten und Menschenbilder dabei, die ich ihm vermitteln wollte. Ich harrte der Dinge, ich konnte nichts anderes tun, als abzuwarten, mir waren die Hände gebunden, der widerliche Abgrund trennte sich von mir auf Zeit, mir blieb vorerst nichts, als zu warten und zu denken und zu fühlen. Als es daran ging, die Interrailreise mit dem jungen, anständigen Mädel aus Oberösterreich anzutreten, quälten mich profunde Gewissensbisse, ich hätte diesen wohl durchaus gravierenden Umstand nicht dem widerlichen Abgrund gemeldet, wer weiß, wie dieser wohl darauf reagiert hätte, wenn ich mit einer fremden Maid drei Wochen lang im Zug in halb Europa und in einem Stück Afrika herumgefahren wäre und ihm dies vorher mitgeteilt hätte, in jedem Fall barg dieses mich schwer belastende Moment für *mich* ein enormes Konfliktpotential, meine Vorabtreue schien zumindest nach außen hin gefährdet, böse Zungen oder Gehirne oder beide hätten, so war ich mir relativ sicher, in Betracht ziehen können, daß ein solches Unterfangen mit einer hohen Wahrscheinlichkeit mit Intimitäten zwischen mir und dem netten und besonders anständigen Mädel aus Oberösterreich einhergehen würde, was ich, ob der mir innewohnenden vorabtreulichen Maximen und Prämissen, bereits im Vorhinein für *mich* völlig auszuschließen wußte. Dennoch, so glaubte ich zu wissen, war diese mit dem netten und anständigen Mädel aus Oberösterreich gemeinsam unternommene halbtranseuropäische Zugreise meinem Verhältnis zum widerlichen Abgrund in jedem Falle abträglich, denn es mußte wohl an Hochverrat grenzen, mit einer anderen Frau als dem abgöttisch-widerlichen Abgrund auf diese Reise zu gehen, was sich jedoch durch dessen La-Réunion-Aufenthalt eo ipso ausschloß, was mir wenigstens den Hauch eines Alibis zu bescheren schien, denn aufgrund unserer beider zeitlich konfligierenden und örtlich unvereinbaren ferialen Tätigkeiten schienen wir tatsächlich außerstande, etwa gemeinsam auf Interrailreise zu gehen, was mir mein Unterfangen, mich gemeinsam mit dem anständigen Mädel aus Oberösterreich auf die relativ große Reise zu begeben, in einem milderen Lichte erscheinen ließ. Ich näherte mich dem Mysterium des Abgrunds, das immer neue Fragen aufwarf, und drosselte also meine Selbstgeißelungen auf ein erträgliches Maß und fuhr gemeinsam mit dem anständigen Mädel aus Oberösterreich mit dem abendlichen Orientexpreß, dessen Name für unsere Destination geradezu prädestiniert war, nach Paris, ich wußte, daß sich auch der widerliche Abgrund zur selben Zeit im französischen Sprachraum aufhielt, denn La Réunion gehört seit Mitte des siebzehnten Jahrhunderts zu Frankreich, was mich in besonderem Maße emotional erregte und auf eine bestimmte Weise sogar glücklich sein ließ, war ich ihm doch auf diese Weise nahe, in derselben Sphäre wie der widerliche Abgrund zu sein war auf besondere Weise etwas sehr Außergewöhnliches für mich. Da der Abgrund von Reykjavik mit einem zeitgleichen Zwischenaufenthalt in Paris nach Saint-Denis geflogen war, könne der widerliche Abgrund, so dachte ich mit Wohlwollen, in jedem Café sogleich auf mich lauern und mich heimsuchen mit all seiner widerwärtigen Süße, sodaß mir Mark und Bein erschüttert worden wären, ganz genau so, wie es mich jedes Mal gewitterartig zusammenzucken ließ, als ich in Wien gewesen war und ich, selten genug, aber doch, und meistens im ersten Bezirk in der Botschaftsgegend, Personenkraftfahrzeugen mit dem Nationalitätszeichen des isländischen Heimatlandes des widerlichen Abgrunds ansichtig geworden war, stets fürchtend, daß Angehörige des widerlichen Abgrunds oder gar er selbst darin sitzend lauern und mich hätten sehen können, welch furchtbarer, angenehmer Gedanke, wobei in diesem Zusammenhang mit Sicherheit der Aspekt der Furchtbarkeit bei weitem überwog, so war und bin ich mir sicher. An vielen Punkten der Stadt Paris, obwohl mir bewußt war, daß der widerliche Abgrund an irgendeinem anderen Punkt des frankophonen Sprachraumes seine Tage zubrachte, an vielen sehenswürdigen Punkten gedachte ich seiner, er war für mich französisch, süß und widerwärtig zugleich, ja, er war für mich die Inkarnation des Französischen schlechthin geworden, eine wahre Fleischwerdung des französischen Chic, erzählte er mir doch anläßlich unseres gemeinsamen musealen Besuches von seinem liebsten Hobby, der Sammelleidenschaft, welches ihn, offenbar frankophil veranlagt, dazu trieb, immer mehr und mehr der glitzernden und bunten und braunen französischen Handtaschenmodegeckerei von Louis Vuitton verfallen zu sein, ja, er war ein isländischer, pseudofrankophiler Handtaschenmodegeck samt Louis-Vuitton-Handtasche, ein nahezu virtuelles Medium, auf das und mit dem ich alles Französische projizierte und assoziierte. Saß ich mit dem anständigen oberösterreichischen Mädel im Café, so dachte ich, was der widerliche Abgrund wohl an diesem oder jenem auszusetzen gehabt hätte, worüber er sich eventuell freuen oder was ihn an Bestimmtem abstoßen würde. Der widerliche Abgrund saß sozusagen immer mit drinnen im Handgepäck, ihn abzustoßen wäre ein zum Scheitern verdammtes Unterfangen gewesen, neben allerlei Lebenssorgen und Fragen saß er immer dabei, er war mit mir im kitschigen Schloß von Versailles, hielt Andacht mit mir in der Kirche Sacré-Cœur de Montmartre und ließ sich selbst im Museum des Centre Pompidou nicht abschütteln. Was hätte der widerliche Abgrund wohl dazu gesagt, widerlicher Abgrund, so nenne ich ihn heute und so denke ich heute aus der retrospektiven Distanz heraus, denn damals, das muß an dieser

Stelle nachdrücklich betont werden, damals überwog das Positive, ich dachte, ich würde eines Tages mit dem widerlichen Abgrund eventuell zusammensein oder dergleichen, aus heutiger Sicht eine teilweise Absurdität im allerhöchsten Sinne, kaum auszudenken, was dies alles nach sich gezogen hätte, Jesus, Maria und Josef, die Allerhochheiligste Familie stehe mir mit Weihwasser Besprengtem bei, wenn ich mit dem widerlichen Abgrund, dem Gottseibeiuns aller Zartbesaiteten und Sanftmütigen und Sanftfühligen, eine Liaison auf passive Weise eingegangen *worden* wäre, ich kröche wohl am sprichwörtlichen Zahnfleische daher, wenn mich nicht bereits der grüne Heinrich oder gar der Sensenmann mit nach Hause genommen hätten. Der omnipräsente widerliche Abgrund, durch ihn und mit ihm und in ihm versah ich meine Reise, jeder Spatz in Paris trällerte sein falsches Lied, von jedem Trottoir grinste er mir verzogen entgegen, kein schöner Land in dieser sehnsuchtsgetränkten Odyssee, jeder Straßenname spiegelte die ursprünglich verfälschte, frankophile Ader des widerlichen Abgrunds wider, ein französelndes, ständig widerhallendes, fortwährendes Auf-der-Suche-Sein begann, eine Reise, deren Alpha und Omega ihre Heimstatt im zierenden und sich zierenden widerlichen Abgrund fand, der rote Wein, der im Bistro um die Ecke süßelnd durch meine genuin österreichische Kehle rann, er war der widerliche Abgrund, tiefgründig, keinesfalls offensichtlich, denn ich liebte Paris und schien Frankreich, also auch die französische Sprache als Gesamtes zu lieben, ich fiel einer wundersamen Affinität anheim, zu der sich die sehnende, ambivalent-abstoßende, kränkelnde Anziehung zum widerlichen Abgrund gesellte, sodaß diese am Ende eins wurden und ich beiderlei Neigungen kaum mehr zu trennen imstande gewesen war. Wo würde er in diesem oder in jenem Moment gerade sein, was würde in seinem Kopf wohl vorgehen, was würde sein – so es denn vorhanden gewesen wäre – Gewissen bewegen, wovon träumte er, wie roch die Luft, die seinen Körper durchdrang und die auszuatmen er befähigt war, was, wenn er sich nachts zum Schlafe legte und er unter seine Decke kroch, wovon träumte er, was trieb ihm Verzweiflung und Angst ins Herz, was ließ ihn glücklich sein, womit stillte er seinen Durst, dachte auch er manchmal an mich, wenn ja, welche Gedanken waren es, und konnte er Regungen verspüren, wie der Mensch sie verspüren konnte, Regungen des Fühlens und des Sinnens und Sehnens, was, wenn der Regen über seine Haut kam, fror er so, wie man fror, was, wenn er sich die Zähne reinigte und davor Abendmahl hielt und er am nächsten Tag erwachte, man wußte so wenig über ihn, daß er in diesem Dunstkreis noch viel abgründiger wurde; umwoben vom Abgründigen gab ich mich seiner lieblichen Widerwärtigkeit selbst aus der Ferne preis. Es waren dies immanent verzehrende Gedanken an den grauenvollen, schrecklichen, an den phantastischen und göttlichen Abgrund, den keine Sau brauchte und der unbedingt notwendig war.

Als wir Bayonne erreichten, die Stadt, in die ich etwa zehn Jahre zuvor auf die Einladung meiner ersten, küsserisch-platonischen, französisch-baskischen und ebenso verräterischen Pseudoliebe über Paris von Wien aus flog, umdrang die Schwermut mein Herz, ich gedachte meiner ersten dreckigen Ehemaligen, rief sogar bei ihr an, nur der Anrufbeantworter kündete mir mit ihrer aufgezeichneten falschen Stimme von ihrer mittelbaren Anwesenheit, ein Akt des Vergessens und

Wiederaufbereitens, diese Erinnerung zog mich für ein paar längere, ausgedehnte Tagesmomente weg vom widerlichen Abgrund, ich parlierte mit dem anständigen oberösterreichischen Mädel mitten im Baskenland versteckt-tränig über meine damalige Liebe, so viel Damaliges schien mich zu umgeben, weshalb ich zur Wahrnehmung des Jetzt beinahe völlig unmotiviert war. Tatsächlich vergaß ich – zigarillorauchend und mich meiner ersten enttäuschten und daher stets in allervollstem Maße dreckigen Liebe entsinnend – beinahe, mich *ständig* dem widerlichen Abgrund hinzugeben, hier am Marktplatz von Bayonne in der stechenden Nachmittagssonne war kein Platz für ihn, die Cafés waren zu angenehm, als daß er in ihnen hätte Platz nehmen können, zu duftend waren die Gassen, zu kaffeeverliebt die Gesichter, als daß jemals jemand einen Hauch des widerlichen Abgrunds hätte wahrnehmen können, genüsslich zog ich paffend an meiner französischen Zigarillo und war so männlich, und in mir versank ich in die Träume des Abenteuers, sah mich im Landrover die nordafrikanische Wüste durchquerend, pionierhaft, ein Hauch von Fremdenlegion umwehte mein Haupt und verklärte meinen Blick, als man dann dem mondänen Strandbad Biarritz seine Aufwartung machte, es war, als hätte sich über die Jahre hinweg nichts verändert, dieselben Felsen, derselbe halbwilde Atlantik, dieselbe salzlufterfüllte Sehnsucht, diese Sehnsucht nach dem Französischen, Atlantischen, lieblich Südwesteuropäischen, Baskischen, ein Traum vom Erwachsenwerden, umspült von der vertrauten Einsamkeit des französischen Sommers. Tagsüber trennte ich mich oft vom anständigen oberösterreichischen Mädel, während man getrennten Aktivitäten nachging, so aß ich alleine nahe Bayonne zu

Mittag, als meine Mutter mir telefonisch anvertraute, daß mir die süßlich, lieblich, damals noch teilweise verschleiert widerlich Abgründelnde eine Karte von La Réunion gesandt hatte, ich war überglücklich und bestärkt in meiner absoluten Vorabtreue, sie schrieb tatsächlich, welch wunderbares Geschehnis übermannte mich, *sie schrieb sehr nett*, so meine Mutter, wie fein, Mama mag sie, so dachte ich, sie schilderte ihr Leben bei den freundlichen und lustigen Menschen auf dem tropischen Eiland, welche sie, die sie ja auch eine Inselbewohnerin war, als Touristin freundlich aufnahmen, und von den Moskitos, welche ihr ein wenig auf die Nerven gingen und welche sie bald frohen Mutes wieder verlassen würde, wenn die Reise zurück nach Island und dann weiter nach Österreich ginge, woraufhin man sich gerne treffen könne, so meinte sie. Der widerliche Abgrund warf mir also wieder einen Brocken vors Maul, und gierig warf ich mich auf ebendiesen, ihn erhaschend und verschlingend, leidenschaftlich jaulend wand ich mich und er zerbarst in meinem liebeshungrigen Maul und verschwand in meinem noch liebeshungrigeren und hoffnungsdurstigeren Schlund. Ich bedankte mich artig per SMS und ließ den widerlichen Abgrund nicht ohne heldenhaft-männliche Gefühle im Hinterkopf wissen, daß ich bald ins herrliche Afrika, genauer gesagt ins wilde Marokko übersetzen würde, in heroischer Manier, so dachte ich zusätzlich, als ich das Baskenland gemeinsam mit dem anständigen oberösterreichischen Mädel verließ und gen Madrid fuhr, wie immer auf den Sitzen des Zuges sitzschlafend. Diese Stadt war eine reißbrettgeplante, die Sprache klang hart und verhärtet, bar jedes Meeres heizte sie uns ein, die Sangria war die beste, die ich je trank, süß, aber nicht süßelnd breitete sie sich zitronelnd-kühlend in mir aus, eine wahre Wonne, der ich anheimfiel, der Real-Madrid-Fanshop, gefälschte vatikanische Euromünzen und ein großer viereckiger Platz, der keinen oder vielmehr kaum einen Platz für einen Gedanken an den widerlichen Abgrund übrigließ, zu iberisch hatte man die Pyrenäen bereits hinter sich gelassen, als daß man sich hätte vereinnahmen lassen wollen oder können, wie auch immer, das anständige Mädel, aus Oberösterreich stammend, und ich verließen die Stadt und zogen weiter in das bei weitem interessantere und anziehendere Lissabon, man bezog sein Lager weit draußen in der Jugendherberge in Oreiras oder so ähnlich, ein pittoresker Sommernachtstraum, fürwahr eine charmant imperfekte Stadt, diese anheimelnde Schlampigkeit, um nicht zu sagen sympathische Dreckigkeit, in der diese Stadt lag, lag mir besonders am Herzen, eine kaputte Fliese hier, eine lose Kachel da, eine brüchige Mauer dort, eine Stadt inmitten blau-weiß bemalter, oftmals katholischer Kacheln, bergauf, bergab, inmitten der malerischen Stadtburg linderte oder vertuschte vollends die phantastische Aussicht auf das blitzblaue Azurmeer die schädlichsten bewußten Gedanken an den widerlichen Abgrund, hier konnte meine Seele ein wenig sanfte Ruhe finden, in dieser Stadt hatte kein Restaurant nachmittags geöffnet, eine wundersame Sprache umschmiegte mein Gehör, man wähnte sich in Brasilien, etwas Wunderbares, das sich nach einer wegen der unwissentlichen Nichtzurkenntnisnahme des Zugplanes unfreiwillig am Bahnhof unter italienischen Hippies isoliermattenschlafend verbrachten Nacht sogar um einen Tag verlängerte. Der anschließende Trip führte nach Porto, eine Stadt, die meines persönlichen Erachtens ihrer großen Schwester nicht die Hand reichen konnte, dennoch auch einmal sehenswert, aber nicht zu sehr, ich wollte außerdem wegen eines moralphilosophischen Seminars im September, auf welches ich mich ordnungsgemäß vorbereiten wollte und vorzubereiten hatte, nicht ewiglich auf der großen Reise verweilen, weswegen ich schon in Paris mit dem mich begleitenden anständigen oberösterreichischen Mädel vereinbart hatte, daß wir uns unter Umständen auch aufteilen könnten, was damit einherginge, daß sie unter Umständen länger im Mohrenlande Marokko umherreisen würde als ich und ich daher früher nach Österreich zurückfahren würde als sie, wobei ich Marokko am liebsten ohnehin völlig aus meinem Reiseplan hatte streichen wollen, da man mir über Marokko eine üble Fama zutrug, und zwar von deutschen, jugendlichen Interrailern, von denen es mir eine blonde Stralsunderin namens Anni, also Anna, besonders angetan hatte und der ich beim nächtlichen An-ihrem-Zimmer-Vorbeigehen einen Zettel mit der Botschaft *Du bist ein sehr interessantes Mädchen. Bitte schreibe mir unter der Adresse elmarmayer@gmx.at* hinterließ und mit der ich sogar später etwas E-Mail-Korrespondenz pflog, wobei sie sich letztlich als ebenso gestört erwies wie so viele. Der Abgrund dräute über all dem, ja, er war ein omnipräsenter, er durchdrang selbst das Interesse an Anni. Abgrund, Du warst immerdar in alle Ewigkeit. Du warst, bist und wirst sein. Die Deutschen verklickerten mir, daß sie mit der Fähre ins geheimnisvolle Mohrenland, genauer gesagt nach Tanger, übergesetzt waren und dort mit zwielichtigen Aggressivangeboten von Taxifahrern und dergleichen bombardiert worden waren, woraufhin sie am selben Tage zurückfuhren, Gerüchte kursierten auch über Dinge, welche in Taschen gesteckt und dann zufällig entdeckt und man selbst im Anschluß daran ins

Gefängnis gesteckt wurde, ein Sumpf in jedem Falle also oder zumindest schwierig, so dachte ich, daher konnte es nur ein Gutes sein, gar nicht oder allerhöchstens nur einen Tag dort hinzufahren, was das anständige oberösterreichische, um jeden Preis dorthin wollende Mädel nur mit Widerwillen und Enttäuschung quittierte, woraufhin man sich auf den Kompromiß einigte, letztendlich doch Afrika zu besuchen und sich dann eventuell dort zu trennen. Man zog also per Bus über Sevilla, eine relative Perle, weiter nach Süden, durch das rotgebrannte, einsame und staubig-schroffe, olivenhainverwachsene und felsige Andalusien, menschenleer, weiter bis an den südlichsten Zipfel mit dem wohlklingenden Namen Algeciras, tatsächlich eine relativ verkommene Kleinstadt, mehr marokkanisch als spanisch, die Bars mit klingenden Namen wie Tanger, Casablanca, Rabat, Maghreb und so weiter, man unternahm eine bedeutungsvolle Reise ins benachbarte Gibraltar per Bus, ein britisches Kleinod, kühl geordnete Enklave, man fand sich pfund- und eurozahlend, linksfahrend einer galaweißen britischen Militärparade gegenüber, in den blitzblanken Straßen-Pubs mit besten britischen Spirituosen und Bieren sowie traditionsreiche Markengeschäfte neben Souvenirläden mit Gibraltaraffen und dergleichen. Das anständige oberösterreichische Mädel lief entgegen seiner doch sehr anständigen Aura am portugiesischen Strand barbusig umher, woraufhin ich meine Augen von ihm wandte und den Blick in seine Richtung demonstrativ mied, als besagtes mich begleitendes Mädel mit mir im selben Zimmer in derselben billigen Absteige in Algeciras schlief, um am nächsten Morgen möglichst früh mit mir nach Afrika per Fähre übersetzen zu können, da wahrten es und ich äußerste Distanz, und man ließ, entgegen den Kommentaren vieler böser Zungen, keinerlei Intentionen zwischenmenschlicher Annäherung walten, vielmehr war man fast gespannt gesittet, ich war es zumindest, und setzte alles daran, nur ja nicht den Anschein des Lüstlichen zu erwecken. Abgrund, Du warst zugegen. Deine Aura trug mich fort und wob mich ein. Jeder Tag ein Abgrund. Jeder Atemzug Du. Meine Ehre hieß Scheue. Ich konnte Dich nicht betrügen, alles, woran da Titten wuchsen, ich vermochte es nicht auszuhalten, denn Du warst für mich bestimmt, so dachte ich, Schicksal, das warst Du, Leben, das warst Du, ich wollte, ich fühlte, ich sann, ich erbrach mich in Deine Abgründigkeit in immerwährender, niemals widerhallender Liebe, dieser Schrei erstickte ungehört, und ich war Dein Held in meinem Traum, der Schlangentöter in der Fremde, Heimat, Deine Sterne, was sie sagen, deutete ich nur zu gerne, romantische Eintracht, eingetaucht in eine postpubertäre Illusion. Ich wollte alles, und das warst Du. Das kluge, liebe, aber unaufregende anständige oberösterreichische Mädel, vom Sternzeichen her Stier und nicht zuletzt und vielleicht gerade deshalb sehr, sehr ordentlich, bemühte sich bereits im Vorfeld der Unternehmung darum, daß alles in geordneten Bahnen verlief, sie wußte Routen auswendig und hatte bereits, noch in Österreich weilend, alle Adressen und Namen diverser Quartiere beisammen und zusammengestellt, fürwahr eine aktive, engagierte und präzise Organisatorin, eine Medizinstudentin außerdem, physisch und psychisch äußerst belastbar, die es auch verstand, mit mir gut zu reden. Unter anderem legte ich ihr den Sachverhalt im Umfeld des und im Umgang mit dem widerlichen Abgrund dar, woraufhin sie im Zuge der seelisch-emotionalen Erhebungen in dieser Begegnung und Begebenheit befand, daß er, also der widerliche Abgrund, und ich uns gegenseitig und gegeneinander zu übertrumpfen suchten, jede der beiden Parteien versuchte also gegenüber der anderen zu bestehen und durch Bestimmtes zu bestechen und dadurch unter bestimmten Umständen persönliche Komplexe et cetera zu bereinigen und zu übertünchen, ich etwa durch meine akademische Ausbildung, welche ich zwar nicht offen zur Schau trüge, welche aber durch die damalige Berufsbezeichnung *Dissertant* laut dem anständigen oberösterreichischen Mädel sehr wohl zum Ausdruck käme und welche daher auch eo ipso Ehrfurcht und in gewissem Maße Furcht einflöße, was neben meiner stets komplizierenden und daher von Natur aus komplizierten Ausdrucksweise dem anständigen oberösterreichischen Mädel zufolge als latenter Hinweis auf eine etwaige bildungsspezifische Überlegenheit meinerseits aufgefaßt werden könnte. Nun, dem stimmte ich nur bedingt zu, zum einen könnte ich als Beruf nicht lediglich teilwahrheitsgemäß Student angeben, wenn ich doch bereits in den Rang eines Doktoranden aufgestiegen war, und andererseits lag und liegt es außerhalb meines Kompetenz- und Zuständigkeitsbereiches, wenn die mit mir Korrespondierenden meinen Ausführungen zu folgen außerstande sind. Außerdem hatte ja der widerliche Abgrund ungefragt sein von allerhand oder vielmehr unzählbar vielen Männern Begehrt-Werden und -Sein angeführt, was im Grunde jeder interhuman-kommunikativen Notwendigkeit entbehrte und ihm letzten Endes lediglich und ausschließlich der Profilierung und Heraushebung diente. Am Tag, bevor man an die fährenhafte Überquerung der Meerenge von Gibraltar ging, ereilte mich eine im allerhöchsten Maße typische und für die Abgefeimtheit und menschliche Niederträchtigkeit des auf die bestialischste Weise widerlichen Abgrunds signifikante SMS-Nachricht, in welcher der furchtbar widerliche Abgrund auf meine Meldung, daß ich in Bälde nach Afrika reisen würde, entgegnete, daß er, der scheußliche und stets ins tiefste Verderbnis reißende, widerliche, bösartige Schweineabgrund *den Maghreb auch hier auf der Île de la Réunion genossen hatte*: Er *ging mit einem Mauretanier aus … ;-)* Die eitrige Vagina. Die Eileiterbombe. Es handelte sich abermals um eine gezielte, mich verstören sollende, dreckige, abgrundtiefe Aktion des immer widerwärtiger werdenden und agierenden Abgrunds, dessen Fäkalcharakter in immer deutlicherem Maße immer härter und unkontrollierter und um-sich-schlagender zutage trat. Das Scheidenkompott. Das Vaginalkomplott. Der verdreckte Scheißabgrund wußte haargenau, wie viel mir an ihm lag, umso mehr er dessen gewahr wurde, desto mehr schlug er mich mit seiner unbarmherzigen Härte, desto tiefer hieb er seine scheißetriefenden niederen Krallen in meine blutend wunde Seele, verklammerte sich darin mit seinen minderen Gliedmaßen und pickte auf meine zarten Emotionen ein, bis nur mehr Blut war. Ich war tief getroffen und wußte genau, was gespielt wurde, zum anständigen oberösterreichischen Mädel sagte ich mit fast tränenbeklommener Stimme, daß ich es zum Kotzen fand, daß mir der verseuchte, todbringend morbide Abgrund diese Verletzungen brühwarm per SMS an den Südwestzipfel Europas kolportierte und mich in meinen Verletzungen halb verbluten ließ, eigenartig genug, daß nun die vormals verachteten dunkelhaarigen Südländer herhalten mußten, war es eine Demütigung und abartige Verletzung, mir dies im

Wissen um meine Zuneigung direkt zu vermitteln, was für ein abartiges, dreckiges Schwein mußte hier am Werk gewesen sein, so zu handeln und mir Magen- und Seelenschmerzen zu verursachen, eine veritable emotionale, langsame und von der kaltblütigsten Drecksau genüßlichst ausgeführte *Hinrichtung* ging hier vonstatten, der ich nichts, tatsächlich gar nichts, entgegenzusetzen hatte. Ich schleuderte dem meist netten und anständigen oberösterreichischen Mädel entgegen, daß ich die niedere, widerwärtige Abgrundshure fragen würde, ob sie wisse, daß laut Reiseführer im Maghreb hochansteckende und tödliche Geschlechtskrankheiten mehr als verbreitet waren, ich ersann alle möglichen Rachepläne für diese hochgradige Verletzung und impertinente und infernalische Demütigung der jungen, dreckigen Hure, die mich seit mehr als drei Monaten bangen und leiden ließ, während das anständige oberösterreichische Mädel versuchte, mich zu beruhigen und meinen Seelenzustand auszugleichen. Man fuhr daraufhin gen Marokko, per Fähre, eine steife Morgenbrise an Bord, was meinen Gemütszustand für ein Weilchen besserte, man betrat Afrika, Tanger, das wie eine alte Prostituierte, die schon alles gesehen hatte, wissend und ein wenig verlebt am Tresen der Küste stand, sich ab und zu ein paar Schiffe genehmigte und schließlich nickend und zufrieden schläfrig wieder vor sich hindämmerte und schließlich einnickte. Eine betagte Frau mit antiquiertem Sex lauerte da auf uns, bettelnde Taxifahrer, Tagelöhner, Händler, Touristenführer, legale wie illegale, warteten darauf, was die Fähre ausließ und ausspuckte, warteten auf ihre tägliche Ration Frischfleisch, mit stoischer Ignoranz bahnte man sich den Weg durch die Menschen, bis man schließlich von einem pseudoseriösen, falschen Führer unter seine halbseidenen Fittiche genommen und in einem klapprigen Appartement untergebracht wurde. Nach einer Verkaufstour, im Zuge welcher man durch zahlreiche Geschäfte und ein Restaurant geschleppt wurde, die allesamt mit dem falschen Fünfziger in inzüchtiger und fürwahr nepotistischer Verbindung standen, verlangte dieser ein Trinkgeld, obwohl er eingangs sein finanzielles Desinteresse beteuert hatte, zur Strafe setzte es einen blanken Euro, solch ein Schuft. Zwischen all den klapprigen marokkanischen Petit Taxis und dem teilweise ungustiösen marokkanischen Treiben in den marokkanisch engen Hinterhofgassen, den Souks und den vielen bunten marokkanischen Gewändern, Textilien und marokkanisch-scheinkostbaren Geschmeiden und den vielen marokkanisch-schwarzbärtigen Männern und den verhangenen, marokkanisch-bedeckten Frauen und dem allgegenwärtig marokkanisch-abgebildeten, omnipräsenten, marokkanisch-jungen, marokkanisch aussehenden marokkanischen König schmiegten sich meine nichtmarokkanischen Gedanken an den mit einem Maghrebiner mit höchster Wahrscheinlichkeit ins Bett gegangenen widerlichen Abgrund, was für eine letztklassig ironische Schicksalsvariation, daß es gerade ein Nordafrikaner hatte sein müssen, der auf der sogenannten Insel der Zusammenkunft über ihn geklettert war, es gab so viele Länder und Regionen auf der Erde, aber genau in jener Ecke, aus welcher der nebenbuhlerische, sauschwänzige, impotente zoophile Besteiger meines persönlichen widerlichen Abgrunds kam, mußte ich meinen Urlaub verbringen, nun, meine Urlaubspläne bezüglich des Maghreb waren eindeutig zuerst da, sie besaßen also eine chronologische Priorität gegenüber dem maghrebinischen

Schlappschwanz, der sich als wahrhaftiger Hurenbock dem widerlichen Abgrund gegenüber betätigte und sich in solcher Manier selbst dem Delikt der allerniederträchtigsten Hurerei preisgab und sich daraufhin auf das geringstmögliche Subniveau, jenes des widerlichen Abgrunds nämlich, begab. Bei vielen Begegnungen mit maghrebinischen Männern dachte ich mir, daß es einer von ihnen hätte sein können, der dies tat, der widerliche Abgrund hatte es in seiner SMS in der ihm unvergleichlichen, halbdirekten Art nicht de facto zugegeben, es war dem halbwegs aufgeschlossenen oder gar intelligenten Menschen aber klar, daß beim gemeinsamen Fortgehen nicht bloß Baccara gespielt worden war, unter anderem zerbrach neben meinem Herz auch die bereits ramponiert gewesene Idealvorstellung vom braven, gebildeten Mädel, welche ohnehin nur mehr stark rudimentär in meiner Gedankenwelt Platz gefunden hatte. Nun bewegte sich die aus zwei Österreichern, aus dem anständigen, netten Mädel aus Oberösterreich und aus mir, bestehende Karawane wieder weiter Richtung Süden, ich entschied mich also doch, etwas länger in Marokko zu verweilen, ein sofortiger Rückzug kam für mich also nicht mehr in Frage, als wir in Rabat eintrafen, der Königsstadt, relativ geordnet, sauber, unvergessen ist für mich die örtliche Jugendherberge, spottbillig zum einen, extravagant zum anderen, unglaublich frei, ein Vierkantinnenhof mit dazugehörigem, mittigem Orangenbaum, der nachts weit in den nordafrikanisch-islamischen Himmel ragte, die vier Hofkanten umsäumt mit einem Innenring aus Bettbänken, zwar gab es auch Innenräume, um dort zu schlafen, doch ich zog es wie selbstverständlich vor, unter Gottes Zelt zu schlafen; ein abendliches Gespräch noch mit einem jungen Studentenkommunisten aus dem Ruhrpott, der dieses Jahr wieder seinen allsommerlichen Kiffurlaub in Marokko verbrachte und sozusagen zum Inventar gehörte, ein abendliches Gespräch noch, bevor ich halb im Schlafsack, halb im Traume eine meiner schönsten Nächte verbrachte, das dunkle Blau des für mich orientalischen Himmels, all die Subjektivität des über mich hereinwandernden Momentes sog ich voller Wonne ein, selten zuvor war ich so wunderbar frei wie in jener Nacht gewesen, der Hauch des erwachsenen und erwachsenden Abenteurers fernab des mütterlichen Herdes machte mich frei fühlend, ließ mich eins werden mit Marokko, dem ich nun auch stetig zugetan war, ich schlief praktisch allein in diesem schlicht schönen Innenhof, und es zählte mitunter zum bisher Kaiserlichsten meines bis dahin gräflichen Lebens. Noch mitten in der Nacht weckte mich der göttliche Ruf des Ausrufers, inbrünstig und mit solcher Eindringlichkeit, daß ich als Pantheist ergriffen Gottes Nähe am Firmament zu gewahren glaubte, kein Gedanke an Lausig-Destruktives, wie etwa in Frankreich Zurückgelassenes, konnte meine Sinne nun nur annähernd trüben, alles war klar, ruhig, rein, es hätte ewiglich dauern können, doch es ging weiter nach Casa, wie der Marokkaner die Stadt nennt, das weiße Haus, Casablanca, ein tatsächlich klingender Name, der jedoch in der lauten Realität das Synonym für einige Millionen Menschen und deren bescheidene Behausungen darstellt, eine staubig-grauweiße Ansammlung von Verkehrslärm und zum nicht unerheblichen Teil nicht immer vollkommen reinen Gassen, abseits davon prangt eine der höchsten Sakralbauten der Welt, die Hassanmoschee, etwas unermeßlich Teures in einem sehr, sehr armen Land, die freundlich-pulsierende Stadt bot auch wunderbaren Pfefferminztee sowie allerlei köstliche Meeresfrüchte feil, die man nicht verachten konnte. Ich war so sehr in die ambivalente Faszination des Landes eingedrungen, daß nun kaum Platz war, um sich intensiv oder auch weniger ausführlich mit den Eigenheiten des widerlichen Abgrunds zu befassen, zu sehr nahm mich die Vielseitigkeit des Landes in Anspruch, welche nun im programmierten Höhepunkt, dem mystisch-phantastischen Marrakesch, zu kulminieren schien, nie zuvor war ich so weit südlich gewesen, nie zuvor war ich so weit in einen anderen Kontinent eingedrungen, das anständige und nette oberösterreichische Mädel und ich suchten eine malerische Herberge mit allerlei bunten Kacheln und einem bebaumten hellen Innenhof auf und verteilten uns in den faszinierenden Souks und am Marktplatz mit seinen Magiern, Akrobaten und Künstlern aus Tausendundeinernacht, welche feuerspeiend, Schlangen und Messer schluckend und beschwörend und spießgrillend und marktschreiend und feilschend und der anständigen oberösterreichischen Dirn auf den prallen, gut gewachsenen, großen jungfräulichen Busen glotzend und darüber zotige Bemerkungen machend ihre Dienstleistungen feilboten. Wir warfen uns voller Lebenslust und Gier auf Neues in ein spektakuläres Gesamtschauspiel, das weder von der Gaunerhaftigkeit der vielen Geschäftsleute, die ihre Preise auf oftmals ein Fünftel des Ursprungspreises drücken ließen, noch von großartigen Gedanken an den wieder in Österreich verweilenden widerlichen isländischen Abgrund getrübt wurden. Die abendliche Stunde der Trennung nahte, der wirklich liebgewonnene zweite Teil der Expedition in Form des netten, anständigen und vollkommen abenteuerlustigen, mutigen, gläubigen und selbständigen oberösterreichischen Mädels machte sich alleine auf den Weg in das südlichere Atlasgebirge und die dazugehörigen Oasen, welch Wahnsinn, höchsten Respekt zollt mir derartiges immer noch ab, mein Pendant in Form der westlichen jungen Frau, alleine busreisend in Marokko, wahrlich wacker, welch Wundertat, wir umarmten uns geschwisterlich und innig, sie sagte *Servus Großer*, ich wußte, sie würde auf sich aufpassen, ich mußte mir keine sonderlichen Sorgen um sie machen, sie machte ihren Weg. Ich selbst fuhr über Algeciras, wo mich die Polizei am Bahnhof kurz zu meiner Herkunft befragte, offenbar sah ich aus, als ob ich Drogen von Marokko in die Alte Welt zu schmuggeln imstande gewesen wäre, die Spanier artikulierten so etwas wie *Haschisch?*, ich verneinte, meinte wahrheitsgemäß, ich sei Nichtraucher, woraufhin sie von mir ab- und mich zuerst ins weniger tolle Madrid und dann ins schöne Barcelona entließen, eine famose Stadt, im Zug spielte es den Walzer *An der schönen blauen Donau*, was mich ob der in mir heimatlich-patriotische Befindlichkeiten generierenden Gefühlsverfassung gleichermaßen Melancholie und Stolz empfinden ließ, und nebenbei sei festgehalten, ja, auch Spanien war einmal unter österreichischer, also damals habsburgischer, Krone gewesen.

Ich entsprang dem Zug und fand eine grandiose Stadt vor, von der von kanadischen und britischen Jugendherbergsinsassen inszenierten und mich ein beträchtliches Maß an Schlaf kostenden, von Lokal zu Lokal bewegenden Alles-inklusive-Sauftour abgesehen, in der grandiose Architektur ebenso zur städtischen Sphäre gehörte wie der malerische, moderne Hafen, die pittoresk-stilvolle Altstadt mit den billigen nächtlichen, drallen Nutten und der von mir am nächsten Tag besuchte

Olympiapark samt Kulturzeugs. Um Geld und ehrlichgesagt auch Zeit zu sparen, ging für mich die Reise bereits am nächsten Tag weiter an die blaue Küste, an der ich in Nizza mein Lager aufschlug und mir auch ein Bild und mehrere Fotos von Monaco, dem mit Ausnahme der schönen Anhöhe samt Fürstenschloß trist versnobt-verbetonierten Felsen, sowie dem ruhigen Cannes machte. Hier war ich wieder in Urfrankreich gewesen, französischer als an der weltbekannten und gerade für ihr Französischsein weltberühmten Côte d'Azur konnte kaum etwas sein, wieder kam ich in Kontakt mit der Frankophilie des widerlichen Abgrunds, wieder war er gegenwärtig in der in Nizza zu mir genommenen Ente und dem goutierten Wein, es war eine Vergegenwärtigung, wie sie nur von der Vergegenwärtigung des göttlichen Heilands in Brot und Wein im Rahmen der heiligen Eucharistiefeier übertroffen werden kann. Dieses Mädchen von dem Eiland zwischen Grönlandsee und Europäischem Nordmeer, also eine junge Frau wie meine weiland Mitgereiste, nur keine nette und anständige, sondern alles andere und allem Guten diametral gegenüberstehende und daher stets mit dem Niederträchtigen einhergehende und einherlaufende und -denkende, dieses Mädchen, diese junge Frau, diese jugendliche Dame in Form eines mädchenhaften Fräuleins, diese große Lolita verkörperte für mich auch das Frankophone an sich, sie schwärmte für Prêt-à-porter, für den gallischen Zungenschlag und eben für all das Französische auf diesem Planeten, weshalb sie für mich eine isländische Botschafterin französischen Lebensstils und Geschmacks geworden war, sie selbst sah als geborene Isländerin für mich französischer aus als all die französischen Gören zusammen, sie war für mich eine gebildete und stark eingebildete, junge Pseudofranzösin isländischer Provenienz. Ich zog heimwärts, mit jedem Meter Richtung Heimat nahm auch die abstoßend-anziehende, wundersame Affinität zum widerlichen Abgrund wieder direkt proportional zu, weiter nach Straßburg, eine Stunde nasser Aufenthalt, dann weiter nach Basel, Zürich, eine saubere, klare Stadt, über das unbemerkte grüne, punktige Liechtenstein – dessen Ursprünge sich als Stammsitz der Fürsten von Liechtenstein übrigens in Maria Enzersdorf bei Wien befinden – heim über Vorarlberg, die ehemals gefürstete Grafschaft Tirol, wo eine liebe Greisin mir von der Heiligkeit der katholischen Kirche erzählte und mir ein kleines Marienbild mit auf den Weg gab, über das als solches bezeichnete Deutsche Eck über Salzburg heim gen Wien, wo ich marokkanisch braungebrannt, aber ein wenig schlanker, mit vielen Erinnerungen im Gepäck und im Herzen wieder ankam, traurig des Fernwehs, glücklich der Wiederkunft, nahmen mich die Stadt und vielmehr meine laute studentische, verlauste Ottakringer-Gürtel-Wohnung wieder auf, ich fuhr tags darauf wieder in die vertraute steiermärkische, vormals herzogliche Heimat und freute mich kindlich des Mitgebrachten und der bald darauf entwickelten sieben Farbfilme.

Ich hielt mein Versprechen gegenüber dem widerlichen, inzwischen für zunächst zwei Semester im Studentenheim in Wien weilenden Abgrund und schrieb ihm, daß *mich die steirische Heimat braungebrannt wiederhabe und daß ich ihn gerne wiedersehen wollte*, man vereinbarte dann telefonisch ein Rendezvous, ich rief ihn unterdrückt aufgeregt an, das heißt, ich war aufgeregt, unterdrückte dies aber durch gespielte Souveränität, um in keinem Falle den Verdacht der allzugroßen Zuneigung oder gar Verliebtheit aufkommen zu lassen, was mir insbesondere schwerfiel, da mich das plötzliche Aussetzen des Telefonakkumulators und die dadurch erzwungene Gesprächszwangspause und das darauffolgende erneute Anrufen einer gehörigen seelisch-kommunikativen Belastungsprobe aussetzten. Man vereinbarte ein, so glaube ich mich entsinnen zu können, freitägliches Treffen gegen etwa sechzehn Uhr vor der U1-Station am gleichnamigen und dazugehörigen Stephansplatz, ich kam in blauem V-Pullover mit darunterliegendem beigem, aus Marokko stammendem und daher unter Umständen gefälschtem Ralph-Lauren-Poloshirt und dem eigens für mich enger gemachten väterlichen grauen Fischgrätsakko in den Händen, ich sah die Abgründige aus den Augenwinkeln vor der Untergrundbahnstation stehen, verdrängte dies entweder unbewußt oder sah sie einfach nicht gut genug, weshalb ich hinunter- und nochmals hinaufging, wo sie etwas erstaunt vor mir stand, man hatte sich tatsächlich erst dreimal zuvor bewußt gesehen, und dies zum letzten Mal vor fast drei Monaten. Vor mir stand eine völlig fremde Person, zu viel war in der vergangenen Zeit passiert gewesen, als daß man in dieser befremdlichen Situation auch nur annähernd von Vertrautheit hätte reden können, beklemmte und beklemmende Verdutztheit wäre treffender, um die Anfangskonstellation zu beschreiben, aus der dieses Treffen erwuchs. Vor mir stand eine sehr großgewachsene, schlanke und wieder rotblond gewordene junge Frau, sehr hübsch, die ich zwar kannte, aber zwischen der und mir sich eine große zeitliche und existentielle Distanz aufgetan hatte, die es, so dachte ich, zu überwinden galt. Angesichts der Nervosität und des inneren Schwärmens, das ich durch väterlich-pseudosouveränes, möchtegern-überlegenes Gehabe zu übertünchen suchte, vergaß ich im ersten Moment das urtypisch Abgründige an dieser bestimmten Person, ich sah hinweg über den Makel des Sich-monatelang-Zierens, des scheinbaren Vergessens von Daten, des niederträchtigen Betrügens mit Nordafrikanern, des Zickens und Zankens, ich legte einen sanften Schleier aus Silberstaub über die klaffenden Wunden, dieser Engel neben mir konnte dies Schlachtfeld doch nicht geboren haben, diese Elfe an meiner Seite war doch zum Kreißen solch emotionaler Missetaten außerstande, dünkte mich kurz, bevor mich mein Verstand gottlob wieder ein- und solcherart auf den erdigen Boden erdend zurückholte. Ich hatte davon geträumt, sie wiederzusehen, mein ganzes Herz war daran gehangen, jeder Atemzug war von diesem sehr tiefen Gefühl durchdrungen, von diesem Wunsch, unendlich, verschwommen, was für eine sanfte Hingabe, die sich ständig mit der wachsenden Grausamkeit der Realität duellieren mußte. Sie war besonders erstaunt und wohl auch im selben Maße geschmeichelt, als ich ihr von den mir beim vormaligen Treffen geschilderten persönlichen und von mir beiläufig und subtil ins laufende Gespräch eingewobenen Details wie Haustiernamen, individuellen Geburtstagsgepflogenheiten et cetera berichtete und damit zugegebenermaßen auch persönlichen Eindruck schinden wollte. Wir machten uns auf den Weg zum Café Alt Wien, das für solche Anlässe wie geschaffene Lokal in der Bäckerstraße Nummer neun im ersten Wiener Gemeindebezirk namens Innere Stadt, wo ich heute noch oft und gerne meine Mahlzeiten im abgeschotteten Nichtraucherbereich verzehre, kein Lokal wie jedes andere, dem besonderen Anlaß entsprechend, am Weg dorthin sprach man, ich erzählte von meiner Reise, schilderte weltmännisch-welterfahren, ganz braungebrannter Seebär, wußte von verzehrten portugiesischen Schweinsohren, die ich für Quallen hielt, worauf ich ein *das ist ja etwas für Hunde* vernahm, wie wahr, ich war ein herrenloser, streunender, ewig umherirrender Hund gewesen und war es immer noch, denn ich wußte nicht, ob mich der Hafen empfing, ein auf ewig verdammter, rastlos rufender, tragischer Fliegender Holländer, weit und breit keine treue Maid in Sicht, die mich von der ewig harrenden Stellung auf Deck hätte befreien können, ich war ein zuinnerst schwermütiger, La Paloma trällernder Hans Albers, *La Paloma, ade, einmal wird es vorbei sein…* Im Bewußtsein der Distanz all dessen agierte ich, im Bewußtsein, daß mein Gegenüber auffällige Komplimente und emotionale Zuneigungsbezeugungen als lächerlich empfinden könnte, jeder Fehler könnte mich an und in den Abgrund führen, so dachte ich, und ich blieb locker, versuchte die Lockerheit so sehr, bis ich wieder ein wenig ich selbst war. Ich punktete abermals mit scheinbar längst vergangenen Einzelheiten, die mir mein Gegenüber bei den vormaligen beiden Treffen verriet, dem Namen des russischen Lieblingskomponisten etwa, ich wußte um so vieles und noch um viel mehr, worüber mein Gegenüber sich auf das Allerhöchste hin erstaunt zeigte und ich selbiges stark beeindruckt zu haben schien, ich war, und zeigte dies subtil, aber nachdrücklich, sehr, sehr stark an dem Gegenüber interessiert.

Im Alt Wien angekommen, setzten wir uns erst an einen hölzernen Tisch und danach Stunden später auf die Couch, ich trank dunkles Bier, Gösser Stiftsbräu, mein Gegenüber auffälligerweise nur Tee, was ich als Akt der Distanz empfand, man wollte einen nüchternen Kopf behalten, so suggerierte es mir diese Verhaltensweise, während ich nach dem Auftauen trachtete, ich schilderte meine Reise en detail, von A bis Z, wußte auch vom platonischen, amikalen Zusammensein mit dem anständigen oberösterreichischen Mädel zu erzählen, was beim Gegenüber keinerlei Anzeichen jeglicher Eifersucht oder Ähnliches hervorrief, was ich im Allerinnersten bedauerte. Man sprach auch über Intimeres, das weibliche Gegenüber, das in rote, meinem Geschmack nach zwar furchtbare, aber irrelevante Caprihosen gekleidet war, es fuhr sich, wissentlich respektive bewußt – oder auch nicht – durchs offene Haar, erstmals außer bei der indirekten zweiten Begegnung im Lirtzz trug mein persönliches Gegenüber sein Haar offen, es reckte sich auf, sodaß sein hübscher, damenhaft-zierlich-aufrechter Busen durch seine Kleidung hindurch adrett zur Geltung kam, so begann dieses Treffen mit körpersprachlichen Flirtsignalen gegenüberlicherseits. Ich schilderte unter anderem voll spitzbübischem Stolz, daß ich meine in Marokko erstandenen Ralph-Lauren-Poloshirt-Billigkopien von der mutternahen heimatlichen pensionierten Schneidermeisterin mit dem tatsächlich genuinen, originalen Seitenschlitz, welcher mit einer ganz genau bestimmten Länge bemessen zu sein hatte, versehen ließ, um in erlauchten oder auch weitaus weniger erlauchten Kreisen nicht als Plagiatträger entblößt zu werden oder dergleichen, mein keckes, witzig gestimmtes Gegenüber quittierte dies mit dem herzhaft gegrinsten Sager, daß ich *krank* sei, was ich selbst nicht unamüsiert aufnahm. Überhaupt, joviales Scherzen lag zu diesem Zeitpunkt zwischen uns beiden, mir und meinem Gegenüber, an der Abendordnung, wer uns beobachtete, kam zu dem Schluß oder hätte zu dem Schluß kommen müssen, daß hier zwei waren, die sich gut verstehen, fast ein wenig schäkernd verhielten sich die beiden Gestirne zueinander, der wilde, männlich-feuernde Mars, denn die Isländerin war Widder, und der feminine, blauwässrige, zarte Mond, denn ich bin Krebs, ein loderndes Wechselspiel, das selten ohne ein Sich-Messen ausging, balancierend kam lediglich hinzu, daß, wie ich bei einem späteren Treffen im darauffolgenden Jänner erstaunt in Erfahrung bringen konnte, wir, sie und ich, im Aszendenten *Löwe* Geborene waren, was mein Gegenüber zur doppelt Befeuerten, mich selbst als innerlich zwischen Wasser und Feuer Gespaltenen und in deren Spannungsfeld Befindlichen, aber auch als mit beiden Sphären diplomatisch Korrespondierenden und daher Vielseitigen zu determinieren schien. In Wirklichkeit irrten wir beide über diesen Umstand, denn in Wahrheit war sie nämlich Aszendent *Fische* gewesen, wie ich errechnen konnte und was sie mir später bestätigte, sie sei darüber schockiert gewesen, da das Zeichen Fische ja so sensibel sei und so weiter und so fort und man im Laufe des Lebens immer mehr zum Aszendenten würde, sie also auch immer weicher würde, was ich hoffte, später, so dachte ich, mit dreißig oder mehr Jahren, würde sie wohl fischig-zahm und häuslich und gebärend und mir zugetan werden, wer weiß. Im Laufe dieses besonderen Gesprächs kam auch zum Ausdruck, daß mein weibliches Gegenüber, physiologisch weiblich, astrologisch – noch – vorwiegend männlich, welch interessante Dramatik, niemals wirklich verliebt gewesen war, es verabscheute vielmehr immer das es Verherrlichende und Vermusende sowie Verschmusende, Liebesgedichte seien ja, wie es bereits bei einer vormaligen

Zusammenkunft ausgeführt hatte, wie sonstige Zuneigungsbekundungen meinem weiblichen Gegenüber eben ein Greuel, und zwar in konzentrierter Form, nur einmal, so gestand es, zwei Lenze zuvor, traf es, das Gegenüber also, im Zuge einer Kirchenbesichtigung in Þingvellir auf einen zum damaligen Zeitpunkt etwa gleichaltrigen, verschnöselten, in Island ansässigen österreichischen Bengel, der angeblich in einem englischen Elitegymnasium seine Bildung erhielt und der angeblich adlig war, wobei ich als angehender Jurist verfassungsrechtlich kritisch vermerken muß, daß der sogenannte Adelsstand in Österreich mit dem Zusammenbruch der Donaumonarchie seit dem dritten April neunzehnhundertneunzehn offiziell aufgehoben ist. Davon abgesehen manifestierte sich in dieser Aussagengruppe meines Gegenübers deutlich die Affinität zu sogenanntem Höherem, das vom Gegenüber Artikulierte offenbarte seine latente oder akute Neigung zu von manchen solcherart bezeichneten oberschichtsangehörigen Menschen. Tatsächlich forschte mein Gegenüber, so jedenfalls bekam ich es von demselben geschildert, über die Internetpräsenz besagten Elitegymnasiums, welchem der Nichtmehradelige zum damaligen Zeitpunkt angehörig gewesen war, dessen Namen aus, um sodann alsbald seine Mail-Adresse auszukundschaften und selbigem eine E-Mail mit der Absicht eines Treffens zukommen zu lassen, welches daraufhin tatsächlich in Reykjavik zustande kam, so jedenfalls die Schilderungen meines Gegenübers, auf die ich mich berufe, das Verhalten des Wunschedelknaben entsprach jedoch nicht unbedingt den Wünschen meines Gegenübers, welches den präsumierten Edeljunker als zynisch-arrogant-versnobten Schmierer erlebte und somit, anstatt von seiner Lieblichkeit, von deren Gegenteil überzeugt wurde. *Let it be*, so dachte mein vielleicht auch zu halbherziges Gegenüber vielleicht, auf jeden Fall wurde nichts aus der bisher einzigen anflughaften, einseitigen Liebelei meines teuren Gegenübers, dem ich von einigen meiner emotionalen Tiefgänge und Höhenflüge bezüglich Frauen erzählte, von einigen verhurten Schlampen und vergötterten Liebchen, als die Rede auch auf den La-Réunion-Aufenthalt meines Gegenübers kam und selbiges das prunkvolle Hotel, in dem Touristen aus aller Herren Länder wohnten, pries, vom oft schwierigen Umgang mit der verdammten und Moskitos en masse gebärenden Schwüle wußte und einen schönen Ausflug ins Innere der Insel schilderte. Plötzlich war mein bis dahin neutrales Gegenüber wieder ganz der alte widerliche, messerscharfe und vordergründig unverhofft niederträchtige Abgrund, der seine menschlichen Qualitäten an der Wiege abgelegt zu haben schien, indem er mir vom Abend mit dem ebenso liederlichen Maghrebiner schilderte, ein Mauretanier aus vermögendem Hause genauer gesagt, so schilderte es zumindest der dreckig-widerwärtige Abgrund, der Maghrebiner, der vorher die Eigentümer des Hotels, in dem der widerwärtige Abgrund weilte und die mit dem Maghrebiner befreundet waren, um Auskunft gefragt hatte, ob es sich denn überhaupt auszahle, seine knapp bemessene Zeit auf La Réunion mit einer isländischen Göre zu verbringen, woraufhin die solcherart fungierenden Hotelbesitzer als moralische Scharfrichter auftraten und dem widerlichen Abgrund in Form der Isländergöre einen Freibrief zum Ausgehen mit dem maghrebinischen Sauschwanz erteilten, den Schilderungen des widerwärtigen Abgrunds zufolge ein prassender Macho, eine glitschige Geldfresse, die nur mit ein paar Hundert-Dollar-Scheinen zu fächern brauchte, um die Hasen auftanzen zu lassen, er spendierte dem extrem geltungsgeilen widerlichen Abgrund, der für Geld und materielle Annehmlichkeiten gleichsam wohl zur öffentlichen Sache, zur res publica, geworden wäre, er spendierte selbigem widerwärtigem Abgrund ein paar alkoholische Getränke, Cocktails und dergleichen in der Hotelbar, woraufhin der selbige sein Selbstwertgefühl als emporgehoben empfand und er dem Maghrebiner-Penis aus der schleimigen Hand fraß. Explizit und offen hat der widerliche Abgrund es nicht erwähnt, daß er es mit dem begüterten Mauretanier bis zum Äußersten getrieben hatte, aber an der Fratze des widerlichen Abgrunds konnte ich alles ablesen, bis zum widerlichsten und bittersten Abgrund seiner schwarzen Seele hinab, es stieß mir wie mit Messern in Herz und Bauch, so etwas erleben zu müssen, zum zweiten Male erlebte ich durch diesen verdammten Sohn einer mauretanischen Mehlmotte eine emotionale Messerstecherei und einen Hieb verabreicht, der mich schmerzerfüllt taumeln ließ, jede dieser Andeutungen war wie ein stacheliger Peitschenhieb und eine brachiale Ohrfeige, deren abergrausame Intensität ich zum heutigen Zeitpunkt nachzufühlen bei weitem außerstande bin. Dies alles wurde nur noch gesteigert und vervielfältigt und übertroffen auf die dem widerlichen Abgrund innewohnende und mit seiner menschenverachtenden, beispiellosen und unübertroffenen monsterhaft-abartig-perversen Bestialität einhergehenden Weise, indem mir dieses niedere Subjekt, für dessen Beschreibung mein derbster Wortschatz an seine dunkelsten Grenzen stößt, schilderte, daß es *vor kurzem etwas mit dem Typen hatte, in den seine Freundin in Reykjavik schon länger verliebt gewesen war.*

Welch Gaudium mußte es wohl gewesen sein, den Gísli, so hieß der dumme Schwanz, eingedenk der Begebenheit, daß eine der besten Freundinnen schon seit längerem nur von diesem Bestimmten schwärmte, in die ausgelegte Falle gehen zu lassen, obwohl er einem selbst *egal* war, nun, ich fragte, wie die Freundin dies aufnahm, der dreckige, widerliche und widerwärtige Abgrund grinste nur idiotisch und meinte, sie sei zwar nicht besonders erfreut gewesen, habe es aber letztendlich akzeptiert, widerlicher Abgrund, du strohdumme und charakterlose Fotze, merktest und merkst du nicht, wie dreckig du bist, welch ätzende Pisse du in die Herzen der Menschen versprühst, du Elend, wo du wandelst, ist Tod, wo du atmest, ist Unheil, wo deine Schritte schreiten, ist Verderbnis, elender widerlicher Abgrund, du Verpester der Seelen, du Zerstörer der Zuversicht, du abartiges Scheusal, womit hast du das verdient, womit sollen wir dich loswerden, du Tor zur fleischgewordenen Hölle, erlöse du uns selbst von dir, habe Anstand und erlösche in dir selbst, Ausgeburt des Schicksals, du apokalyptische Kulmination des Bösen, fortwährender Fraß des Feuers. Magenschmerz und Seelenkrämpfe waren meine zermürbenden, mir den Hals zuschnürenden Begleiter, als ich dazu anhob, beinahe tödlich verletzt zu fragen, ob sie den Schwanz Gísli, dessen Namen »Stange« bedeutet, liebte, und sie lediglich dümmlich-süffisant, in der ihr eigenen verharmlosend-idiotischen Art grinsend *weiß ich nicht, hihi* hervorstieß, du garstiges Scheusal, Gott sei bei uns, wenn deine abartige Verletzungswut uns heimsucht, du unnötiges, brav spielendes konfliktverliebtes Elend, zieh vorbei, du verseuchte isländische Hure, elendiges Vulkan-Nuttenmaul, Klitorisscharfschützin, du Energievampirin in allen verbrunzten Gassen, so denke ich heute, aber damals war ich unfähig, Großartiges zu denken, mir blieb nur, zu bluten, in seelischen Litern und Gallonen rann das Blut aus mir heraus, kostbares Herzblut immer mehr und mehr, ich konnte es nicht stoppen, es rann und rann, und viele Liter rannen direkt aus meinem Herzen, aus meiner Seele heraus, die widerwärtige kleine Drecksau hatte es beinahe geschafft, es stand kritisch um mich, ich war tatsächlich schwer angeschlagen, um Luft rang ich, alles verschwamm rund um mich herum, so viele Fehler schien ich begangen zu haben, wie aus tausend Maschinengewehren schoß es aus allen Rohren auf mich heraus, die Last war zu erdrückend schwer geworden, ich wollte schreien, konnte aber nur lächeln, ich war zu schwach, um aufzubegehren, keine Widerwehr – kein Aufbegehren, elendig war ich, sitzend und doch am Boden, verdammt, was hatte mir dieser Mensch angetan, war das noch ein Mensch oder was denn? Meine Befindlichkeit war im wahrsten Sinne des Wortes schlecht, und ich wußte kaum, wie mir geschah, ein solches abartiges Luder hatte sich in meine Seelengänge geschlängelt, ohne daß ich es hätte verhindern können, hatte sich der Abschaum eine Brutstätte in meinem Herzen gebaut oder war zumindest im tatkräftig-schädlichen Begriff, dies zu tun, sehr zu meinem schwersten Schaden, dieser Seelenschädling hatte sich tatsächlich bei mir eingenistet, um mich auszuhöhlen von der allerinnersten Seite, ich konnte dies alles kaum glauben, ich ahnte die abgrundtiefe Schlechtigkeit des widerlichen Abgrunds, was ich ahnte, war jedoch nur die alleräußerste Deckhülle einer in sich vor Unmenschlichkeit verfaulenden Spezies, deren Abgefeimtheit in mir eine menschliche Tragödie zu entfachen schien, der widerliche Abgrund gesellte all diesen menschlichen Abgründigkeiten einen weiteren Tiefpunkt hinzu, als er beiläufig die Bemerkung wie einen Block Stahlbeton auf mich niederschlagen ließ, er finde zur Zeit keinen passenden potentiellen Partner, er, der widerliche Abgrund, könne sich mit keinem der ihn umgebenden Männer *was* vorstellen, auch wenn dieses *was* in sich äußerst diffus gewesen war, so ließ der Stahlbetonblock dennoch meinen Atem stocken und mich beinahe die Fassung verlieren, ich konnte nicht anders, als mich in meiner hilflosen Lächerlichkeit selbst preiszugeben, ich legte meinen Kopf lammgleich auf die blanke Schlachtbank und bettelte um *die Hinrichtung*, indem ich dem widerwärtigen Abgrund hilflos, entstellt lächelnd antwortete *na ja, ich bin ja da*, woraufhin diesem nur ein widerwärtig gegrinstes *Ja eh* entfuhr, diesem Grinser entnahm ich alle Überheblichkeit dieser Welt, eine derart penetrante und offen zur Schau getragene Arroganz hatte mich zeitlebens selten heimgesucht, dieses *Ja eh* war der furchtbare Brosamen, den der harte, graue Alltag einem sich einen Lottogewinn herbeisehnenden Rentner beimaß, ich war erledigt, elendig und erniedrigt zugleich. Ich hatte mich ein Stück weit aus der halbsicher deckenden Verschanzung gewagt, als ich einen furchtbaren Streifschuß erlitt, der mein versiegendes Blut aus einer weiteren klaffenden Wunde bluten ließ, das Erlebte nicht fassen könnend fragte ich den widerlichen Abgrund *fassungslos* nach dem Grunde unseres Zusammenseins, ich wollte wissen, weshalb er sich mit mir traf und seine grausame Zeit mit mir verbrachte, ich fragte hungrig nach einer heilsamen Antwort, welche mir den Schein einer Gewißheit, einer Zuneigung, ein Fragment einer Hoffnung auf Besserung hätte vermitteln können, der widerliche Abgrund hatte in seiner schier keine

Grenzen kennenden und keine Limitierungen anerkennenden Schlechtigkeit keine andere Antwort parat als jene, daß er sich mit mir treffe, *da ich danach verlangt habe*. Dies kommt dem Vergleich nahe, daß die junge, tugendhafte Maid, welche sich nach der harten Arbeit anschickt, nach Hause zum trauten Herde zu fahren, und auf dem Wege zu ebendiesem vom gut aussehenden, aber stumpfen Lusttölpel, den sie insgeheim seit langem anhimmelt, überrumpelt und grausam vergewaltigt wird und im Anschluß an das abartige Verbrechen von ebendiesem zu hören bekommt, daß sie selbst Schuld sei, denn sie habe ihn ja gegrüßt und ihm diesen ihn zum abartig-fleischigen, gewaltsam-beklemmenden Beklettern animierenden Blick zugeworfen, woraufhin der abartige, stumpfe Lusttölpel gar nicht anders gekonnt hatte, als diese nichts als Gutes im Schilde führende, reine Maid auf das Bestialischste zu mißbrauchen. Der widerlich grinsende Abgrund war in der Wahl der Mittel seiner Grausamkeiten bar jeder Barmherzigkeit und schlug blindlings um sich, keinerlei Menschlichkeit oder jedwede Schonung ließ er im Zuge seiner egoistischen Rodung gelten, weh dem, den er zum Gesprächspartner auserkor und der seine menschenunwürdige Seelenfolter ertragen mußte. Dieses psychische Inferno, dieser seelische Großbrand, diese als Massaker an meiner Seele zu bezeichnende Konversation kippte beizeiten jedoch in eine menschliche Annäherung um, man sprach über das Leben und dessen Bürden, die Pflichten des Alltags, und mit ihnen wurde der damit einhergehende Broterwerb respektive das Hochschulstudium sprachlich ins Auge gefaßt, es drehte sich um das von meinem Gegenüber in Angriff zu nehmen habende Germanistik-Erasmus-Auslandsstudium als solches, welches an der größten hiesigen hohen Schule, welche im Allgemeinen als Universität Wien tituliert wird, zu absolvieren sein werde, dies sei meinem Gegenüber von der Mutter aufgetragen respektive aufoktroyiert worden, ein Schelm, wer Böses dabei denkt, *Honi soit qui mal y pense*. Ich jedenfalls dachte es und mein Gegenüber sprach es aus, daß hier in jedem Falle entgegen dem ureigensten Willen eines jungen Menschen gehandelt wurde, mildernd konnte lediglich hinzugefügt werden, daß der junge Mensch in der Person meines Gegenübers keine Idee von dem ihm am idealsten erscheinenden Lebens- beziehungsweise Ausbildungsweg zu haben schien, es war also den Alten ein umso Leichteres gewesen, diesen noch teilweise amorphen Seelenkörper ihrer eigenen hochtrabenden und möglicherweise eklatant projizierenden, hoffnungs- und erfolgssüchtigen Ideenwelt auszusetzen und solches ihrem Sproß abzuverlangen, welcher, bar jeglicher Orientierung, ihr keinerlei Widerstandsausübung in den vorgeplanten Weg hätte legen können. Auf meine Frage, welche Ausbildung oder was im Allgemeinen meinem Gegenüber in der Form des neben mir sitzenden jüngeren Menschen am allerehesten behagt hätte, erklärte mir dieses, daß es unter Umständen eine Lehre als Ofensetzerin gewesen wäre, der man etwas Gutes, Kreatives und Angenehmes hätte abgewinnen können, wobei ich dem Gegenüber anriet, sich doch, wenn dies am ehesten mit eigenen Idealen in Einklang zu bringen gewesen und man dieser Richtung geneigt wäre, dieser Ausbildung zu widmen, anstatt sich an der Uni sitzend damit aufzuhalten, mittelhochdeutsche Silben aufeinanderzuschütten, Syntax und Grammatik paukend, Lehrmeinungen interpretierend, dies alles kannte ich zu gut aus eigener schmerzvoller Erfahrung als

Wissenschaftler wider Willen und Künstler des Herzens; woraufhin der junge Mensch in Form meines Gegenübers mir zu verstehen gab, daß dies vor allem wegen der Dominanz der mütterlichen sprachwissenschaftlichen Wunsch- und Wahnvorstellungen völlig außer Frage stehe, ich erläuterte daraufhin die Möglichkeit der geheimen Anmeldung und der darauffolgenden geheimen, heimlichen Teil- oder gar Vollzeitlehre als Hafnerin, was bei meinem Gegenüber aber auf wenig Akzeptanz stieß, man könne doch Frau Mutter nicht belügen und noch viel weniger enttäuschen, man *müsse* daher um jeden Preis, und es führe keinerlei Weg daran vorbei, das besonders angesehene und später gewinnträchtige und außerdem eventuell zu späterem, berufstätigem Zeitpunkt der geboren habenden und Familie mitversorgenden Frau flexible Arbeitszeiten bietende Studium der Deutschen Philologie an der damaligen hochwohlverehrten geisteswissenschaftlichen Fakultät der Universität Wien betreiben. Daraufhin frug ich mein Gegenüber, wo denn tatsächlich seine Interessen lägen, woraufhin dieses antwortete, daß selbige in völlig anderen Gebieten zu suchen seien, von den Sprachwissenschaften lägen diese in jedem Falle weit entfernt, was ich mir ob der andersartig gelagerten, vor allem musischen Begabungen meines Gegenübers, das sich noch einige Momente zuvor als der widerlichste Abgrund gebärdete, gut vorzustellen imstande gewesen war. Mein Gegenüber schilderte im Rahmen seiner persönlichen Ausführungen auch dessen innerfamiliäre Situation, welche sich derart gestaltete, daß mein Gegenüber sich – aus seiner subjektiven Sichtweise heraus – einer intellektuell und an Begabungen reichen Mutter gegenübersah, die weiland als Schülerin stets nur die allerbesten Noten vorzuzeigen vermochte und dieselben schulischen Höchstleistungen später auch ihrem eigenen Sproß abverlangt hatte. Dieses schiere Unterlegenheitsgefühl schien mein Gegenüber einem erheblichen, teils mütterlich, teils selbständig generierten Leistungsdruck auszusetzen, und dies trotz der objektiv erstklassigen schulisch und außerschulisch erbrachten Leistungen, dieser offenbare Mangel an Selbstwertgefühl wurde außerdem durch die offensichtliche Beliebigkeit ebendieser Mutter verstärkt, welche den Nachwuchs mit Zuneigung nicht gerade zu überschütten schien und lieber durch die Weltgeschichte jettete und sich dabei immer jüngere Liebhaber aus aller Herren Länder suchte. Der Vater des unseligen Abgrundes war ein Offizier der Landhelgisgæsla Íslands, der isländischen Küstenwache, im Range eines Skipstjóri gewesen, der, als mein Gegenüber noch ein kleines Mädchen gewesen war, während einer Patrouillenfahrt einer plötzlichen Herzattacke erlag. Ich selbst schilderte meinem Gegenüber wahrheitsgemäß Unglückliches und Verunglücktes aus meiner eigenen Biographie, insbesondere aus meiner Kindheit und frühen Jugend; ich schilderte Intimes und Verzweifeltes, woraufhin sich eine Atmosphäre der verschwisterten Verzweiflung, des kollektiven Zornigseins und der Solidarität im Ertragen vergangener Unbarmherzigkeiten einstellte, ich war wohl sehr angerührt und erschüttert zugleich, daß ich *erst der zweite Mensch* im noch jungen Leben meines nun sehr menschlich und ein wenig verletzlich wirkenden Gegenübers war, der von diesen Barbareien erfahren durfte, es erfüllte mich mit tiefem Stolz, in derart Persönliches eingeweiht worden zu sein, es machte mich auch traurig, ließ den Zorn in mir schwellen und bürdete mir im selben Moment so etwas wie die Ver*antwort*ung auf, damit umzugehen; ich wußte nicht, welchen Rat ich meinem tatsächlich menschgewordenen Gegenüber hätte geben sollen, ich wußte auch nicht, ob das Erzählte nicht die furchtbare und traurige Spitze eines noch menschenzerreißenderen Eisbergs war, von dem zu erzählen mein Gegenüber vielleicht zu jenem Zeitpunkt außerstande gewesen war. Es war für mich kaum zu glauben, als mir mein Gegenüber erzählend anvertraute, daß es sich mit einer Wahrscheinlichkeit von circa *zwanzig Prozent* eines Tages selbst töten werde, ich war gerade im Begriff, mich anläßlich eines Toilettengangs zu empfehlen, als ich dies vernahm, ich empfand es anfangs als Scherz, da mir das Gegenüber diese Botschaft mit dem ihm eigenen Lachen vermittelte, also lachte ich mit, aber mir schien der Grund, weshalb und worüber wir lachten, das Lachen gefrieren zu lassen, ich fragte, vom Klo zurückgekehrt, auf welche Art, auf welche Weise mein Gegenüber sich wohl das Leben nehmen wolle, halb im Scherz fragend, nicht wissend, was wahr und was falsch sei, was in der Tat an diesen gegenüberlichen Gedanken ernst zu nehmen sei. In der Tat, so dünkte es mir, mußte ein junger Mensch, so er auch unter Umständen im Scherze derartiges Gedankengut anklingen ließ, von einem derart niederschmetternden Weltschmerz durchdrungen und diesem in gröblichster Weise anheimgefallen sein, oder dieser junge Mensch wollte sich einfach wichtigmachen, wenn auch auf die makaberste Weise, ich wurde nicht schlau aus dem jungen Menschen, er stellte zunehmend ein fleischgewordenes Rätsel dar, das zu lösen ich in beträchtlichem Maße außerstande gewesen war und bin, ich denke rückblickend, daß es wohl mehr als nur ein Quentchen Todesverliebtheit war, das mir da aus diesem jugendlichen

Herzen entgegenkam. Im Laufe des abendlichen und für mich erstmals einen tatsächlich persönlichen Einblick in die Gedankenwelt des von mir seit Monaten ständig bedachten Menschen bietenden Gesprächs in dem Lokal Alt Wien kam auch die Tatsache ans Licht, daß mein Gegenüber erst einmal in einer so bezeichneten Beziehung zu einem Mann gelebt hatte, sie dauerte ein paar Monate an und bestand aus dem Zusammensein mit einem Maurergesellen, der das Haus der Mutter meines Gegenübers renoviert hatte, besagter Maurergeselle fragte sie, die sie ja ob ihrer Vorzüge physischer Natur nicht zu übersehen war, anläßlich des Verschalens der Außenfassade, sie war damals etwa fünfzehneinhalb Jahre alt gewesen, ob sie denn einmal mit ihm *heimgehen* wolle, was sie tat, offensichtlich schien sich aus selbigem deflorierendem Ereignis eine Art *Beziehung* zu ergeben, was immer mein Gegenüber darunter auch verstanden haben mochte, es hieß allerdings, daß dieses Verhältnis unter keinem besonders guten Stern zu stehen schien, da besagter Maurergeselle ständig etwas am Verhalten meines Gegenübers auszusetzen hatte und selbst beim Essen im Restaurant nicht von diesem Verhalten ablassen konnte, was mein Gegenüber zu ärgern schien, letztendlich zerbrach die Zweisamkeit, wohl nicht zuletzt auch wegen des Verhaltens meines Gegenübers, das an all dem wahrscheinlich nicht unschuldig gewesen war. Mein Gegenüber fragte mich auch, womit ich mein Studium finanzierte, woraufhin ich auf mein Stipendium verwies, was das Gegenüber zur Frage nach dem Berufsstand meiner Eltern veranlaßte, eine Frage, die ich besonders von Kindern aus sogenanntem *gutem Hause* schon so oft gehört hatte und die mich immer wieder vermuten ließ, daß dahinter ein Funke oder auch ein wenig mehr an Profilierungssucht stecken möge, da ich zwar aus soliden, wenn auch im Vergleich zu *früher* verarmten Verhältnissen stammte, wie auch immer, ich erzählte dem Gegenüber von den elterlichen Professionen, und es antwortete, daß es wohl schwierig für es sei, ein solches, wenn auch leistungsbezogenes, Stipendium zu ergattern, wo doch der verstorbene Vater als relativ ranghoher Offizier ein beträchtliches Vermögen hinterlassen hatte und die Mutter die Eigentümerin zweier gutgehender Eisenwarengeschäfte in Reykjavik sei. Im Laufe des Abends trat auch zutage, daß mein Gegenüber als Kind auch immer Offizierin der Isländischen Küstenwache werden wollte, wie ihr weiland verstorbener Vater, der vor seinem Tode das Küstenwachschiff Þór kommandiert hatte, auf dem er auch starb, ebenso wollte das Gegenüber der Nautik frönen, wenn es nicht gerade davon träumte, selbst einmal eine Stahlwarenhandelskette zu gründen, vielleicht sogar europaweit. Welche furchtbare Rolle die sogenannte Mutter, die das Gegenüber wegen ihrer ständigen internationalen, liebesbedingten Reisen dauernd vernachlässigte, in diesem infernalischen Machtgefüge spielte, vermochte ich mir nicht auszumalen, ein passives Weib offenbar oder ein Wohlstandsverwahrlosung hervorrufendes, keine Vorstellung hatte ich von diesem Menschen, was unter Umständen besser war, als sie persönlich zu kennen, so meinte ich, wer wisse schon, was sich hinter dieser Person verbergen möge, besser sei das Unbekannte, so deuchte mir.

Acht Stunden saßen mein Gegenüber und ich beieinander, acht Stunden im Lokal Alt Wien, ich bestellte im Zuge des Abends noch ein dunkles Bier, ich mochte das Malzige daran, das mich von innen her Stärkende, ich aß, so meine ich mich entsinnen zu können, eine französische Zwiebelsuppe, als mein Gegenüber *Minestrone* orderte, eine italienische Gemüsesuppe besser gesagt, als es das so dahinsagte, klang es für mich nach *Menstruation*, aus Mädchenmund gesprochen, eine gar blutige Gemüsesuppe, nun ja. Die Beine in für mich kitschige, eng anliegende Caprihosen gehüllt oder gepreßt und gespreizt, saß es neben mir da auf dieser Couch, was zu Beginn des Abends nach einem oberflächlichen Flirtgelaber aussah, sich durch die Haare fahrend, seine Brüstchen kokettierend ausstellend, entpuppte sich zunehmend als intime, sehr tiefe und persönliche Séance, alle Höhen und Tiefen durchlief ich, blanke Eifersucht, gejagt von tiefer Zuneigung, subtilem oder offensichtlichem Umwerben, das alles oftmals bedeckt von einer zähen Schicht des derben Hasses, die dann und wann von zarten Schleiern des Mitgefühls verschleiert wurde.

Als es zwei Uhr morgens wurde, schickte man sich gemeinsam zum Verlassen der Schenke an, ich war beeindruckt und bewegt, einen solch intimen Zugang zu meinem Gegenüber erlangt zu haben, erst der zweite Mensch gewesen zu sein, der von seiner kindlichen Qual erfuhr, ich stand diesem Menschen tatsächlich sehr nahe zu diesem Zeitpunkt, umso mehr, als er mir erzählte, daß er eigentlich am darauffolgenden Morgen eine Literaturkritik-Übung zu bewältigen hatte, diese, zur Erlangung eines positiven Zeugnisses unabdinglich, begann bereits frühmorgens, mein Gegenüber hatte also einen gehörigen Schlafmangel in Kauf genommen, nur um mit mir all das zu besprechen, ich fühlte mich sehr geehrt. Aber diese Harmonie konnte nicht ohne die dem Gegenüber inhärente Feindseligkeit einhergehen, als ich vermeldete, wie sehr ich den ersten Bezirk als

Bezirk mochte, so meinte das Gegenüber, es habe ihn auch gerne, stammte doch auch die Mutter eines seiner sogenannten *lieben Lernfreunde*, also es höchstwahrscheinlich gefickt und in es, also in die Eingeweide seines Beckens orgasmiert habender Liebhaber, aus selbigem Stadtteil. Das Gegenüber garnierte diese Aussage mit dem gewohnten halblustig-feindselig-schadenfrohen Gegrinse, das hintanzuhalten es in solch niederträchtigen Situationen wohl völlig außerstande war. Bei der Michaelerkirche angelangt, meinte ich, daß es sich um meine Stammkirche handelte, die ich dann und wann, meist in der mir vorgezogenen Einsamkeit besuchte, woraufhin das Gegenüber seine antireligiösen laizistischen Sichtweisen ausführte, die ich allerdings nicht mit einer Antwort bedachte. Ich lud das Gegenüber zum Schlafe in meine Wohnung ein, wohlgemerkt ohne den Hintergedanken des vorehelichen Beischlafs, zu sehr wichtig war mir dieser Mensch von Anfang an geworden, als daß ich ihn bloß einmal zum Spaße hätte besteigen und beschlafen wollen, nein, vielmehr trachtete ich danach, ihn einfach in meiner Nähe zu haben. Ich bot ihm sogar das zum damaligen Zeitpunkt kurzfristig vakante Nebenzimmer eines meiner Mitbewohner an, denn der Unterste der Unbedarften war für ein paar Tage verreist, der ehemalige niederträchtigste und liederlichste und opportunistischste und angepaßteste und pseudogutmeinendste Wohnungskumpan überhaupt, was das Gegenüber jedoch dankend ablehnte, es schien offenbar eine geschlechtliche Konfrontation vermeiden zu wollen, was jedoch völlig unbegründet gewesen war. Vielleicht war es tatsächlich der morgendliche Übungstermin, der das isländische Gegenüber in das nächtliche Taxi trieb, nachdem es mir noch ein spontanes Küßchen links und rechts, eine sogenannte Akkolade, verabreicht hatte.

Ich selbst ging in die nahegelegene Wohnung am Gürtel und anschließend zu Bett, ich kann mich nur mehr schemenhaft an den Tag danach erinnern, es war ein Freitag, den ich in Wien verbrachte, relativ alleine, da mein Gegenüber sich in sein Studentenheim zurückzog, es hatte, wie es meinte, wieder deutsche Grammatik zu pauken, eine Lernende war es also gewesen, das auf meine Frage hin, ob es denn beizeiten gedanklich dabei abschweife, vulkanisch-feurig-grinsend *immer* zur Antwort gab. Am Abend nach dem achtstündigen, einander sehr viel näherbringenden Treffen fühlte ich mich schuldig, nichts getan zu haben, um dem Gegenüber zu helfen, ich rief beim Gegenüber an, in seiner seltsam-furchtbaren Manier hob es jedoch nicht ab, ließ mich in meinem Mitwissen einsam dünsten, woraufhin ich eine SMS schrieb, in der ich in ungefährem Wortlaut wissen ließ, daß mich dies alles sehr berührte, daß ich nicht wirklich wußte, wie tief der Schmerz tatsächlich war, und daß ich dafür plädierte, daß mein Gegenüber sich sein Leben nicht von anderen verformen läßt, weder beruflich noch privat, und daß es seine kreative Emotionalität durch ein Tagebuch oder dergleichen nach außen hin kanalisieren sollte. Als ich etwa ein Jahr später nach diesen Geschehnissen mein damals benutztes, im Vergleich zu meinem heutigen viel schwereres, ja schwerfälliges, beinahe antikes, klobiges Handy betrachtete, so wußte ich, wie weit weg das alles tatsächlich schon gewesen war und wie weit ich mich von damals entfernt hatte, ein Prozeß auch des Guten immerhin, dem ich mich aussetzte und aussetzen ließ. Erst nach einigen Stunden, aber früher als sonst, meldete sich mein Gegenüber mit einer SMS mit dem sinngemäßen Inhalt, daß dieses Nachdenken nicht weiterhelfen würde und es daher keinen Sinn machen würde, darüber zu reflektieren. Ein sich selbst aufgebendes Gegenüber schien mir hier resignativ zu antworten, ich suchte daraufhin einige Tage Abstand, fuhr heim ins Steiermärkische, wo der goldgelbe Herbst schon lange Einzug gehalten hatte, schönes Altweibersommerwetter oder schon ein wenig danach, man schnitt, hackte und schlichtete im kühlen, flußdurchronnenen Tal mit den Eltern das Holz für den Winter, und als ich im Garten sitzend mit meinem Herrn Vater darüber sinnierte, ob ich wohl das Falsche oder Richtige getan hätte im Umgang mit meinem Gegenüber, so meinte dieser, daß ich mir wohl zu viele Gedanken über Gesagtes oder Getanes machen würde und daß dies Zwischenmenschlichem unter Umständen sogar mehr abträglich als zuträglich sei. In der Tat zermarterte ich mir Gehirn und Seele pausenlos über das, was ich mit meinem Gegenüber im Lokal besprochen hatte, ich hätte ihm, meinem Gegenüber, am liebsten meine Zuneigung gestanden, per SMS, ich wußte nicht, wo der richtige Weg lag, machte mir Vorwürfe, zu passiv gewesen zu sein, ich ertrug diese Ungewißheit nicht länger, ja, ich ertrank im Strudel der Ungewißheit und der Selbstvorwürfe, ich erstickte im Rinnsal der nicht artikulierten Gefühlsausbrüche, ich trug tatsächlich schwere innere Blessuren von diesem Treffen davon, einem Treffen, das ein Wechselbad gewesen war, das mir das Erhoffte verheißen, mich dann jedoch bald darauf wieder rücklings erschlagen hatte. Eine mißliche Lage, ich trachtete allein danach, mein Gegenüber für mich zu gewinnen, alles andere hatte seine Wertigkeiten stark eingebüßt oder gänzlich verloren, bei einem septemberlichen Besuch der

Basilika von Mariazell wollte ich meinem Gegenüber einen kleinen Schutzengel oder gar einen Heilstein mitbringen, wovon ich mir dann aber selbst abriet, da dies unter Umständen allzuviel meiner emotionalen Intentionen oder intentionalen Emotionen hätte verlautbaren können, die offenbar spirituell veranlagte, Heiledelsteine verkaufende Mariazeller Dame frug mich nach meinem Sternzeichen und nach dem der Adressatin des zweiten Steins, woraufhin sie mich unmißverständlich erkennen ließ, daß eine solche Konstellation im Scherbenhaufen zu enden hatte, was mich selbst keinesfalls wunderte, da ich selbiges schon längst in mancherlei Vorahnung hatte spüren müssen. Zu dieser Zeit hatte ich mich auf ein wissenschaftliches Seminar im Lande Thüringen vorzubereiten, was ich mehr oder weniger beflissentlich in der heimatlichen Steiermark verweilend tat, als ich mit meinem Vater gemeinsam irgendein unbedeutendes Tennisspiel im Fernsehen verfolgte, was selten genug passierte. Ich gab im Laufe dieser wie beinahe immer sinnlosen Partie einen dementsprechend bedeutungslosen Kommentar zum Spielverlauf von mir, als mein Herr Papa mich rügte und energisch tadelte, daß ich, für seine alten Ohren unverständlich, viel zu leise vor mich hin murmelte und mir selbiges Verhalten bei meinem zu haltenden wissenschaftlichen Seminar wohl zum schweren Verhängnis würde. Trotz der offenkundigen Schwerhörigkeit meines schon betagten Familienoberhauptes und der offensichtlichen, allseits anerkannten und geschätzten Klarheit meines Gesprochenen gemahnte mich dies an seine oftmaligen stets nörgelnden und nicht selten eminent nervigen Korrekturen des nicht zu Korrigierenden, sodaß ich, mich darob recht ärgernd, meinen Ärger einem lieben Menschen kundtun wollte. Diesen lieben Menschen fand ich zwar implizit in meiner gewohnten, damaligen vermeintlich freundschaftlichen als auch in meiner mütterlichen Umgebung, ich suchte ihn aber auch aktiv und explizit in der Person des von mir geliebten Gegenübers, als ich mich mit meinem damaligen Pseudokumpanen, einem stets idiotischen und opportunistischen ewigen Studenten, gemeinsam in einem steirischen Provinzlokal dazu aufraffte, dem isländischen Gegenüber meine Gemütsunpäßlichkeit per SMS mitzuteilen, und es daraufhin wissen ließ, daß ich wegen des akut schwelenden Konflikts unbedingt der Heimat als solcher mit sofortiger Wirkung den Rücken zu kehren habe und mich also nach Wien begebe, wo ich gerne mit dem Gegenüber zusammengetroffen wäre, um das Unheil zu besprechen. Ich tat dies in der Absicht, mit ihm überhaupt wieder in Kontakt treten zu können, außerdem suchte ich seine Aufmerksamkeit zu erregen und mich mit ihm emotional auszutauschen, in der Rolle eines Solidarisierten, denn beide waren wir vom Elternhause nicht nur mit Gutem bedacht worden. Ich fuhr daraufhin am selbigen Abend nach Wien, lebend in der Hoffnung, daß mir das Gegenüber wohl ein wenig emotionale Aufmerksamkeit schenken möge und meiner gedenken würde, ich war umso bitterer enttäuscht und umso unruhiger, rasender, als diese meine bescheidene Hoffnung vom wiederauferstandenen widerlichen Abgrund mit seinen Teufelshufen zertreten und zermalmt wurde. Es war das Wochenende vor dem dreitägigen wissenschaftlichen Seminar gewesen, und ich hätte weiß Gott meine Kräfte für diesen Zweck bündeln müssen, doch die Unbarmherzigkeit und die infernalische passive, einen ständig im Ungewissen lassende Aggressivität des widerlichen Abgrunds ließen mich keinen Augenblick zur Ruhe kommen. Geplagt von Herzrasen und Magenschmerzen wartete ich nicht einen, sondern sogar zwei gezählte Tage, bis dann nach fast drei Tagen die belangloseste SMS scheinbar zufällig daherflatterte, mit der ungefähren Botschaft, daß der gräßliche, widerliche Abgrund aufgrund des ihm widerfahrenden Stresses keinerlei Möglichkeit hatte, mir zu einem früheren Zeitpunkt eine Nachricht zukommen zu lassen. Dem verschweinten und seelisch verkrüppelten, abartigsten, widerlichen Abgrund war es also scheinbar unmöglich gewesen, einem ihm nahestehenden Menschen in einer tatsächlichen emotionalen Ausnahmesituation beizustehen, ich selbst hörte mir sein Gelaber acht Stunden lang an, er aber war zu keinen zwei Minuten Mitmenschlichkeit fähig, von solch stinkendem Gekröse im moralisch verwahrlosten Sinne hatte ich mir also wahrlich nichts mehr zu erwarten gehabt. Der widerliche Abgrund, der schwärzeste und minderwertigste Seelentorso von allen, er verschleuderte seine verheerende Abartigkeit mit jedem verseuchten Atemzug wie ein isländischer Vulkan, jeder psychisch kontaminierten Silbe und jedem verreckten Buchstaben. Erst nach dieser Gnaden-SMS eines durch und durch versauten und verhaßten, blutig verschissenen, widerwärtigen Abgrunds, der all meinen Haß in sich aufzusammeln schien und ihn mir mit geballter Potenz zurückschoß, erst nach dieser herablassenden Almosennachricht schien mein Herz ein wenig erlöst und wieder etwas freier schlagen zu dürfen, Eure Grausamkeit haben sich meiner minderwertigen Probleme einmal mehr erinnert und sich meiner, des armseligen Menschleins, erbarmt, ich bin im Trubel der Beiläufigkeiten nicht völlig untergegangen, ach wie herrlich, daß man noch leben darf.

Scheinerleichtert und pseudoglücklich nahm ich die Reise nach Thüringen auf mich und hielt ein passables Seminar ab, von dem ich dann alleine nach Jena abreiste, um der garstigen Widerlichkeit in Form des widerlichen Abgrunds vom wunderschönen, herrlich grünen und eine göttliche Aussicht bietenden Fuchsturm eine SMS zu senden, in der ich davon sprach, daß mein Herz so frei war und ich mich nach einem Treffen mit dieser Abgrundsschlange sehnte. Ja, ich habe mit aller Deutlichkeit von der scharfen und erbarmungslosen Widerwärtigkeit und Säure des Abgrunds gewußt, ich habe all diese Scheußlichkeit, diese unbeschreibliche Gräßlichkeit nicht nur stets von der ersten Sekunde an gefühlt, nein, vielmehr *wußte* ich in jeder Sekunde um diese Abartigkeit, diese widerwärtige, alles in den Schatten stellende Dreckigkeit, diese beispiellose Falschheit, diese unter dem Deckmantel des Offenen verborgene, niederträchtige und alles niederschmetternde Arroganz, die aus jedem schrecklichen, mich furchtbar anschreienden und mich auslachenden Grinsen über mich hereinbrach. Kranke Perfidie. Dieses falsche Grinsen einer letztklassigen Charaktersau schien mich tatsächlich in jedem Moment gefangenzunehmen und mich systematisch zu vergewaltigen, ich saß einfach nur da und konnte nichts gegen das tun, was dieser fleischgewordene Satan mit mir anstellte. Ich traf diesen vergewaltigenden und alles zerstörenden, fleisch- und vor allem knochengewordenen, weil furchtbar knöchernen Satan in Form des widerlichen Abgrunds daraufhin in Wien nahe dem hiesigen Parlament, er grinste in dieser vergewaltigenden, einzigartigen, furchtbarsten Art und nahm mir die Luft zum Atmen, seine scheußlich enthauptenden Blicke schnürten mir die Kehle zu, und der blecherne Klang seiner verlogenen Mörderstimme ließ mir die Eingeweide verrotten. Man fuhr mit der Straßenbahn ein Stück, fraß bei Burger King, der widerwärtige Abgrund, der breit grinsend dasaß wie eine eitrige Geschwulst, wie eine stinkende Pestbeule, die jederzeit aufbrechen konnte und ihren eitertriefenden todbringenden Inhalt samt Totengestank über mich ergießen konnte, das Vaginalbeuschel laberte mich voll mit dem Semesterbeginn, den Literaturvorlesungen, all den Verehrern, den Vorfahren mütterlicherseits, die seit fünf Generationen alle Schafbauern gewesen waren, bis ihre Mutter nach ihrem Abschluß als sogenannte akademische Versicherungskauffrau die Stahlwarengeschäfte in Reykjavik eröffnete, bla, bla, bla. Dekadenz und Dependenz. Ich stand im Sog des Abgrunds und verschwand in der Abgrundsdiffusion. Meine hilfeschreiende Nachricht war den genitalen Innereien nur eine kurze Nebenbemerkung wert gewesen. Ich hob zur Erklärung an, woraufhin der hirn- und charakterlose, in seiner Taktlosigkeit einzigartig strohdumme, infernalisch bösartige und tiefschlagend widerwärtige Abgrund nur strohern dumm grinsen konnte, ich erklärte, daß das väterliche Geschehnis zu diesem späteren Zeitpunkt unter Umständen – welche sich mir jedenfalls entzogen – zwar trivial oder bestenfalls unterhaltsam klingen mochte, zum Zeitpunkt des Erlebens war es das jedoch in keinem Falle. Der hirngeköpfte, seelendemolierte Abgrund grinste nur entrückt weiter, auf daß seine Fratze im Burger King'schen Kunstlicht noch falscher als sonst verzerrt wirkte, dazu schien es nur umso vortrefflicher, daß im Hintergrund *Material Girl* von Madonna aus den Lautsprechern gurgelte, ein Detail, welches ich nicht besser hätte arrangieren können, der Zufall hatte den synthetisch-unmenschlichen Auftritt des plastikhaften Abgrunds standesgemäß peinlich in Szene entsetzt. Widerlicher Abgrund, du hast in jedem Moment alles zerstört, was uns marginalst jemals verband, jede giftige Geste, jede Abartigkeit hat uns von neuem entzweit.

Dieser sich zwischen mir und dem widerlichen Abgrund aufgetan habende Abgrund war nur eine logische Konsequenz dieses widerlichen Abgrunds, in jeder Phase dieses Zusammenseins folgte eine unbarmherzige Abgründigkeit auf die andere. Man fuhr zusammen vom Burger King zum Votivkino, der Film hieß *Paris, je t'aime*. Auf dem Weg dorthin erklärte mir der furchtbare, abgehobene und ständig wie besessen und geisteskrank grinsende Abgrund, daß er Komplimente von Männern in mehrere Klassen einzuteilen wisse: einerseits gäbe es *solche der letzten Klasse, etwa: Du hast einen geilen Arsch*; dann kämen *Komplimente der mittleren Klasse, zum Beispiel: Du hast schöne Augen*; *bei den Komplimenten der obersten Kategorie* handelte es sich, so glaube ich mich jedenfalls entsinnen zu können, um intellektuelle oder andere schöngeistige Fähigkeiten, eine widerliche Anmaßung in jedem Falle, andere Menschen wären froh, würde man ihren Augen oder sonstigen Körperteilen positive Attribute beimessen, nein, die inkarnierte Widerwärtigkeit konnte nicht anders, als ihre greifbare, ständig präsente Widerwärtigkeit sogar an den kleinsten netten Dingen, eben Komplimenten, auszulassen. Nach dem Streifen, einer pseudointellektuellen, scheinbar gedankenlosen, aber nicht stillosen Aneinanderreihung von ein paar voneinander unabhängigen Filmchen, flanierte man per pedes durch den ersten Bezirk, man schwafelte über das *Lirtzz*, den Ort des damaligen Kennenlernens, vom widerlichen Abgrund mittlerweile nicht mehr frequentiert, man habe sich schließlich, so der widerliche Abgrund, weiterentwickelt, man besuche anderes, Besseres, man schlenderte über den Schwedenplatz auf der Suche nach irgendeinem *Beisl*, ja, der widerliche isländische, sein Hochdeutsch an der Universität Wien verbessern wollende Abgrund haßte dieses Wort so sehr, so wie ich den widerlichen Abgrund haßte, tatsächlich schien dem halbgebildeten und vielmehr eingebildeten und noch mehr widerlichen isländischen Abgrund dieses Wort zu österreichisch-provinziell und ungebildet, und dieser Haß rührte aus der dem widerlichen Abgrund anhaftenden und unleugbaren isländischen Provinzialität und Ungebildetheit, man haßt oft das ungemütlich gewordene Eigene. Man sprach über die isländischen Hotspots und wie schön es laut dem widerwärtigen Abgrund dort sei, wenn man im isländischen Winter in einem ebensolchen säße und die Gedanken baumeln ließe, all die Hitze der Sauna, der Dampf, die Entspannung, all die Widerwärtigkeit des beschissenen, widerwärtigen Abgrunds, dem Reiz, den dieser Mix auf mich auszuüben schien, konnte ich mich keinesfalls entziehen, denn unter der zerberstenden Kälte seines gläsern-blauen Eises pulsierte immer seine gierig wabernde Lohe. Schlußendlich nahm man in irgendeinem Ersten-Bezirk-Lokal draußen Platz, ich orderte grünen Tee, gab mich versöhnlich, innerlich brodelte es in mir, ich haßte die Ungewißheit, die der widerwärtige Abgrund mir monatlich, wöchentlich, täglich, stündlich, sekündlich, permanent, immanent, immer aufpreßte, er verabreichte sie mir in unerträglichen Dosen, ich zerriß mich dabei, konnte nicht mehr, bettelte um den Exodus, flehte um den goldenen Schuß, in welcher Form auch immer, ich konnte und wollte und durfte das alles nicht mehr länger ertragen, verdammter, verschissener und süchtig machender widerlicher Abgrund, es mußte etwas passieren, diese Schere zwischen Bangen und Hoffen, ich war ein Spielball des abartig-widerwärtigen Abgrunds, gefangen in seiner Beliebigkeit, ich war der Affe in seinem Zirkus, dankbar für jeden Happen, den er mir zuwarf, sein Geck, sein Knecht, verdammt, so schrie ich innerlich, gib mich frei. Man zerredete den Abend mit Nebensächlichem wie Kinderwünschen et cetera, es war klar, daß die Egoistensau in Form des unübertrefflich abartig-widerwärtigen Abgrunds nur einen Samenspender benötigte, denn, so meinte der Abgrund, wenn er dreißigmal gelenzt geworden sei und der jeweilige Gespons noch nicht zum Kinderzeugen bereit wäre, würde selbiger im selben Atemzug schleunigst entfernt und ausgetauscht. Schnellebig und rational, so war er, der widerliche Abgrund, zweifellos.

Als ich dann zum eigentlich wesentlichen Punkt des Abends vordrang, der Chance auf *mehr* zwischen ihm und mir, da wurde mir bang, ich begann, völlig eingeschüchtert, trocken zu fragen, ob dies alles nun der Beginn einer *wunderbaren Freundschaft* zwischen uns sei, woraufhin er meinte, diese Freundschaft existiere ja bereits längst, ich gebrauchte den Terminus *wunderbar* bewußt ironisch, denn alles andere war wunderbar als diese abartige, in höchstem Maße menschenverachtende Hinhalterei und Seelenzerfetzerei, betrieben vom widerlichen Abgrund. Ich ließ daraufhin die klare und offene Frage vom Stapel laufen, ob er sich *mehr* mit mir vorstellen könne, mehr als im Sinne von Freundschaft, woraufhin der kranke und daher in allerhöchstem Maße abartige Abgrund nur seine dumme Hohlbirne desinteressiert unter den Tisch steckte, um irgendetwas aus dem mitgebrachten Rucksack zu nesteln. Ich meinte daraufhin frustriert und völlig desillusioniert, daß ich auch ein paar Momente warten könnte, woraufhin der nicht bloß scheinbar, sondern tatsächlich manifest grottendumme und widerwärtige, jedoch gleichzeitig schlaue und gezielt verletzende Abgrund meinte, er möge es auch nicht, wenn Menschen ihm im Gespräch nicht ins Gesicht blickten. Es gilt, sich in dieser tatsächlich im allerhöchsten Maße für mich angespannten Situation vor Augen zu halten, daß ich mich zu diesem Zeitpunkt in der allerhöchsten seelischen Erregung befand, ich hegte derartig intensive Gefühle für den widerlichen Abgrund, ich wollte eins mit ihm werden, hinabreißend oder nicht, *ihn* wollte ich und sonst keinen, und das schon seit vielen, vielen Wochen, er allein war mein Ziel gewesen, das Epizentrum meiner Sehnsüchte, der widerliche Abgrund in seiner süßlich-arroganten Abartigkeit war all das, wonach ich mit ganzem Herzen und ganzer Seele und all meinen Gedanken und all meinen Kräften getrachtet hatte. Dieses Trachten lähmte mich zugleich, denn es stand eine solche Menge auf dem Spiel, daß ich mit all dieser unbändigen Verantwortung nicht umzugehen vermochte, ich wußte oder glaubte zu wissen, daß der widerliche Abgrund in seiner Niedertracht nicht das Geringste für mich empfand, in jeder seiner bösartig beiläufigen und nebensächlichen Gesten und Aussagen konnte ich die Unwichtigkeit und Trivialität lesen, die Seine Widerwärtigkeit mir beimaß. Kein Wunder also, daß der widerwärtige Abgrund, in seinen Utensilien nestelnd, den Schädel zum Boden gerichtet, mir nicht einmal das *Mindestmaß* an Respekt respektive an Achtung meiner Menschenwürde beimaß, indem er mir in diesem offensichtlich wichtigen Moment in die Augen geblickt hätte. Er tat dies aus einer vollen und tiefen und widerwärtig absichtlich verletzenden Absicht heraus, die vergeblich nach ihresgleichen suchte. Nachdem ich mein Anliegen unter dem schlimmsten aller Gefühle hervorgewürgt hatte, meinte der furchtbare, widerwärtige Abgrund lapidar, daß er Ähnliches bereits seit längerem vermutet habe. Er habe so etwas bereits vor kurzem erlebt, als sein mittlerweile bester Freund, der finnische Germanistikstudent Into – und a posteriori betrachtet späterer Beziehungsbumser, nachdem ich mich vom Abgrund angewidert abgewandt hatte – mehr von ihm wollte, er jedoch nicht von ihm et cetera. Der widerliche Abgrund meinte außerdem süffisant, daß, wenn etwas in diese Richtung zwischen uns hätte passieren sollen, es schon längst passiert wäre. Ich meinte, mit dem Rücken zur Wand stehend und auf meine Exekution wartend, mich zutiefst schämend, als ob ich nackt vor einem vollen Hörsaal mit Pferdeäpfeln jonglieren müßte, ich meinte, daß es, wenn es nicht klappte, mich nicht besonders treffen würde. Ich mimte also das Volksschulkind, das sich, präventiv, bevor ihm ein älterer, größerer Bub ein paar Watschen verabreichen konnte, selbst in die Hand biß und eine blutende Wunde zufügte, damit dieser gar nicht mehr auf die Idee käme, ihn zu verletzen, und daher sofort von ihm abließ. Eine prophylaktische Selbstverstümmelung, eine scheinbar wirksame Verteidigung, denn der widerliche Abgrund ließ dann von mir ab und meinte, er habe schon gemerkt, daß ich nicht sonderlich auf ihn fixiert sei, was aber ohnehin besser sei. Vermutlich meinte er, daß es besser sei, trocken und cool um ihn zu werben, als ihn mit in seinen Augen emotionalen Schwülstigkeiten zu umgarnen, ich hatte also nach außen hin all meine Intentionen und Träume zu drosseln, um nicht sofort durch das engmaschige und strenge

Kontrollraster des stets oberflächlichen und arroganten und bösartigen widerlichen Abgrundes zu fallen. Als er mich daraufhin fragte *Willst du das?*, also *mehr* im Sinne einer zwischenmenschlichen Paarbeziehung auf allen Ebenen, konnte ich nicht anders, ja, ich hatte geradezu auf diese lapidare Art zu antworten, der widerliche Abgrund drängte mir seine eigene Meinung in diesem Momente gleichsam auf, er legte mir die von ihm selbst gewünschte Antwort aufs Tablett, denn hätte ich mit *Ja* geantwortet, so hätte ich mich ihm noch weiter ausgeliefert, hätte mich noch verletzlicher gemacht, hätte noch mehr meiner wahren Gefühle preisgeben müssen und hätte mich noch weiter zum Abschuß durch seine ganze Widerwärtigkeit, die mich längst durchdrang, preisgegeben. Ich konnte also nicht anders, als auf diese in höchst lapidarem und kaltem Ton gestellte Frage eine ähnlich lapidare und kalte Antwort zu geben, die da lautete *Ich weiß es nicht*, woraufhin der widerliche Abgrund sein beinahe erleichtertes *Na ja, ich weiß es selber nicht* verlauten ließ. Ich war *sein* Sozialexperiment. Eine kleine Tragödie, die sich damals dort im kleinen Café am Stuben- oder Parkring abspielte, wir standen auf, und ich wußte genau, was es geschlagen hatte, es war einfach ein Kampf, der, wenn überhaupt, nur unter den allerschlimmsten Opfern und tragischsten Verlusten unter Umständen teilweise zu gewinnen war, wobei ich mir immer weniger sicher war, ob der Preis überhaupt kämpfenswert gewesen war, so widerwärtig und niederträchtig, wie er sich mir gegenüber benommen und unziemend-abartig verhalten hatte. Ich schwafelte am Weg zu einem nahegelegenen Würstelstand noch etwas davon, daß es natürlich nie ideal sei, wenn man so Geartetes, also Emotionales, im übertragenen Sinne am grünen

Tisch besprechen würde, ich erzählte von einer furchtbaren Katastrophe, die sich ereignete, als ich einmal in einem Lokal mit einer obersteiermärkischen Großbauerstochter, einem furchtbaren Bauernproletentrampel aus dem Bezirke Judenburg, allerübelsten und verletzendsten Charakters übrigens, eine Pseudokurzzeitbeziehung, welche wenig später in totalem Chaos und Schmerz endete, quasi per Handschlag, wie einen Kuhhandel am Viehmarkt, beschloß. Ich bekräftigte abermals scheinheilig, daß es mich jedoch nicht wirklich träfe, wenn nichts aus mir und dem widerwärtigen Abgrund würde, eine glatte Schutzlüge, ich wollte ihn, wollte mit ihm zusammensein, mit ihm harmonisch verbunden sein in ewiger Liebe, nichts als ihn wollte ich mit jedem Atemzug, ich brannte für ihn und verzehrte mich nach ihm, ich suchte seine Gegenwart und mied sie zugleich, ich konnte kaum mehr existieren in dieser furchtbaren Namenlosigkeit und Definitionslosigkeit, besser tot als unfrei, besser eine glatte, mordende Entscheidung als ewige ungewisse Verdammnis. Der widerliche Abgrund ließ verlautbaren, daß er es *noch* nicht wisse, er es mich aber wissen ließe, *sobald* er es wisse. Der widerliche Abgrund meinte, und widerlicher konnte niemand formulieren und artikulieren als er, es ist tatsächlich kaum zu glauben, aber er meinte, daß es gut sei, daß ich diese Frage einmal aufgeworfen habe, denn sonst müßten wir einander noch fünfmal treffen und *es würde weiterhin nichts passieren.* Ich war relativ ratlos, wie dies wohl zu interpretieren gewesen sei, ich malte mir daraufhin jedoch naive Chancen aus, nach dem Schnellimbißmahl stand man sich noch am Ring gegenüber, ich meinte, ich würde zu Fuß nach Hause gehen, woraufhin der widerliche Abgrund mich dazu einlud, ein Stück mit ihm im Bus zu fahren, eine Finte womöglich, womöglich wollte er mich einfach nur zu sich nach Hause abschleppen, so dachte ich, eventuell sah er in mir ein schnelles Abenteuer, auf jeden Fall wollte ich mich von all dem Erlebten einsam erholen, ich suchte die Einsamkeit des Ringes, so schnell ich konnte weg aus dieser Beklemmung, so dachte ich, ich gab ein Wangenküßchen und zog von dannen, ich ging einige Hundert Meter, etwa kurz vor dem Burgtheater, als mich ein solches Schuldgefühl überkam, das der widerliche Abgrund einmal mehr in mir generierte und fabrizierte und auslöste, ein solches Scheusal, er hatte mich tatsächlich einmal mehr fühlen lassen, daß ich zuwenig getan hatte, um ihn zu erobern, er ließ mich schuldig fühlen, schuldig bis in das Mark meiner Knochen, ich konnte dieses Schuldgefühl nicht mehr ertragen, es fraß mich auf von oben bis unten, es drang in mich ein und ließ nicht mehr ab von mir, eine aggressive Schuld machte sich in mir breit und wurde ein Teil von mir und wurde schließlich ich selbst, bis ich zum Handy griff und eine SMS mit der Botschaft *Ich bin mir sicher, und du weißt es* an den widerlichen Abgrund in all seiner Widerlichkeit schickte. Ich fühlte mich schuldig, nicht entschlossen genug gehandelt zu haben, seine Frage vorhin nicht wahrheitsgemäß beantwortet zu haben, ich fühlte mich elendig, ich wollte das Rad der Zeit zurückdrehen und konnte es nicht, ich fühlte mich machtlos und hilflos, ich wollte ihm beweisen, wie sehr ich ihn tatsächlich wollte, ich wollte ihn ganz für mich haben, ich wollte ihn lieben, mit ihm sein. Diese Meldung bedeutete zwar das Geständnis einer Zuneigung, jedoch nicht deren völlige Preisgabe, da sich dieser von mir geschriebene und von mir an den widerlichen Abgrund geschickte Satz objektiv betrachtet als etwas Chauvinistisches,

Machoides interpretieren ließe, wenn man es wollte, denn mit diesem Ich-bin-mir-sicher-Sein geht oberflächlich betrachtet auch eine Menge Selbstvertrauen einher, wer weiß, ob tatsächliches oder gespieltes, man könnte einen solchen Satz unter bestimmten Umständen auch als latente Überheblichkeit auslegen. Der widerliche Abgrund, ein Schweineabgrund, behielt sich wie so oft das Recht vor, darüber in gezierter, enddärmiger Noblesse zu schweigen, keinerlei Antwort zeigte sich auf meinem Handy, womit ich ohnehin gerechnet hatte. Auf jeden Fall hatte ich große Töne gespuckt, die ich beim nächsten Treffen unbedingt, wollte ich glaubhaft bleiben oder es zumindest werden, in die Tat umsetzen *mußte*. Ich sah mich also einem enormen Druck ausgesetzt respektive setzte ich mich selbst diesem enormen Druck aus, wie ich diese im allerhöchsten Maße vertrackte und mich ständig und zusehends zersetzende Causa auch drehte und wendete, es schien mir nur der einzige Ausweg der Flucht nach vorne plausibel und angebracht zu sein.

Ich ließ, den Kopf voller Sorgen, den Magen voller keimender Geschwüre und das Herz voller schwerwiegender, ungewisser Ungereimtheiten, die Zeit verstreichen, ich wartete einen Tag, noch einen zweiten, alsbald einen dritten, ich mußte, wie es im Umgang mit dem widerlichen Abgrund stets vonnöten und unabdinglich gewesen war, einen psychologischen Sicherheitsabstand verstreichen zu lassen, einerseits um mich selbst nicht dem Verdacht der allzustarken emotionalen Hingabe auszusetzen und andererseits um der wilden Widerwärtigkeit des widerlichen Abgrunds keine allzu beschneidenden Schranken aufzuoktroyieren. Denn, soviel war aus den bisherigen Verhaltensmustern des widerlichen Abgrunds klar geworden, eines konnte und wollte er weder ausstehen noch verkraften, das waren quasiautoritäre, paränetische Maßregelungen, die auf eine Korrektur seines Benehmens hin abzielten, es war also in maßgeblichem Maße schwierig geworden, sich im Umgang mit dem widerlichen Abgrund an ein Mittelmaß zwischen freigebender, liebevoller Manier und restriktivem, lästigem und daher kontraproduktivem Gehabe heranzutasten. In diesen verwirrenden Strudel sandte ich schlußendlich meine SMS-Botschaft, welche meine Absicht kundtat, den widerlichen Abgrund ins Kino oder zum Heurigen nach Grinzing zu laden, ich brannte auf eine Antwort, war ich mir doch keineswegs sicher, ob ich mich anhand meiner letzten, Pseudoselbstsicherheit versprühenden Botschaft nicht aus dem Rennen um das verbrannte, stets stinkende und schwarze Herz des widerlichen Abgrunds katapultiert hatte. Ja, ich fürchtete, durch meine Botschaft *Ich bin mir sicher, und du weißt es* den Mund viel zu voll genommen zu haben, denn ich war mir vor allem eines nicht: sicher, egal worum oder um wen es ging, ich war so unsicher wie schon lange nicht mehr in meinem von den tiefsten Unsicherheiten und oftmals auch Unsinnigkeiten geprägten Leben. Ich hatte das Gefühl, daß mir die Unsicherheit auf das Hirn geschrieben sein mußte, jeder Mann und jede Frau, der oder die mich gewahrte, sie alle müßten davon Kenntnis genommen haben, unweigerlich, unvermeidlich sozusagen, ich war zum Vertuschen außerstande, so dachte und fühlte ich. Umso schlimmer traf es mich, mitten in den tiefen und gärenden Sumpf meiner Unsicherheit hinein, in das Dickicht meiner Wunschgefühle, meiner Sehnsüchte und meiner frischen Verletzungen, daß der widerliche Abgrund einmal mehr nicht dazu fähig war, mir auf meine Meldung hin am selben Tage noch zurückzuschreiben, gerade so verhielt er sich mir gegenüber, als ob dies ein unerträglicher Akt der Selbstunterwerfung sei, noch einen Tag später oder gar am selben Tage zurückzuschreiben, so, wie es fast alle Menschen, die ich kannte oder kenne, taten oder tun, dies schien für die Abartigkeit und passive Aggressivität des widerlichen Abgrunds außerhalb des Möglichen zu stehen. Der in allen Atemzügen stets widerliche Abgrund tat dies im für ihn besten Wissen und Gewissen und, von diesem Standpunkt aus betrachtet, aus tiefster und vollster Absicht heraus, es wäre ihm ein leichtes gewesen, binnen einiger weniger Sekunden sein *oaschverficktes Handy* aus der Tasche zu zerren, ein paare Sätze hineinzutippen und das Ganze zu senden, nein, nein, nein, was aus der allertiefsten Widerwärtigkeit geboren wurde, so wie der widerliche Abgrund samt all seinen abartigen Gedanken und menschenzerschmetternden Handlungen, das kannte keine Nächstenliebe, das kannte keine Pünktlichkeit, das kannte kein Verständnis, das kannte kein Einfühlungsvermögen und nicht das leiseste Entgegenkommen. Ich wußte und ich sagte es und ich sagte es ganz laut meinen damaligen falschen Freunden und meinen Eltern, daß dieser widerliche Abgrund mir weh tat und er *Gift* für mich war, ein pures, hochdosiertes Nervengift, das mich lähmte und mir gleichzeitig Herzrasen und bittere, schneidende Magenschmerzen verursachte, mein Handy lag vor mir, bar jeder Meldung, jungfräulich fast, traurig, keine Meldung, ich konnte weder schlafen noch denken, alles fiel mir unendlich schwer, widerlicher isländischer Abgrund, du klirrender Eisblock, kannst du mich nicht fühlen, hast du denn gar kein Erbarmen mit mir? Bitte, widerlicher Abgrund, du hast mich schon so lange gequält, bitte, komm und erlöse mich, ich will doch nur glücklich sein, glücklich mit dir, widerlicher Abgrund, bitte laß von mir ab, vergewaltige mich nicht mehr, du Drecksau, wie du es schon Hunderte Male getan hast, es tut schon so weh, immer wieder, immer wieder, ich kann nicht mehr, ich spüre meinen Körper nicht mehr, alles blutet aus mir heraus, warum tust du mir das an, widerlicher Abgrund, was habe ich dir denn getan, ich wollte doch nur Liebe, und du gabst mir Haß, schlimmeren Haß, als ich ihn je empfunden hatte, den gabst du mir, warum schlägst du mich und verbrennst mich täglich aufs Neue, was habe ich dir getan, ich will doch nur Frieden, ich kann nicht einmal mehr weinen, alles ist leer, und zum Wehtun fehlt mir der Schmerz. Ich versuchte eine Nacht zu schlafen, es gelang mir kaum, da wachte ich auf, voll der Magenschmerzen, denn der widerliche Abgrund hatte mir wieder nicht geschrieben, ich wollte bereits mitten in der Nacht schreiben, ich wollte ihm schreiben, *daß ich das alles nicht mehr aushalte*, ich wollte eine Lösung, ich schrie danach, endlich, ich wollte eine Antwort auf meine Frage, wollte nicht länger Spielzeug eines abartigen, widerlichen Abgrunds sein, ich wollte endlich geliebt werden, daheim sein, einfach nur geliebt und glücklich, was ich bekam, waren Magenschmerzen und nicht einmal Tränen, ich fragte die Mutter und die falschen Hyänenfreunde, wie und ob ich dieser furchtbaren Folter entkommen könnte, sie gaben mir recht, *Ja, tu es* sagten sie, denn meine Seele bettelte nach Vergeltung, und ich konnte keinesfalls anders, nein, ich mußte endlich aufschreien, alles tat weh, ich spürte Haß, Zorn, ich konnte nicht mehr, ich mußte meinen Peiniger endlich abwerfen, ich liebte den widerlichen Abgrund, aber er tat mir so weh, darum schrieb ich *Ich fände es angebracht, binnen vierundzwanzig Stunden zurückzuschreiben. Das ist nicht böse gemeint, sondern ehrlich. Liebe Grüße.*

Ich zitterte fast, als ich diese Botschaft schrieb, es war das Gemeinste und zugleich Ehrlichste, Aufrichtigste und mit einem harten Schlag Befreiendste, das ich je in meinem relativ jungen Leben in wenigen Worten verfaßt hatte, ich konnte gar nicht anders, als so zu handeln, ich wäre zugrunde gegangen, hätte ich es nicht getan, alles in mir brannte auf diese eine Nachricht, ich hatte diesem inneren Befreiungsbefehl sofort und bedingungslos Folge zu leisten, auch wenn mir dessen Tragweite voll bewußt gewesen war. Diese Nachricht schlug ein wie eine Bombe, ihre Wirkung übertraf alles von mir Erwartete, denn tatsächlich *nach einer Stunde*, ich saß gerade in der U-Bahn, schrieb mir der widerliche Abgrund zurück, er tat es mit einer Schnelligkeit und unerwarteten Zuverlässigkeit, die mir das blanke Staunen ins Gesicht trieb, die mich ereilende Nachricht lautete, daß es für ihn, den widerlichen Abgrund, *okay sei*, wenn man sich Freitagabend zum Kino treffe, obgleich er meinen Vorschlag bezüglich des Heurigen für weniger toll halte, er sich damit aber notgedrungen hätte anfreunden können. Er schloß diese bedeutende Meldung mit dem Satz *Liebe Grüße von einer erstaunten …* ab. Offenbar hatte ich den widerwärtigen Abgrund teilweise in die Schranken gewiesen, worauf ich sogar ein klein wenig stolz gewesen war, offenbar, so dachte ich, müsse man mit ihm auf eine solche Weise umgehen und verfahren, um mit ihm einigermaßen kommunizieren zu können, nun ja, ich selbst bin ein eher friedliebender und teilweise konfliktscheuer Mensch, ehrlich gesagt bereitete mir dies alles zunehmend Unbehagen, wollte ich doch mit dem von mir abartig gemochten widerlichen

Abgrund alles, nur keinen Streit vom Zaun brechen, vielleicht sah er dies jedoch anders, er, der widderliche, widerliche Abgrund, für den der Streit etwas Gutes, Heiliges war, der sich im Streit erquickte und ertüchtigte, der den Gegner gar aus purem Frohsinn sich zum Kampfe erkor, wir waren aus völlig anderem Holze geschnitzt. Nichtsdestotrotz hatte ich einen Teiltriumph errungen, im ständigen Ringen um die Oberhand in dieser durch und durch, vom Boden aufwärts morbiden Pseudobeziehung hatte ich kurzerhand kurzfristig die Oberhand erlangt, eine unbehagliche, schwankende Oberhand, wer wußte schon, wie das alles ausgehen würde, ich hatte den Mund wohl eventuell etwas zu voll genommen. Mit Bangen blickte ich dem Freitage entgegen, ich wußte, ich hatte große Töne gespuckt, ich kündigte an, *es* zu wissen, mir sicher zu sein, was für eine Vermessenheit, verzielt hatte ich mich, denn mein Ziel war so unsicher, wie ich mir selbst unsicher gewesen war. Es wurde Freitag, ich aß mit einem augenscheinlich harmlosen, aber vielschichtigen und auf seine eigene Weise sehr verschlossenen und manchmal irreführenden und daher mit Sicherheit in besonderer Weise irritierenden Bekannten zu Mittag, ebenso wie ich im Aszendenten Löwe, ebenso wie ich Mürztaler, ebenso wie ich durch dieselbe psychodrome und strenge, dünkelhafte Idiotenpflichtbildungsanstalt im oberen Mürztal gepreßt worden, ein scheinbar Harmloser im Herzen und Gutmeinender im Geiste, damals jedoch ein äußerst Trauriger, der mich zur mittäglichen Stunde zu Tische beinahe schwermütig werden ließ und mich auf sein niedriges energetisches und emotionales Niveau hinunterriß mit so mancher psychologisch-weltanschaulichen Analyse, ich wußte so vieles nicht von ihm, obgleich ich ihn seit Jahren kannte, war ich erstaunt und beschämt zugleich, soviel Wesentliches von ihm und über ihn nicht gewußt zu haben. Es war eine Henkersmahlzeit, die wir einander im Café Alt Wien an diesem Tag bereiteten, ein Letztes Abendmahl, dem ich vor meinem von mir antizipierten Martyrium beiwohnte, nach langem Gerede, teils frucht-, teils furchtbar, teilten sich unsere Wege, und ich machte Halt im Burggarten. Ich hielt inne, betrachtete die Natur, den Ölberg, blickte auf die Vorbeistreunenden. Der Gedanke an den Abend ließ mich unruhig werden, der Gedanke an all diese Nervosität, an die zersetzende Gegenwart des widerlichen Abgrunds, der selbst auferlegte Erwartungsdruck, all das ließ mich zunehmend unruhiger werden, ein ungutes und mir eine grobe Unpäßlichkeit verursachendes Magenflausein ergriff Besitz von mir. An den vorigen Tagen hatte ich vom Institutsgebäude der Universität Wien aus diverse irische Pubs im Internet ausgekundschaftet, ich wollte an diesem bedeutenden Abend kaum etwas dem Zufall überlassen, ich bereitete alles auf Hochtouren vor, kein Fehler sollte mir an diesem Abend unterlaufen, so dachte ich, es gehe um alles, ich dachte diesen widerlichen Abgrund zu lieben, ich dachte, doch ich fühlte nicht. Es wurde langsam finster, es war ein Freitag im Oktober und es war eine Vollmondnacht, Vollmond, die Urmutter, an jenen Tagen wirkt alles besonders intensiv, eine erhöhte Speicherkraft bemächtigt sich der Geschöpfe, gemäß dem Mondkalender seien alle körperlichen und sonstigen Anstrengungen zu vermeiden. Was für eine wundersame Konstellation für *die Nacht der Nächte*. Ich rasierte meinen Bart mit meinem damaligen halbkaputten Elektrotrockenrasierer, um beim Küssen – es war mir hundertprozentig klar, daß an diesem Abend geküßt werden würde – nicht irgendwelche Hautirritationen an der zarten und mädchenhaften Gesichts- und Körperoberfläche des jungfräulich wirkenden widerlichen Isländerabgrunds anzurichten. Mir stand, da ich meine einstige enge schwarze Lederjacke beim Balkantrip mit meiner verblichenen, anorgasmischen, pekuniär auslaugenden und stets falschen und mich innigst ausnützenden Beziehungssüdostnutte in Belgrad am Bahnhof vergessen und ich meine teure Wachsjacke ins Vereinigte Königreich, gen Albion, genauer gesagt nach Nordostengland, zur Reparatur gesandt hatte, nur meine alte und verbeulte beige Rauhlederjacke zur Verfügung, ich trug mein damals einzig echtes, im Ausverkaufsladen erstandenes Ralph-Lauren-Hemd, meine für damalige Verhältnisse relativ teuren schwarzen Timberland-Wildlederschuhe und eine 501er Jeanshose vom serbischen Bazar. Ich fuhr mit voller Jeanshose zu diesem Treffen, es war der J-Wagen, also die heutige Wiener Zweier-Linie, ich hatte zuvor etwas Parfum aufgetragen, BVLGARI Black wahrscheinlich, das mit dem betörenden Schwarzteegeruch, dessen Flakon aussieht wie ein früher Formel-1-Slick, ja, ich hatte tatsächlich Angst, und das Wort Angst stammt etymologisch angeblich von Enge, die lähmt, ich fühlte mich in die Enge gedrängt, mußte handeln, die Prophezeiung hatte sich an mir zu erfüllen, ich war kein Prophet, nur jemand, der seinem Schicksal in die Arme lief, beinahe egal war es, was ich tat, der J-Wagen brachte mich geradewegs zur Oper und ich schlenderte weiter zum Artis-International-Kino in das lodernde Herz der Stadt, zu früh gar, so rief ich im Zustand der argen Not einen meiner damaligen falschen Freunde an, der vermeintliche Gefährte, in Wahrheit ein Spion, ein Doppelagent, ein Hochverräter, ein

Dieb, ein Lump, ein Gartenschlauch, ein Darmtaucher, ein geistiger Masturbationskünstler, der mich zu beschwichtigen suchte, keinerlei Gefahr ginge von diesem Abend aus, so meinte er, außerdem, falls das Vorhaben der Eroberung misslänge, gebe es ja noch viele andere und eventuell mitunter weitaus hübschere junge Damen. Ich vermochte mich kaum auf dieses Gespräch zu konzentrieren, mir war, als drängte man mich auf die Titanic, nicht als der Junge auf der Kinoleinwand, sondern als derjenige, der fühlt, daß diese Jungfernfahrt das letzte Mal sein wird, der Fühlende, der Wissende war ich, was für eine Fügung, der Abend, auf den man fünf Monate lang gewartet hatte, hatte begonnen, und ich erlebte die düstere Vorahnung des Untergangs und der unbarmherzig hereindräuenden Zerstörung. *Mein Vater, wenn es möglich ist, so gehe dieser Kelch an mir vorüber; doch nicht, wie ich will, sondern wie du willst.* Die Nebel brauten sich über der Sphäre immer dichter, als ich eine Verspätung der Unheilvollen gewahrte, man näherte sich mir nach etwa zehn Minuten von der anderen Straßenseite, in beiger, langer Lederjacke, diesmal nicht infernalisch grinsend, sondern von der Ahnung erfüllt, unheilschwanger und ernst, das biedere Antlitz untermalt von diesmal endlich offenkundigem Mißgefühl und diesmal tatsächlich offensichtlichen Antipathien. Ein flüchtiger Kuß auf die Wange, der Eintritt durch die Kinopforte, die kurze Erkenntnis, daß der französischsprachige Film in der frankophonen Originalfassung mit Untertiteln erst später begann, ernstes Gehabe, der Kauf der Karten, das Sich-Setzen auf das Sofa vor dem Kinosaal. Eine bösartig und aggressiv und hastig angezündete Zigarette, deren Rauch die bereits vergiftete Atmosphäre mit den verödenden Ausdünstungen des Abgrunds vermählte. Draußen vor der Tür sprach ich leise in etwas verlegen-verklemmter Manier davon, daß wir wohl heute im Partnerlook erschienen seien, da man tatsächlich beinahe dasselbe beige Jackenstück trug. Drinnen auf dem Sofa sitzend mußte ich das Wort ergreifen, um an dieser furchtbaren, tragödiengebärenden und zerschneidenden Stimmung nicht zugrunde zu gehen, ich mußte etwas sagen, ich mußte die verlorene Lage umdrehen oder es wenigstens versuchen. Ich wußte, daß meine letzte SMS den widerlichen Abgrund aus seiner Schweinehöhle gelockt hatte, es war wie ein Pfeil im Rücken des Ungeheuers, es war wild geworden und suchte Rache, sein geifernder Blick verriet mir, daß der bitterböse, belfernde Basilisk schon bald nach mir ausholen würde. Mir war beinahe schlecht vor Unbehagen und Angst, als ich scheinbar beiläufig mein Treffen mit dem ehemaligen labilen Schulkollegen schilderte und über das Eingeständnis der Ratlosigkeit und des Bedauerns reflektierte, ihn bisher nie wirklich persönlich kennengelernt zu haben, obgleich wir einander schon so lange gekannt hatten. Der widerliche Abgrund nahm diese Aussage als Anknüpfungspunkt für eine harte Auftaktsattacke, von der ich mich im Laufe des unheilgebärenden Abends kaum mehr wirklich erholen konnte. Er stieß mir die Lanze ins Herz, daß ich auch ihn nicht wirklich kennen würde, denn wäre ich seiner besser kundig gewesen, so hätte ich nicht eine derart fatale und gemeine SMS verfaßt und abgesendet. Eine solche SMS, in der ich eine baldige Antwort verlangt hatte, eine solche SMS würde die persönliche Freiheit des widerlichen Abgrunds in hohem Maße einschränken. *Wäre es nicht ich gewesen, der diese SMS-Nachricht gesendet hätte, so hätte der widerliche Abgrund überhaupt nicht mehr geantwortet.* So jedenfalls ließ er es mich voll Zorn und abartigem Weltenhaß in Form der bösen Fratze links neben mir sitzend wissen. Diese Aussage zerschmetterte mich, ich war völlig hilflos, denn tatsächlich wohnte dieser Attacke eine solch herzzerreißende Ambivalenz inne, daß jegliche Abwehrmechanismen in mir zerbarsten. Nicht nur, daß es sich um eine furchtbare Attacke und Zurechtweisung in einem furchtbaren, äußerst wichtigen Moment handelte, nein, es war neben der kalten Peitsche auch noch ein warm verstecktes Stückchen Zuckerbrot darin zu finden, denn *wäre ich es nicht gewesen, dann* … Der widerliche Abgrund hegte im innersten Herzen offenbar doch Reste gewisser Zuneigung für mich. Empfand er gar Liebe, so wie ich? Oder war alles nur ein Spiel, von Alpha bis Omega, so wie ich es mir eigentlich erwartet hatte? Mit nur einer winzigen Aussage katapultierte mich der widerliche Abgrund in seiner stets ätzenden, blitzartig-bösartigen Abartigkeit beinahe ins Aus, ich ruderte wie wild im Abseits, meinte getroffen zu meiner Verteidigung, daß jeder meiner damaligen falschen Saufreunde, auch die angeblich arbeitenden, dazu imstande sei, binnen weniger Stunden zurückzuschreiben, er entgegnete, daß meine SMS wie ein Hilferuf ausgesehen habe, wie die Meldung eines Menschen, der jede Sekunde auf eine Nachricht von ihm zu warten schien. Ich versuchte, trocken und objektivierend einigermaßen zu kalmieren, meinte, daß in einer pluralen Gesellschaft mehrere Meinungen nebeneinander existieren könnten et cetera, ich haßte diese konfliktbeladene Stimmung, die Luft schien zum Zersägen gefroren zu sein, es erdrückte mich schier, ich konnte nicht anders, als hilflos zu lächeln, ein Mechanismus, den ich mir schon als manchmal in der Schule verarschtes und doch *hochsensibles* Kind angeeignet hatte, nur um den Hänselnden keinen Einblick in mein zerrüttetes, zartes, verletztes Innenleben zu gewähren, ich lächelte, um wenigstens nach außen hin etwas Harmonie ins Spiel zu bringen. Ich haßte Konflikte, und ich hasse sie, ich wollte nichts als Frieden und Liebe, ich sehnte mich danach und erntete nur Aggression, Ablehnung, Enttäuschung, ein Teufelskreis, ich konnte nicht anders, als zu lächeln. Ich vernahm ein *Wenn dir etwas an mir liegt, dann tu sowas nie wieder, und wenn dir nichts an mir liegt, dann ist es eh egal*, ich konnte nur halblächelnd-verstört antworten, daß mir tatsächlich sehr, sehr viel an diesem Menschen lag, ich versuchte weiterhin zu beschwichtigen – ich hatte diesen Menschen damals insgeheim tatsächlich sehr, sehr gerne, ich meinte, wir sollten uns wieder vertragen, woraufhin ich nur ein *Ja, vertragen … warum lächelst du denn dann?* an den Kopf geschossen bekam, ich meinte, in mir drinnen sehe es ganz anders, nämlich sehr düster aus in diesen Momenten, und es war die Wahrheit, denn ich fühlte mich furchtbar, aber da war kein Wort der Anteilnahme oder eine Hand an der meinen, ich wurde nur fertiggemacht, konnte aber weder weinen noch zürnen, ich konnte nur hilflos lächeln, meine Gefühle drangen nicht bis nach außen, sie waren wie in einem Reaktorkern gefangen von einem dicken, eiskalten Betonmantel, ich wußte mir einfach nicht anders zu helfen und wurde doch nur noch mehr fertiggemacht. Ich versuchte zu erklären, daß es mir innerlich, obwohl nach außen hin lächelnd, äußerst elendig erging, ich war außerstande, dies glaubhaft zu vermitteln, kein Wort und kein Augenblick der Wahrheit wurden mir geschenkt, alles blieb auf mir und meinem Magen liegen wie eine schwere Last und nahm mir die Luft zum Atmen.

Mit den allerschlechtesten Gefühlen und der höchsten Nervosität ging man in den Kinosaal, der Mensch saß links neben mir in seiner widerlichen Anmut, als der Kontrollor vorbeikam und um unsere Karten bat, war ich in meiner für gewöhnlich bereits außergewöhnlichen, durch diese außergewöhnlichen Un- und Umstände noch gesteigerten praktischen Unbeholfenheit und Verlorenheit außerstande, die Kinokarten zur geforderten Kontrolle darzulegen. Ich wühlte wie besessen in allen Taschen und fand doch nur weiland gekaufte, seit Wochen nicht mehr gültige Karten. Der Mensch links neben mir beruhigte mich, und schließlich fand ich das Gesuchte und reichte es dem Kontrollor. Die negativsten Gefühle und Vorahnungen verschwammen in mir zu einem furchtbaren Gebräu, ich konnte spüren, was diese SMS-Nachricht alles nach sich zog, und dennoch *mußte* ich so handeln, ich gewahrte die Splitter der Zerstörung in mir, sah das Unvermeidbare heranrollen, unweigerlich. Der Film begann, frankophon im Original, er handelte von einem jungen Mädchen und ihrem Liebhaber, maßgeschneidert für solch eine ohnehin zersetzende Situation, der Mensch neben mir nahm in größter Rechtschaffenheit die Handlungen auf der Leinwand zur Kenntnis, lachte dann und wann, war offenbar oberflächlich wieder zu völliger Gelassenheit und Ruhe zurückgekehrt, ein Ruhender sondergleichen, fast zu gelassen und zu ruhig, als daß man dahinter eine solche soeben stattgefunden habende emotional-schweißperlende Situation vermutet hätte. Ich stand immer noch unter dem Schock des Geschehenen, die Handlung des Films trug wenig zu etwaigen Besserungen bei, ganz im Gegenteil, durch die beinahe nackten Liebesszenen auf der Leinwand fühlte ich mich noch mehr unter

Druck gesetzt, waren dies nicht geradewegs die Dinge gewesen, die auch ich heute im Schilde und somit im Herzen geführt hatte? Hatte ich mich durch die Wahl dieses Films nicht geradezu entlarvt? Hatte der Mensch an meiner Seite Kenntnis davon genommen und meine Zuneigung als billige Affinität empfunden? War der Mensch an meiner Seite gar geneigt, Gefallen am jungen männlichen Hauptdarsteller zu finden? In der Tat empfand ich ihm gegenüber Eifersucht, mochte der Mensch doch Franzosenschwänze oder zumindest das Französische, war er auch nicht makellos, so zumindest ein Franzosenpenis, ein Gedanke, ein wildes Gefühl jagte das andere in diesem Stahlgewitter der seelischen und geistigen Regungen. Als der Film zu Ende war, leider oder Gott sei Dank, da ich nicht wußte, ob eine längere Pause mir gutgetan hätte oder ob ich bereit war fortzufahren, als der Film an sein Ende gekommen war, ging man gemeinsam zum Ausgang. Der Mensch sagte etwas zu mir, ich drehte mich zu ihm um, blickte ihm aber nicht ins Gesicht, in dieses doch ziemlich perfekte Gesicht, das sich mir in Magengrube, Mark und Bein grub, ich konnte es nicht aushalten, niemals, ich sah einfach darüber hinweg, so als ob es es nicht gäbe, um mich einigermaßen in Balance zurückzubringen. Man ging zur Kinotür hinaus, ich versuchte, durch irgendeine Art von sinnlosem Smalltalk das Geschehene zu kitten oder wenigstens zu übertünchen, ein sinnloser Drahtseilakt, ich hatte das alles bereits verloren, dachte ich, oder doch nicht, wenn nicht, wie denn, kaum zu glauben und zu fassen waren die vielen Dinge, die sich damals auftaten in mir und außer mir. Scheingerede über die Tanzschule, in der ich gewesen war, und deren rein äußerlich betrachtet vielleicht ein klein wenig verschnöselten

Eigentümer, den eigentlich doch netten Kerl, der gemeinsame Gang über die Tuchlauben, ich, nicht wissend, wie diese Leere wohl zu füllen gewesen sei, versuchend, Scharten auszuwetzen, ich sinnierte scheinbar wissend und klärend vor mich hin, gab Sätze wie *Die Stadt … unendliche Weiten* von mir, originell, unterhaltsam und doch intellektuell zugleich sein wollend, ein Drama, das sich hier abspielte, man zog Richtung Kärntnerstraße weiter. Ich sprach meine damalige Angst vor großen Sälen an, Hör- und Theatersälen, und schließlich begann ich nochmals hilflos, konziliant und wenig dezent darauf hinzuweisen, daß bezüglich der Betrachtung meiner scheinbar doch fatalen SMS-Nachricht beide, also der Mensch und ich, auf ihre Weise recht gehabt hatten, da doch jedem von uns beiden aus seinem persönlichen, subjektiven Sichtwinkel heraus eine bestimmte autonome Freiheit gestattet sein müsste, die es erlaubt, dem jeweils anderen die diametral gegenüberstehende Meinung zuzugestehen. Schlendernd meinte der Mensch im Areal des ersten Bezirks, daß man dies bereits besprochen habe und daß man es dabei bewenden lassen solle. Herrje, dachte ich, offenbar bin ich nun auch noch jemand, der in den Augen des Menschen an meiner Seite Altes aufwärmt, also jemand, der schwelende Konflikte ewig zum Aufflammen bringe, ein weiterer Fauxpas, so dachte ich, mein Gewissen biß zu, geißelte mich manisch, man bewegte sich gemeinsam Richtung Schwarzenbergplatz, ich geriet in Melancholie, sprach über die Musik meiner Jugend, vom Cobainschen Weltschmerz Nirvanas, fragte den jungen Menschen, ob er denn davon wisse, nun, er kannte ein Lied, nicht mehr, ich sprach über meine berufliche Hoffnungslosigkeit, darüber, daß ich nicht wisse, wie es nach dem relativ harten und sinnlosen und bestimmt zu langen Studium weitergehen könnte, ich meinte, mein oberflächlich verwirrter, aber insgeheim doch recht falscher ehemaliger Schulkollege habe bereits des Öfteren von der Karriere als Mistkübelentleerer der Wiener Magistratsabteilung Achtundvierzig gesprochen, welche gerade in diesen Momenten ihren für die Gemeinschaft immens wichtigen, aber innerhalb der Gesellschaft nicht sehr prestigeträchtigen Außendienst voller Entbehrungen vor unseren Augen auf der Kärntnerstraße verrichteten. Der Mensch, also die junge Abgrundsfrau, meinte, ich solle nicht so schwarzsehen und gerade mit meinem in seinen Augen gefragten Studium könne man doch nicht geradewegs auf die Bedeutungslosigkeit zusteuern. Die junge Frau lag wohlweislich falsch, denn die umfassende biologisch-ethische Reflexion der molekularbiologischen Diagnostik am extrakorporalen humanen Embryo, die ich in meiner höchst erfolgreichen und prämierten Dissertation vollzog, interessiert in der Welt da draußen in Wahrheit keinen Schwanz, der Mensch meinte dazu neben mir schlendernd bloß, daß er auch mit jemandem zusammen sein könnte, der nur hundert Euro hat, nur werde dieser Umstand wohl niemals eintreffen. Unabhängig davon dachte ich *Welch ein Greuel*, bloß der Kraft meiner Gedanken folgend, welche mich an diesem Abend hinabzogen in das Reich der Trübsal, ein Fest hätte dieser Abend werden sollen, ein Gelage der Romantik und der ehrlichen und ewiglichen Liebe, und ich war am Wege der Destruktion und der inneren Abwendung, denn, so wußte ich, dieser Mensch trug zu meiner Verfassung nicht das Gute bei, ganz im Gegenteil, wir befanden uns im Taumel der pessimistischen Kräfte, die von uns ausgingen und in uns ihr Ziel fanden. Als man weiter in

Richtung Schwarzenbergplatz zog, zog ich Traubenzuckerstücke aus der Jackentasche, ich tat dies mit der in jeder Hinsicht wahren Begründung, daß ich unterzuckert war oder die Gefahr einer zerebralen Unterzuckerung heraufdräuen sah, ich erklärte, daß, wenn ich im Zustande des Hungers sei, ich an nichts anderes mehr denken könne als an ein rasch erquickendes Labsal in Form des Verzehres einfacher Kohlenhydrate, ich bot dem Menschen an meiner Seite ein Stück davon dar, er nahm es an und internalisierte es, die junge Frau nahm es mit einem scheinbar freundlichen Lächeln, Monate zuvor am Cobenzl hatte derselbe Mensch noch Nahrung von mir verweigert, nun war er gewillt, mir aus der Hand zu fressen, ich wußte, daß an diesem Abend, in dieser Nacht vieles möglich wäre, die Zuckerhandlung war eine Schlüsselszene und ein sicheres Indiz dafür, daß ich an diesem Abend das Vertrauen dieses Menschen gewonnen hatte und ich selbiges daher gleichsam genoß. Man war auf der Suche nach der Walfischgasse, welche sich im ersten Bezirk befand, man fand sie nicht, man ging auf eine Polizeiwache, hielt Rücksprache mit einem Beamten, der den Weg umständlich erklärte, naturgemäß behielt ich das Gesagte kaum im Gedächtnis, mein Orientierungssinn ist für gewöhnlich durchaus enden wollend. Man frug also einige Passanten, während ich dem Menschen einige steirische Schimpfwörter aus dem gleichlautenden Wörterbuch zu hören gab, ich erntete eine Art verwunderte Abscheu des isländischen Menschen gegenüber der ländlich-österreichischen Mundart. Dies schien sich zu verstärken, als befragte Passanten auf die Frage, ob sie sich denn über die Lage der Straße, in der sich ein bestimmtes irisches Lokal, ein sogenanntes Pub, befand, im Klaren seien, antworteten, sie seien lediglich *G'scherte*, welche nichts von alldem wüßten. Der Mensch meinte, er würde sich nie selbst als *g'schert*, ein Pseudonym für unkultiviert, da früher die Menschen schlichter, ländlicher Provenienz in der Stadt oftmals mit kurzgeschorenen Haaren erschienen, titulieren.

Nach vielen vergangenen Schritten näherte man sich schließlich besagter Straße und somit dem Lokal, in dem geschehen mußte, was zu geschehen hatte. Ein trat man in das noch nicht besonders gefüllte, ich sah mich ungeheurem Zugzwang ausgesetzt und bezog gemeinsam mit dem Menschen einen Sitzplatz im hinteren linken Eck, ich fand mich overdressed, der Mensch entgegnete, daß doch auch andere mit Hemd Bekleidete zugegen gewesen waren. In der verrauchten, dunklen Kaschemme orderte ich zunächst zwei große Gläser Bier, man trank, es wollte mir nicht schmecken, zu sehr schmeckte es nach dem Zwang des Getrunken-Werdens, nicht um seiner selbst willen, sondern um des fremden Zweckes und willen halber. Meine Entflammbarkeit zur Sünde stieg ins Unermeßliche. Der links dicht neben mir sitzende isländische Mensch war frohgemut und frohlockte hell mit dem Glase und schmeckte mir den Gerstensaft zu, er animierte mich, rascher zu trinken, so wie es die Nordländer immer tun, wenn sie sich im Süden aufhalten, *trink rascher*, trink schneller, es ist noch zu viel da. Wogende bittere, eiskalte Gerstengischt drang in meine Verdauungsorgane, reizte meinen Magen und gab mir ein Gefühl der Völle und des Unwohlseins. Der bittere Geschmack des viel zu schnell getrunkenen Bieres glitt über in das schale Brennen der vielen Schnäpse, die mir der Mensch vorsetzte. Einen Schnaps nach dem anderen hatten wir zu verzehren, mein Gaumen brannte, mein Magen glühte, es war ein systematisches, derbes, dumpfes und selbstzerstörerisches Besäufnis, das da sehr unromantisch im Gange war, jeder Schluck des Hochprozentigen ätzte mit tückischer Säure und schneidender Schärfe alles rücksichtslos nieder, mehr und mehr. Nachdem der Mensch uns Vodka geholt hatte und den russischen Kartoffelschnaps auf ex trank, war ich an der Reihe, ich tat es schon aus Pflichtgefühl und der Zurschaustellung meiner Mannbarkeit heraus, hier und jetzt mußte man trinken, ohne Ruhe, ich holte schon die nächste Runde heran, ich sagte dem Menschen, daß, wenn ich nicht genügend Geld bei mir hätte, um noch viele weitere Runden zu zahlen, der Mensch mir ruhigen Gewissens Bares borgen könne, bis ich zum nächstgelegenen Bankomaten käme, *Ich bin ja ein Ehrenmann*, so ließ ich es den Menschen an meiner linken Seite nicht ohne Stolz wissen, er könne sich gewiß auf mich verlassen. Man besoff sich pflichtgemäß und in bester selbstzerätzender und tatsächlich vergiftender Manier weiter, zwischendurch frug ich den Menschen, ob er denn ein schlimmes Kind gewesen sei, er verneinte mit der Begründung, die mir ohnehin hätte geläufig sein müssen, daß seine Erziehung dazu viel zu streng gewesen war. Dazu warf er dann und wann die Bemerkung ein, daß ich noch bei weitem zuwenig getrunken hätte und ich noch weitaus mehr trinken sollte. Uns war beiden klar gewesen, worauf man hinsoff, auf welches Ziel hin man sich selbst halbtot brannte mit dem furchtbaren klaren Gesöff, es lag in der Luft, doch keiner sprach es aus. Zunehmend verspürte ich in mir ein gesteigertes Unwohlsein aufkommen, das hochkonzentriert Gebrannte tat seine Wirkung, doch wir kannten kein Erbarmen miteinander und mit uns selbst und soffen weiter, zu allem Überdruß entzündete der wahrhaftig trinkfeste Mensch noch die eine oder andere Zigarette, ich konnte nicht davon lassen, mich als dies nicht gewohnter Nichtraucher zum Verkosten verleiten zu lassen, ich nahm davon, inhalierte zwei Brustzüge, alles in allem braute sich in mir zum wahrhaftig Schrecklichen zusammen, zunehmend wurde mir schlechter und übler. In diesem Gemisch aus hartem Schnaps, stechendem Zigarettenrauch und der lauten Dunkelheit des Geschehens wuchs das selbstauferlegte Verlangen, *es* endlich zu tun, der Moment lag zum Greifen nahe, ich mußte nur noch *ja* sagen, und er flöge mir geradewegs zu, so dachte ich. Ängste und verirrte Zwänge hatten den Weg zu diesem Moment hin begleitet und ihn geebnet, *es* mußte endlich geschehen, die Früchte lagen so nahe, ich hatte sie bloß noch zu ergreifen. Der Mensch, die junge Frau, er saß nahe zu meiner Linken, ich sagte *Du, ich find' dich sehr sympathisch*, der Mensch entgegnete, *Sonst würdest du mich ja nicht treffen*, wie immer war die Antwort keineswegs eindeutig gewesen, gab mir aber doch in besonderem Maße Anlaß, endlich zu agieren. Es war evident, was jetzt zu tun war: Teilweise benommen vom vielen Alkohol und den Nikotinschwaden bewegte sich mein Mund zu ihren Lippen, meine Augen schlossen sich, unsere Lippen begannen sich zu öffnen, und da verschlang sie mich schon mit all ihrer zerstörerischen, alles zerfressenden und zersaugenden Kraft. *Diese zehn, zwanzig Sekunden waren wahrscheinlich die allerschönsten meines ganzen Lebens gewesen, der Kulminationspunkt, die stille Erfüllung meiner ganzen Existenz.* Süßeres war mir von einer Frau, von einem Menschen, von der Welt an sich noch nie gewährt worden. Es war kein zärtlicher, abtastender Kuß, vielmehr loderten dahinter das Feuer der Besoffenheit und das ungebremste, postadoleszente Verlangen eines jungen Menschen. Zungen duellierten sich, nicht erotisch, nein, vielmehr wild aufeinander losgehend, nicht romantisch, sondern forsch erobernd. Ich war glücklich wie ein Kind, wußte das alles zuerst nicht einzuordnen, was da geschah, da fühlte ich zu allem Unglück das Unwohlsein in mir heraufkommen, ich konnte das Übel nicht länger verhindern, als ich kurz innehalten mußte und nur mehr absetzen konnte, ich sprach *Ich bin jetzt seelisch sehr glücklich, aber physisch geht es mir schlecht*, als ich gerade noch zum Drehen des Kopfes imstande war und die ganze verrauchte, verätzte Schnapskotze in Schwällen aus mir herausbrach. Es war gleichsam ein Sinnbild dessen gewesen, was seit Monaten in mir vorging: Eine Ambivalenz des Fühlens zwischen Anziehung und Ablehnung, nichts schien diese Gegensätze, dieses Hassen und Lieben, dieses Gedemütigt-Werden und dennoch zu begehren stärker zu verkörpern als der Mensch neben mir, den ich eben noch innig liebend geküßt hatte. *Ich solle rasch aufs Klo rennen*, raunte er mir scheinbar doch fürsorglich nach, ich ging raschen Schrittes, glücklich wie kaum jemals zuvor, konnte aber nichts mehr aus mir herauswürgen, alles war schon draußen gewesen, da kehrte ich zurück, und der Mensch befand, man sollte dem Lokal schnellen Schrittes den Rücken kehren, da man sich ansonsten aufgrund der außerordentlichen Verunreinigung des Bodens unter Umständen die Begleichung der anfallenden Reinigungskosten einhandeln könnte. Ich war dennoch einfach nur glücklich gewesen in diesen kurzen Momenten, als man sich davonmachte, um im ersten Bezirk umherzustreunen, eng umschlungen, wie ein tatsächliches Liebespaar, ich war derart benebelt, daß ich dies gar nicht tatsächlich ausmachen konnte, es schien mir nur so, es schwante mir also, es war tatsächlich gewesen, ich war Passagier und genoß einfach nur so dahin. Ich war völlig gedankenlos, ließ einfach geschehen, was da war, nahm dankend an, da blieb der Mensch plötzlich stehen und *küßte mich spontan*, ich liebte ihn dafür umso mehr, es war wie selbstverständlich für mich, als hätte es davor und danach nichts anderes in meinem Leben gegeben, dieser Kuß schien wie der Anfang und das Ende der Welt, von ihm ging alles aus und zu ihm kehrte alles heim, *ein Alpha und ein Omega*, wie die Natur und das bloße Sein selbst. Aus zwei wurde eins, man schlenderte weiter, der Mensch an meiner Seite sprach davon, daß er sich gerne irgendwo setzen wolle. Man schlenderte an Schaufenstern in der Innenstadt vorüber, ich ahnte nichts, ließ nur geschehen, da holte der Mensch aus, ansatzlos schob er seinen Dolch in meine Seite, ich hatte keine Chance, ihn zu parieren, denn er tat es nachts und er tat es ohne Vorwarnung.

Weißt du, meinte er, er finde, daß es störend sei, daß ich immerzu mit steirischer Dialektfärbung sprach. Schließlich heiße es ja auch, ich habe den Film *gesehen* und nicht ich habe den Film *geschaut* und dergleichen. Ich wußte weder, wie mir geschah, noch wie ich auf derartiges hätte reagieren sollen. Ich war einfach hilflos begraben unter dem Schutt der Aggression, und mit mir begruben sich meine hehren Gefühle, und zwar sofort. Der Mensch gab keine Ruhe und hielt mir vor, daß ich permanent kompliziert daherredete, und wollte in Erfahrung bringen, ob dem immer so sei, auch im Freundeskreis. Ich war schlichtweg getroffen und hilflos, zutiefst gekränkt und ertrank in Unsicherheit. Weiters meinte er, der Altersunterschied zwischen uns sei doch beträchtlich und daß ich sicher anderes im Sinn hätte als er selbst. Denn er wolle am liebsten noch etwas Gruppensex mit seinen besten Freunden in Island genießen, am liebsten in der Snorralaug, einem Thermalbad in Reykholt. Da saß man schon auf einer Bank, und ich hielt noch die Hand des Elenden. Ich versuchte, überlegen zu lächeln und dem Mörder nicht auch noch das Gefühl des Überlegenen zu vermitteln, er konnte meine Seele gebrochen haben, aber meinen Stolz konnte er mir nicht rauben, noch nicht. Ich lächelte also, ein gespieltes Lächeln, wie so oft gespielt, ich konnte nicht anders, als zu spielen und vorzugeben in dieser furchtbaren Lage, ich spielte das Überlegene, meinte, auch ich wolle noch mit über vierzigjährigen Frauen schlafen, ich war scheinbar zum Kompromiß und zur Lüge, zur Selbstverleugnung gezwungen und zu schwach, um aufzustehen und dieser kriminellen Handlung ein Ende zu bereiten. Damit schien sich die Furchtbarkeit für ein paar Takte beruhigt zu haben, wir zogen von dannen, ich war innerlich zersplittert, man schlich den Rennweg dahin, ich versuchte mich zu fangen und möglichst normal zu wirken, da wies ich auf ein paar Meerschaumpfeifen und Zigarren im Schaufenster hin. Das Neben-Mir schilderte, daß sein verstorbener biologischer Erzeuger in Island ebensolche Pfeifen gesammelt hatte, im Laufe des vordergründig nichtssagenden Gesprächs erfrug ich auch die Körpergröße des Neben-Mirs, sie betrug eins vierundachtzig, einen Meter und vierundachtzig Zentimeter, relativ viel für einen weiblichen Menschen. Schließlich frug ich völlig scheinheilig, ob mir denn mein Peiniger Asyl gewähre, da meine letzte Straßenbahn bereits abgefahren war, er bejahte, man machte sich auf den Weg in das Domizil des Schlechten, umschlungen und doch entzweit, von vornherein.

Nebenbei hielt das Neben-Mir an einer Würstelbude, um Baumstämme, eine Süßware, käuflich zu erwerben, es gab mir davon, Süßes vom Sauren, man flanierte am Herz-Jesu-Krankenhaus vorbei, wo, so erzählte das Neben-Mir, ein Professor für Literatur- und Sprachwissenschaft vor kurzem gestorben war. Dieser Hinweis war symptomatisch für all das stumpfe Verderben und den lebendigen Tod gewesen, den der isländische Mensch um sich herum verbreitete und den er nach sich zog, und es war ein durchaus passender Hinweis, da auch unsere Situation keineswegs als rosige, sondern als vielmehr dunkelschwarze erschien, denn als gerade ebensolche hatte das Neben-Mir sie erscheinen lassen. Nach diesem letztlich furchtbaren Vorspiel trug es sich zu, daß wir weiter in den dritten Bezirk vordrangen, in dem das Neben-Mir seine studentische Wohnstatt kurioserweise in einem Arbeiterstudentenheim bezogen hatte. Das Neben-Mir schleppte mich also in diese Gasse im dritten Bezirk, ich weiß nicht mehr, welche Nummer es gewesen war, auf jeden Fall war es eine der großen Neubauten an der linken Straßenseite, in die ich gezogen und geschleppt wurde. Im Aufzug – es wohnte in einem der oberen Stöcke – erblickte ich den Studentenheimwohnungsschlüsselanhänger des Neben-Mirs, sein unaussprechlicher isländischer Name prangte innerhalb einer abgewetzten durchsichtigen Plastikschale darin, ich wußte ihn etymologisch-inhaltlich zu deuten und erzählte ihm davon. Daraufhin frug es mich, was denn wohl mein Name bedeuten möge, ich schilderte vom Althochdeutschen und dem Schwerte, der hehren Schneide und dem Ruhme, woraufhin es es sich nicht nehmen lassen konnte, mir mitzuteilen, daß in seinem ehemaligen isländischen Gymnasium irgendein Mitschüler, ein Schwede und ein solcher *Prolet*, wie es meinte, angeblich ebenfalls *Egilmar* hieß, was ich mir, a posteriori betrachtet, kaum vorstellen konnte und kann, zu hehr und zu edel ist und war mein wunderbarer Vorname! Dennoch galt *mir* dieser Wink mit dem Zaunpfahle, der dem Einlaß in das modern eingerichtete, annähernd quadratisch-studentische Mietwohnbehältnis voranging. Rechts ein paar helle hölzerne Kästen, Regale, darauf eine winzige Stereoanlage, mittig ein großes Bett, links an der Wand ein kleiner Schreibtisch, man zog sich die Oberbekleidung aus, ich verhielt mich den Umständen entsprechend äußerst verhalten, verlegen und geradezu artig. Der Mensch, das Neben-Mir, der widerwärtige Abgrund, dieses junge Fräulein mit vielen Namen und vielen Gesichtern ging zur Stereoanlage, wo er oder es oder sie sich anstellig zeigte, Klassisches zu spielen und mir ebendieses zu Gehör zu bringen, und tanzte dazu mitten im Zimmer. Sich selbst darüber ärgernd, wenn das Getanzte nicht gelingen wollte, sprang es umso verbissener, sich wie eine isländische Elfe gebarend umher und versuchte sein Bestes, schließlich frug es mich, ob ich den Film *Die fabelhafte Welt der Amélie gesehen* hatte, denn man hatte *gesehen* und nicht *geschaut* zu sagen, so der Abgrund mich beizeiten ja korrigiert habend. Ich verneinte, denn zum damaligen Zeitpunkt hatte ich ihn in der Tat weder *geschaut* noch *gesehen* gehabt und wußte lediglich schemenhaft, worum es darin ging. Es war eine verzweifelte Liebesgeschichte, was auch zweitrangig war, denn es schickte sich an, mir bösartig die Titelmusik dieses Streifens vorzuspielen und eben vorzutanzen, nicht immer ganz fehlerfrei, aber dafür umso überzeugender. Ich wage sogar vage zu behaupten, daß dies mein damals noch zart keimendes Interesse an klassischer Musik in besonderem Maße verstärkt hatte, denn wenig später, im nächsten Jahr, es war Februar, besuchte ich zum allerersten Mal in meinem Leben die Wiener Staatsoper, es war Mozarts *Don Giovanni*, grandios, und es war der zweite Februar, Maria Lichtmeß. Wir hatten jedoch weiland noch Oktober, und ich erlebte eine private Tanzvorführung, der ich ein wenig beklommen beiwohnte, ich stand an die Wand gelehnt daneben, lugte, beobachtete und klatschte am Ende des Stückes artig, ich, der zeitlebens nicht einmal Noten zu lesen gelernt hatte. Das Stück war zu Ende getanzt, man zog sich aus. Nun wurde statt Yann Tiersen *Coffee & TV* von Blur gegeben, ja, der Player blieb an, und das Licht ging aus. Schlagartig fiel man übereinander her, man gewährte einander keine Gnade, keine Ruhe, küssend fiel man übereinander her wie die hungrigen Wölfe, es war ein Verlangen sondergleichen. Es war ein ungeduldiges Herumwälzen in der Finsternis, mein Pendant stank nach Schnaps, und seine isländische Zunge hatte den stechenden Zigarettengestank penetrant aufgenommen, aber es war schön, einander so stürmisch zu begegnen, wenige Atemzüge vergingen, da verging auch schon der Büstenhalter und auch das Höschen, aber ich verging mich nicht. Ich, ebenso ausgezogen, nahm das Tempo aus dem Spiel, begann zu küssen statt zu fressen, zu streicheln statt zu toben, dem widerlichen Abgrund ging das alles viel zu langsam, ich ließ mich davon nicht beirren, blieb dabei, nicht aufs Ganze gehen zu wollen. Ich genoß jeden Augenblick, das scheue Berühren seines Busens, den behutsamen Weg seine Beine entlang, das zärtliche und doch ein wenig fordernde Erkunden seines linken Ohres mit meiner Zunge. Ich bedeckte sein ganzes wunderbares Gesicht mit liebevollen Küssen und vergaß die

Zeit. Nach und nach glitt meine linke Hand über seine langen, glatten, nackten, perfekten Beine, noch nie hatte sie ähnlich Vollkommenes berührt. Mehr tastend als fordernd wagte ich, über die zarte Haut seiner festen jungen Brüste zu streichen, und begann dann doch, sie zu küssen, sie in meine Hände zu nehmen und an ihnen zu lecken. Ich kostete seine Jugend aus, aber nur langsam nippte ich zunächst an ihm, dieser kostbare Kelch, dieser Hochheilige Gral sollte mich nicht zu sehr berauschen, peu à peu wollte ich mich dieser Wonne nähern, viel zu kostbar war mir diese fleischliche Gegenwart, die wie Milch und Honig vor mir zu zerfließen schien. Als ich nun meine Hände wieder gen Süden bewegte und zwischen seine endlosen Beine glitt, um die Innenseiten seiner Schenkel zu öffnen und zu erfühlen, wagte ich mich an seine teilrasierte isländische Scham vor. Die Berührung seines äußeren weiblichen Geschlechtsorgans, das – wie ich ertasten konnte – zu einem durchgehenden, entgegen vielen anderen Vulven die Schamlippen behaart belassenden schmalen Strich ausrasiert worden war, quittierte mein Gegenüber mit einem unter Umständen gespielten Stöhnen, das böse Zungen als zustimmendes Grunzen interpretieren konnten. Als ich mit meinem linken Zeigefinger an die Öffnung seiner in Vereinigungserwartung vor Erregung etwas aufgequollenen abgründigen Scheide geriet, war es mir, als ob ich den Abgesang eines Hochzeitsrufes, den Rest eines Hymens, eines vom einen oder anderen Schwanz bereits zerfetzten Jungfernhäutchens zu gewahren glaubte. Der widerliche Abgrund stöhnte noch tiefer, und er griff mir an mein sich stattlich und vollkommen bereit und erwartungsvoll zeigendes Gemächt. Diese meine Körpersprache, welche ihm bekundete, daß auch ich sehr erfreut beziehungsweise bereit und daran interessiert sei, mich mit dem Abgrund in allernächster Bälde dem vor- und also unehelichen Beischlaf, dem sogenannten Geschlechtsverkehr, auch Koitus genannt, hinzugeben, also mit dem Gegenüber den Sexualakt zu vollziehen, diese Körpersprache ließ mein Gegenüber noch viel lasziver, viel lechzender und daher geiler stöhnen. Ich erkannte die pure, besoffene Geilheit eines frisch erwachsenen, nach Erfahrung lechzenden Gegenübers in ihm. Die Sphäre war testosteron- und nikotin-, alkohol- und östrogengeschwängert, jede Pore dieses jungen Stückes dünstete mir die unausgesprochene Botschaft entgegen: *Ich will Sex! Fick' mich durch! Besorg's mir! Mhmmm … Steck' ihn mir rein! Fick' mich hart durch … Mach' schon … Ich brauch's … Bin schon so feucht … Spritz' mich voll …* Dies alles sagte der widerliche Abgrund freilich nicht wörtlich, es war jedoch gewissermaßen eine konkludente Willenserklärung vermittelt worden, indem er versuchte, mich plötzlich auf ihn zu rollen, er war dabei, mich und damit freilich meinen Körper auf ihn hinaufzubewegen, das heißt mich in meiner ganzen physisch-personalen Anwesenheit auf seinen Körper hinaufzuziehen und zu rollen. Ich war für den Bruchteil eines Moments auf ihm, aber noch *nicht in ihm* gewesen. Dieser Moment sollte mir noch über Jahre hinweg wie eingebrannt in mein Herz und meine Gedanken gegenwärtig sein. Es schien, als ob mein ganzes Leben auf diesen einen Moment und seine vielfältigen Interpretationen hin ausgerichtet gewesen sein sollte. Dieser Augenblick schien mir wie die Kulmination meiner Ontogenie, alles begann und endete mit ihm. Anfang und Ende; Sehnen, Erlangen; Spannung und Entspannung; Lust und Entsagung; alle Antagonismen der Welt hätten sich mit diesem

Augenblick auf- und entladen können. Wie sehr hatte ich diesen Moment herbeigesehnt, wie erbarmungslos war der widerliche Abgrund samt all den Umständen, die zu diesem Geschehnis geführt hatten. Eine größere Zerrissenheit hatte die Welt in ihrer grausamen Vielfalt niemals erlebt. In ihm und durch ihn und mit ihm hätte ich daraufhin sein können. Im Rate der Vorsehung ward es anders beschlossen.

Ich konnte die allerprägendste Liebe und zugleich den abgrundtiefsten Haß meines Daseins nicht so profan Fleisch werden lassen. Ich hatte mich *heruntergerollt*. Hatte mich, meine und die Ehre des Abgrundes gerettet und übte mich in Verzicht. Hieß es doch stets zuhause vom Herrn Vater: Eine anständige Frau treibt es nicht beim ersten Mitheimnehmen. Obwohl, mein Herr Vater hätte es wohl getan. Mein Über-Ich, meine innerste moralische Instanz, meine Liebe zum ätzend-zerfressenden Abgrund, mein Desiderat nach wahrer, christlich-spiritueller Reinheit im Streben nach Zweisamkeit, dieses Konglomerat an normativen Instanzen lenkte meine Nichtkopulation, mein Nicht-Durchficken des widerlichen Abgrundes. Zusätzlich könnte im Sinne einer kumulativen Kausalität die Ursache meines Verhaltens auch darin gelegen sein, daß ich zu einem gewissen vernachlässigbaren Anteil, dieser liegt wohl unbewußt oder bewußt bei weniger als zehn Prozent, nicht mit einer Person die Beiwohnung zu vollziehen beabsichtigte, die mich vorher auf gröblich-derbe Art mißhandelt hatte, ich denke jedoch ganz ehrlich, daß ich mich zum überwiegenden Teile wohl deshalb heruntergerollt hatte, weil ich tatsächlich über alles verliebt in den holden Abgrund war und das Einbremsen meiner Geilheit sogar als echten Liebesbeweis empfand. Jahrelang sollte mich der Gedanke noch beschäftigen, mich quälen und ständig in mir hämmern, ob ich gesollt hätte oder nicht, diese einzigartige Chance genützt habend oder sie endgültig verpaßt habend, dies alles bereitete mir noch viele Monate und Jahre später intensivstes Kopfzerbrechen. Wie weiland der heilige Hubertus hielt ich gottbefohlen inne und ließ in edler Gesinnung vom Abschuß des Höchsten, des heiligen Wildes, ab. Gnade. Das Goldene Vlies blieb unbefleckt. Mich in Verzicht übend ließ ich den holden Abgrund unberührt und gab unserer Haßliebe die Chance, weiter zu erblühen ohne den Schandfleck eines alkoholischen Sexualgelages.

Aber sprich nur ein Wort, so wird meine Seele gesund. Dies konnte angesichts der ätzenden Erbarmungslosigkeit des Abgrundes nur eine Illusion gewesen sein. Keine Sekunde der Erholung wurde dem vermeintlichen Delinquenten hier gewährt, inhumaner Strafvollzug stand an der Nachtunordnung. *Nulla poena sine culpa.* Keine Strafe ohne Schuld, heißt es in Paragraf vier des österreichischen Strafgesetzbuches, hier lag keine Schuld, sondern bloße und allerhehrste Tugend meinerseits vor, und dennoch kam die Strafe umgehend. *In dubio pro reo*, im Zweifel für den Angeklagten, schiere Illusion.

Sofort erhob sich das Furchtbare. *Entweder du glaubst, du kommst noch mal hierher, oder es ist dir egal.* Wie konntest Du mich so abgrundtief verletzen. Jedes dieser Worte war ein geschliffenes Messer in meiner Seele. Ich wußte um keinerlei stimmige Antwort, wußte nichts darzulegen, was ich dazu hätte wahrheitsgemäß sagen können, ich vermochte nur von mir zu geben: *Beides.* Es war mir alles andere als egal, Du dummes Mädchen, wie konntest Du denken, daß mir das egal war, wie kann ein

Mensch, nach alldem, was ich für Dich gedacht, geschrieben und gelitten habe, im Entferntesten daran denken, daß er jemandem, der ihm so nahe war, egal sei, ich hätte mich jederzeit für Dich in einen imaginären oder realen Kugelhagel geworfen, nur um Dich mit meinem Körper zu schützen und Dich zu erretten, um Dich am Leben zu erhalten. Ich wollte zu diesem jungen und doch letzten Zeitpunkt einfach bei Dir sein, wie konntest Du mir diese in Gestalt einer Drohung des *Nicht-mehr-Wiedersehens* daherkommende, mich durch und durch bluten lassende Ohrfeige verpassen? Ich konnte mich davon nicht erholen, da hast Du zum nächsten Schlag ausgeholt, da ich wohl Deinem Charme nicht erlegen war. Darum sofort eine weitere Fragensalve: *Bin ich dir zu jung? Hattest du noch nie eine Frau? Bist du besoffen? Soll ich dir einen Eimer holen? Bist du müde?* Peinliche Befragung. Das alles war bar jeglicher Romantik. Ich wollte damals Dein Herz, nicht Deine weit klaffende und um Füllung bettelnde Vagina. Ich meinte gleich, nachdem ich mich von ihr heruntergerollt hatte, ich hätte Angst, mich in sie zu *verlieben*. Tatsächlich war ich das längst gewesen, vom ersten Augenblick an, ich wußte, daß das bei ihr nicht der Fall gewesen war, ich hatte es stets ein klein wenig gehofft, hatte gehofft, daß es bei ihr auch ein klein wenig Liebe gewesen wäre, ein klein wenig wenigstens, da schoß es aus ihr heraus *Ich hab' auch Angst, daß sich jemand in mich verliebt.* Gleich darauf hieß es: *Meine erogenen Zonen sind Bauch, Rücken, Hals, und sag' mir, worauf du stehst! Es sind zwar keine Kondome da, aber es gibt ja auch was anderes …* Freilich wäre auch *anderes* wunderschön gewesen, aber unter auch *anderen* Voraussetzungen. Nackte Gewalt. Es zerrannen meine Wünsche tief im Herzen. Ich hätte es mit dem Teufel getrieben! Immer höher loderte der Abgrund gegen mich empor, immer unverhüllter und gleichsam gräßlicher trat das Streben zutage, mich meiner *Hinrichtung* zuzuführen. *Überhaupt* solle ich mich glücklich schätzen, mit ihr, dem weltgeschichtlich ärgsten Luder, hier sein zu dürfen, schließlich wollten noch viele andere ihrer Freunde mit ihr ausgehen, diese habe sie jedoch alle delegiert, zu meinen Gunsten offenbar, ihr *bester Freund* etwa wollte sie stets dazu verleiten, mit ihr bis nach der letzten U-Bahn in einem Lokal zu verweilen, um danach gemeinsam mit ihr nachhause fahren zu können. Dazu meinte ich, daß ich ja offenbar ein Privileg genießen würde, was sie sogar bejahte. Kaum hatte ich mich etwas erholt, hob sie bereits zum nächsten Drama an. Eine Tauchfahrt in den Abgrund der ontologischen Destruktion, in die Niederungen der ungefragt beantworteten Gynäkologie begann. Taumelnd konnte ich noch die letzten Zerstörungen nicht fassen, da brach diese nächste Schlachtung explodierend über mich herein, überall lagen nur mehr die blutenden Fetzen meiner dumpfen Gefühle in mir herum, Blutlachen getöteter Hoffnung. Seelische Ausdärmung. In einer Situation wie dieser besaß sie den unglaublichen Drecksfotzencharakter, mir detailliert von der Affäre mit dem sauschwänzigen Maghrebiner zu erzählen, dessen Geschichte sie mir in Anflügen bereits geschildert hatte. Sie hatte mein Herz damit damals bereits blutig zerschnitten, um es mit diesem Hammer nun tatsächlich stumpf zu zerquetschen und zu zermalmen. Na gut, selbiger maghrebinischer Sauschwanz hatte den beiden damals im Hotel auf La Réunion aka Fiki-Fiki-Island flüsternd per Rezeption als Kaffee getarnt zwei Präservative kommen lassen. *Je voudrais deux cafés*, hatte der lausige Mohrenschwengel dem Hotelburschen am Telefon zugeraunt, als jener dann tatsächlich zwei Kaffee brachte, mußte er die Sauerei noch deutlicher artikulieren und tatsächlich explizit, ausdrücklich, zwei Gummis verlangen. Detail für Detail breitete das Aas neben mir aus, auf meine Frage, ob das Afrikanerglied wohl *gut* gewesen sei, bekam ich ein knappes, schales *Ja. Ein erfahrener Dreißigjähriger* zu hören. Du Futsaftfabrik. Dauertropfendes Sabberschaumloch. Du angedaute Echsenmöse. Du Eisprung-Jojo. Du stopfst mich voll mit Scheiße, bis ich explodiere. Schwanzophiler Rosettenkrater. Verhurte Kraterrosette. Nieder mit dir. Verrecke, höllische Ausgeburt der emotionalen Schweinerei, du hast mich in dieser Nacht schwerer verletzt als alle Frauen vor dir. Du, die ich am liebsten hatte, hast mich in dieser Nacht schwerstens hin- und niedergerichtet, hast den Angriff als Verteidigung vor meiner Zuneigung gewählt, hast meine Gefühle vergewaltigt und mich in meiner Schale verbluten lassen, bevor du mich am nächsten Morgen bleich, zerfleischt und halbverdaut wieder ausgespuckt hast. Keine Schlacht, sondern ein Abschlachten. Eine zerrissene und zerreißende emotionale *Hinrichtung*. Ich hatte mich auf den Abgrund hin ausgerichtet und wurde von dem selbigen *hingerichtet*.

Das einzige, was mir wenigstens zuteil wurde, war Aufmerksamkeit, sie sprach mit mir bis etwa vier Uhr morgens. Du von der Evolution ausgemerztes rektales isländisches Schwefelfäulnisbakterium. Ich weiß gar nicht mehr, wie mir tatsächlich geschah, es war die Spur einer Betrunkenheit und trotz aller Verletzungen das nicht unschöne Gefühl, neben ihr einzuschlafen, neben der mich kompromittiert habenden eiskalten Peinigerin, die soviel bedeutete, die nun unbefriedigt, weil von mir ungerammelt und unbegattet und ungefickt, darob von mir unbefleckt dahinschlief. Ich kann mich an diesen Schlaf nicht mehr erinnern, weiß nur mehr ungefähr, wie es war, als man erwachte, ein postalkoholbegründetes Magenunwohlsein plagte mich, was mir zusätzliches Unbehagen verursachte. Sie meinte gegen zehn Uhr morgens oder auch ein wenig davor, daß sie nicht mehr schlafen könne, sie lag wie schon die ganze Zeit über zu meiner Rechten, sie lag zur Rechten Elmars, nach knappen sechs Stunden Schlaf nahm die Furchtbarkeit nahtlos ihren grausamen Lauf, das Scheusal scheute nicht, dort anzuknüpfen, wo wenige Stunden zuvor mein Leidensweg eine kurze Zäsur genommen hatte. Mit aller Destruktivität lockte mich das niedere Schwein in die nächste Falle, ich roch sie zwar, diese Finte, tappte dennoch hinein, wie ein Lamm, das wieder und wieder unschuldig zum Schlachten geführt wurde, ich war völlig ausgeliefert. *Wo möchtest du jetzt sein und mit wem?* frug mich der Weltenbastard und kannte keinerlei Erbarmen. Ich entgegnete, daß ich zu diesem Zeitpunkt gerne bei mir zuhause in der Steiermark, in meinem Bett gemeinsam mit *ihr* liegen würde. Chancenlos. Sie holte weit aus. Dann entglitt ihr, daß sie nun gerne auf La Réunion wäre, am Strand mit ein paar eiskalten Cocktails und einer Flasche Reyka Vodka. Ehrlich währt am längsten, möchte man meinen. Sie konnte es sich auch nicht verkneifen, darauf hinzuweisen, daß der Wiener oder der Großstadtmensch überhaupt per se kultivierter sei als der österreichische Landmensch, welcher praktisch von Geburt an zur Unkultur und daher zum absoluten und unentwegten Stumpfsinn verdammt, dafür aber weitaus offener und umgänglicher als Erstgenannter sei. Daß sich diese Ausführung auf mich, den Steiermärker, bezog, ist evident. Mein Hinweis, daß sie selbst von einem tatsächlich äußerst dünn besiedelten und ruralen Eiland, wenn auch aus dessen Zwergenhauptstadt, stammte, wurde vehement totgeschwiegen. Auf die Frage, ob sie jemals glücklich sein werde, bekam ich *Höchstens in einem großen Haus mit Personal* zu hören. Familie? Kinder? Harmonie? Glück? Liebe? Waren dies tatsächlich die Hirngespinste einer jungen Frau, in denen Glück lediglich von vielen Quadratmetern Wohnfläche und möglichst vielen unterwürfigen Haussklaven abzuhängen schien? Oder handelte es sich um die geschickte Verschleierung tatsächlicher emotionaler Nähebedürfnisse? Kinder wurden als eine Art Unwesen tituliert, welche wohl nichts brächten außer Figurproblemen und Kaiserschnittnarben, denn man will ja logischerweise keine Mißbildungen am Nachwuchs, na ja, man muß seine wertvollen Gene ja irgendwie weiterverbreiten, oder? Du Stuhlknolle. Als ich irgendwie hoffnungsvoll in einem dieser Momente fallenließ, daß ich das, was ich ihrem linken isländischen Ohr an flinker, zungenfertiger Zärtlichkeit angedeihen ließ, auch an einer anderen Stelle, also auch woanders, ausüben könnte, kam nur ein entsetzliches Grinsen zurück mit dem Hinweise, *Vielleicht sollte man dich ja doch wieder einmal einladen*. Du schmutziger Schandfleck. Du in deinem eigenen eiskalten Mösensirup dich suhlende Schwanzlegebatterie. Du hodensacksaugendes Eizellkatapult. Du frauenfeindschaftsgebärende Stangenrittfanatikerin. Du von vielen Stengeln zerfurchte Beischlafszelebrantin. Allernotgeilste Vorsteherdrüsenabzockerin. Nordische Dauernotstandsbettlerin. Big brother is fucking – die ganze Welt zwischen deinen Lappen. Du Eiertänzerin in Ewigkeit. Brodelnder Futsaftgeysir. Du Stalinorgel einer Vagina, eiersaugende Wollmilchsau,

Smegmafresserin. Stell dir vor, es ist Fick, und keiner geht hin. Unmöglich? Für dich, ja. Deine Neigung: Ficken. Deine Eignung: Ficken. Dein Ziel: der Schwanz. Dein Weg: die Fut. Filzlausbefallener Bonobo-Affen-Abgrund. Bespritzt seist du, Ritze voll des Schmandes, siebzehn Herren sind mit dir. Jeden Tag. Räudiges Strichweibchen. Billig. Billiger. Du.

Sie gewährte mir sogar voll der Gnade das Recht, ihre Studentenheimzimmerdusche zu benützen, ich versuchte, halbnackt vor ihr stehend, möglichst gute Figur zu machen, als ich mich danach anzog und meine Sachen zusammensuchte. Als sie, nach mir selbst geduscht habend, nach ebendieser Dusche ins Zimmer trat, hielt sie ihre langen Beine übereinandergeschlagen und ein weißes Badetuch verhüllte ihren Körper. Mit einem Schlag fiel dann das Tuch, und ihre wohlgeformten, relativ straffen, nicht übergroßen Brüste fielen in mein Blickfeld. Sie war der beste Körper der Welt. Als sie mich frug, was sie denn nächtens über mich gesagt habe, versuchte ich, ihrem Galgen zu entkommen, zu entkommen mit einer Handvoll Schutzhumor, ich meinte, sie habe mir gegenüber im Rausche erklärt, daß sie ein wenig in mich verliebt sei. Dies wies sie sofort schroff von sich und wollte die Wahrheit wissen. Du Fleisch. Erneut führte sie mich und meine Gefühle vor, indem ich ihr davon zu erzählen hatte, daß sie letzte Nacht gemeint hatte, daß sie meine Dialektfärbung nicht mochte. Ich Opfer. Ich ersparte mir weitere, detailgetreuere Rekapitulationen. Ich hatte längst aufgegeben und wollte mein Martyrium irgendwie beenden. Doch sie tat scheinbar höchstzufrieden das, was in diesen Momenten wohl das Angebrachteste für sie zu sein schien: Sie pries sich selbst. Selbstpreisung bis zum Exzess, mehr oder eher sehr viel weniger subtil.

Während meine Wunden noch wie unter Schock klafften, nahm sie eine dicke Mappe mit an sie adressierten Liebesbriefen zur Hand und zeigte mir allerlei Fotos von ehemaligen Verehrern, einmal rothaarig, einmal dunkel, in allen Nuancen, Paßfotos mit Widmung, Strandfotos, Familienfotos, Fotos am Motorrad und auf der Segelyacht, Sauffotos aus Ibiza, das alles waren ihre ehemaligen Männer gewesen. Mit dem Finanzvorstand eines US-Ölkonzerns habe sie einmal in Dubai sowie mit einem Lamborghini in Monaco und beim Ascot-Pferderennen viel Spaß gehabt, erzählte sie, und ein Foto von einer Suite im Siebensternhotel Burj al Arab ließ meine peinigenden Phantasien weiterwachsen. Narzißtische Selbstbeweihräucherungen einer notorischen, unheilbaren Selbstdarstellerin. Ich wollte und konnte dazu in dieser Todeslage keinerlei Komplimente ernsthaft aussprechen und meinte nur lapidar, daß ich Monaco nicht so aufregend fand, aber gerne selber einmal in Ascot mit dabei sein möchte. Eine auf manchen Fotos würdig und eiskalt schön aussehende wilde Widderin war sie. Würdig und böse. Schlachtkalb. Widder. Sie öffnete sich eine Dose Red Bull Cola und nippte kurz daran, danach zeigte sie mir ein altes Foto ihres verstorbenen Vaters, als er gerade befördert wurde, ein stämmiger, etwas untersetzter Mann, ordentlich rasiert und hellhaarig, eventuell sah sie in mir unterschwellig eine Art Vaterersatz, obwohl ich, objektiv und allürenfrei betrachtet, großgewachsener und ganz anders aussehend als ihr etwas grobschlächtiger, verstorbener feister Vater war und obendrein um viele Dekaden jünger. Dann wurde mir noch ein Schulabschlußfoto vor die Nase gehalten, ich hatte zu erraten, mit wem sie wohl befreundet gewesen sei und mit wem nicht et cetera. Nach derlei Dingen wurde mir noch das eine oder andere Musikstück vorgespielt, und ich hatte eine Ballettfigur, namentlich die Brücke, zu bewundern. Bei all diesen Dingen wußte ich nicht, wie mir geschah, offensichtlich gab es keine Zukunft für mich und sie, ich verhielt mich unsicher-neutral. Ich hatte kaum mehr die Kraft, geschweige denn die Zuversicht besessen, die sich mir nach geschlagener Brücke Entgegenräkelnde vom Boden zu mir heran an meinen Körper zu ziehen. *Erst im zweiten Versuch gelang mir dies*, ich zog sie ein wenig verlegen heran und küßte sie ein wenig scheu und verhalten auf ihren roten, weichen Mund. Ich schmökerte in diversen Studienunterlagen, begutachtete ihre Handschrift, welche mir schon auf der mir von ihr von La Réunion gesandten Postkarte ein wenig infantil, sehr großbuchstabig und alles in allem ein wenig unsympathisch amerikanisch aussehend erschien. Sie bot mir als Frühstück einen kalten Apfel aus dem Kühlschrank dar. Eva und der Apfel. Sie meinte, sie müsse für elf ein Taxi zum Flughafen bestellen, denn sie flog für ein paar Tage heim nach Reykjavik, auch, um Flugmeilen mit Icelandair zu sammeln, wie sie meinte. Ich frug sie noch einmal, wie es denn mit uns weitergehe, was denn nun zwischen uns weiter passieren würde, ich bäumte mich noch einmal auf, wollte mich nicht so einfach geschlagen geben, wollte noch einmal um meine schöne Schlächterin kämpfen, mich des Unheilvollen noch einmal bemächtigen, zu stark war die liebende schwarze Magie, die von ihr auszugehen schien, ich konnte nicht anders, wenn mir auch furchtbar bang gewesen war. Was sie über mich denke, wollte ich von ihr klipp und klar gesagt wissen, wo ich denn stünde, eine Einengung unserer Relation im Sinne einer Definition wollte ich ihr abringen, Schluß mit den Monaten der qualvollen Ungewißheiten, dachte ich und wollte ich, sofort. Ein paar Schläge in mein stumpf gewordenes Gesicht waren die Antwort, ob *sie nach dem nächtlich Gesagten noch deutlicher werden müsse*, frug sie, ich sei derart anstrengend und obendrein pessimistisch und immer dermaßen sachlich und insbesondere vor allem besonders trocken agierend, daß sich die Sache praktisch von selbst erkläre. Ich sei zwar ein Gentleman, sie sei aber tatsächlich nie wirklich mit etwas oder jemandem zufrieden. Ich meinte, daß unsere Lage also in der Tat aussichtslos sei. Selbst dies warf sie mir vor, indem sie meinte, daß ich enorm destruktiv dachte und eben derart sachlich. Als ich sie, an der Ausgangstür ihrer Studentenheimwohnung stehend, frug, was ich denn hätte tun sollen und ob ich ihr denn ins Gesicht hätte sagen sollen, *daß ich auf sie stehe*, fauchte sie mir in ihrer stets elendigen Art nur ein kurzes *Wenn ich jemanden haben kann, ist er für mich uninteressant. Außerdem will ich niemanden haben* entgegen. Halb Göttin, halb Monster. An der Schwelle nach draußen wurde ich gefragt, ob ich denn nichts vergessen hatte, sie wollte also sichergehen, daß ich nicht wegen des realen oder vorgegebenen, letzteres wäre mir jedoch ohnehin nie eingefallen, Vergessens einer meiner Habseligkeiten nochmals ein Treffen evozieren würde. Nach alledem tief getroffen und auf das Unglaublichste verletzt und letztendlich schwerstens desavouiert fuhr ich mit ihr im Lift hinunter, man entstieg dem Unglückshaus, der Stätte allen Unheils, mein Kreuzgang führte mich noch zum auf der gegenüberliegenden Straßenseite auf sie wartenden Taxi, ich brachte über die Lippen, daß ich mich nun sehr schlecht fühlte, sie entgegnete, daß es ihr nun auch nicht gut gehe, aus welchen Gründen auch immer. In meiner schmerzhaften Ausgesetztheit ihr gegenüber ließ ich mich sogar dazu herab – ja, ich suhlte mich sogar noch in dem von ihr Vorgespienen –, ihr vor dem Taxi stehend zu gestehen, wie sehr mich das alles zutiefst traf, träumte ich doch in all den Wochen und Monaten nur von ihr allein. Ob in der Steiermark, in Wien, in Ungarn, in all den Ländern meiner Eisenbahnreise, sie schien mir in meinen Träumen allgegenwärtig. Dieser omnipräsente und alles umhüllende und konstituierende Traum hatte nun ein allgegenwärtiges Ende zu finden. Alles, was ihr dazu einfiel, war der Hinweis, daß wir ja weiterhin Freunde sein könnten, ich entgegnete, daß ich dabei wohl immer mehr empfinden würde, woraufhin sie ausführte, daß ich mich dann erst wieder in einigen Monaten mit ihr treffen sollte, wenn ich bereits eine Freundin gefunden hätte. Du Kind einer eiskalt eingefrorenen isländischen Eileiterschwangerschaft. Zerschmetternde, zerklirrende Worte, nichts als Schläge und Schelten, furchtbar und ernsthaft zugleich, wenn auch lächelnd dahingesagt, irritierende Infernos und emotionale Eskalationen. Ich sagte, *ich würde gerne weinen*, meinte aber, mich zu kontrollieren, es nicht zu tun. Da hupte auch schon der Taxifahrer zum zweiten Mal, sie gab mir den letzten Kuß auf meinen Mund, unsere *Liebschaft* hatte nur etwa *zwölf Stunden* gedauert, ich konnte das alles nicht fassen, zum Weinen fehlte mir die Kraft, ich stand nur da und ließ das alles über mich ergehen, größte Freude und tiefster Schmerz waren so nahe beieinander gewesen wie kaum jemals zuvor, etwas wundersam Unheilvolles, so süß, so intensiv schön und so abgrundtief traurig. Ich wandte meinen Blick noch einmal zu dem sich von mir entfernenden Taxiwagen, eine schöne alte Mercedes-S-Klasse aus den Achtzigern sogar, sie saß im Fond und lächelte, ja, sie lachte fast und winkte mir fast fröhlich entgegen, sich dabei immer weiter von mir entfernend, ich stand wie gebannt am Gehsteig, winkte kraftlos, zu nichts mehr fähig. Es war mein persönlicher Sterbetag, mein eigenes Requiem, alles war sinnlos geworden auf einen Schlag, niemand konnte diese starre Trauer fassen, schon gar nicht ich selbst, alles, was das Leben ausmachte, war in mir geronnen und ausgelöscht, kein ewiges Licht leuchtete mir. Requiem ohne Wiederkehr. Ich sank unter schwerster Liebeslast. Es war der lebendige Tod. Mein Herz war wie verkohlt. Da war *nichts* mehr.

Sofort rief ich mit gebrochener Stimme meine liebe und wohlmeinende, nur manchmal etwas gutgemeint gluckenhafte Mutter, die mir schon so oft im Leben so unermeßlich wertvoll zur Seite gestanden war sowie meine sogenannten damaligen Freunde an, in Wahrheit grenzenlose Arschlöcher und verruchte, proletarisch-pöbelhafte Zecken, die sich insgeheim an meinem Leid weideten und daran defilierten, die niederen Ani, die halbgebildeten Fachidioten, die mir zusätzlich ein schlechtes Gewissen Generierenden, energiesaugenden Blutegel, mich vordergründig lobend, mir hinterrücks Messer und Schwerter hineinstoßend, Gaukler und Vorgaukler, Irreführer, die ich später abwarf wie längst fällige Parasiten, und berichtete ihnen von all dem Gewesenen. Der Weg nachhause war ein grauer, leerer, zerstörter Weg durch ein innerlich zerstörtes, leeres und graues Wien. Ich war danach in ein tiefes Loch gefallen, etwas Unerträgliches, auf die unglaublichste Weise Entleerendes, sogar zum Weinen fehlte mir anfangs die Kraft. Als abgrundloser Mensch war ich selbst grundlos geworden. Alles hatte sich verloren, ich brannte aus wie ein Wrack, meine Gedanken verhallten emotionslos, verloren sich in der Zerbrochenheit meiner Empfindungen, ich sah im Spiegel bloß in ein leeres Gesicht, ich war eine leblose Hülle, ein Zombie. Ich konnte nicht weinen. Ich war auf Droge. Diese Droge war der Abgrund. Ich bin fast daran krepiert. Mir schmolz das Gesicht weg wie ein isländischer Eisberg in den Tropen, und meine Seele lag hingeschüttet neben meinem zerfetzten Körper. Es war ein grausamer Abstieg in die Hölle. Ein Schwall halber Chromosomensätze mußte mich verlassen, der Erleichterung wegen. Ich hielt es keine Stunde in meiner Wohnung am Gürtel aus, mein damaliger verrotzter Scheinkumpan und allerdreckigster, asozialer, burgenländischer, anglistikstudierender Wohnungsmitinsasse war an diesem Wochenende nicht dort gewesen, ich fuhr also heim, ich suchte Unterschlupf in meinem steiermärkischen Heimathaus bei meiner dort ansässigen Familie. Ich erzählte von all dem Unfaßbaren, schüttete mein Herz aus, sogar mein Vater, sonst eher kühl, umarmte mich mitfühlend. Alle, allen voran meine fürsorgliche und liebe Mutter, trachteten danach, mich von meiner Verzweiflung zu befreien, von meiner Trübseligkeit reinzuwaschen. Erst nach und nach konnte ich versuchen, das Geschehene auch nur annähernd und auf die oberflächlichste Weise herauszuarbeiten, ein Prozeß, der sich stets im Weiterlaufen begreift. Etwa zwei Wochen lang konnte ich mich meinen Studien nicht widmen, ich war dazu völlig außerstande, ich lag und stand völlig neben und außer mir, ich hielt telefonische und persönliche Rücksprache mit meinen beiden damaligen engsten Scheinvertrauten, in Wahrheit jedoch Abszessen, moralischen Eiterbeulen, die mir jedoch ebenso wie meine in Wirklichkeit um mein Wohlbefinden besorgten Eltern größtenteils von diesem Luder abrieten, aber auch mit keinerlei Patentrezept aufwarten konnten und wollten. Einer meiner damaligen Pseudokumpanen, ein asozialer deutscher Dauerstudent der Nachrichtentechnik ohne Antrieb und Rückgrat, ein sogenannter Emo, eine Ausgeburt der Postmoderne, die personifizierte Tücke und Zeckenhaftigkeit, ein destruktiver, heruntermachender Auswurf eines wirklichen Freundes, selbst ein abgefeimter Charakter im Sinne des Amoralischen, den ich dazu oftmals befragte, meinte, ich sollte erst einmal vierzehn Tage verstreichen lassen, bevor ich mich wieder bei dieser Frau meldete, ich rief sogar dessen damalige Freundin an, eine in Wahrheit selbst gravierend und erheblich psychisch gestörte Medizinerin auf Assistenzärztinnenniveau, um von ihr Rat zu erbitten, diese, selbst grenzlabil neben der Spur seiend, meinte, daß sie persönlich auch des Öfteren zu Männern gesagt habe, sie wolle sie nie wieder sehen, was aber nicht immer wörtlich zu nehmen gewesen sei. Borderlineambivalenz. Gemeinschaftsfotzentum. Menstruationsphilosophie. Tamponisierte Psychiaterinnenlogik. Alles in allem rieten mir beide, die Zecke selbst als auch seine damalige, gewesene anarchistisch-abnormale Veganerfreundin, wenn auch nicht in diesem dringlichen Maße wie etwa mein ehemaliger Wohnungsmitbewohner, ein notorischer burgenländischer Judas Ischariot, ebenso eine amoralische und anarchistische, stets verwahrloste Bazille im Inneren und Äußeren, die sich damals als mein Kumpan ausgab, sowie meine Familie von diesem Weibe ab. Mein Vater etwa meinte, diese Frau sei zu vergessen, da es ihr in höchstem Maße an Charakter mangle, was unmittelbar aus ihrem Verhalten deduzierbar gewesen sei. Diese Debatte und diese Gedanken waren damals ebenso wie die furchtbare Verachtung und Verletzung das zentrale Moment in meinem Leben gewesen; daß selbiges Moment bis in die Gegenwart hineinreicht, kann durch die gegenwärtige Schilderung dessen als manifest betrachtet werden. Es waren Tränen aus Blut, eine Trauer nach edelstem Brauche. Knapp mehr als zwei Wochen nach dieser schrecklichen Nacht besuchte ich im Universitätssportzentrum eine Schnuppertrainingseinheit des Futsal-Kurses, ich wußte, bei welchem Trainer die junge Gebärmutter samt ihren Knackbrüsten spielen würde, es war mir also ein Leichtes, nur in den korrelierenden Turnsaal zur angegebenen Zeit zu schlendern, um sie mit großer Wahrscheinlichkeit sehen zu können. Ich mußte zweimal dorthin gehen, da das Training bei meinem ersten Besuch zufällig ausgefallen war, wobei ich stets dahingestellt lasse, inwieweit es die Macht des Zufalls ist, die uns die Dinge erleben läßt, die wir erleben oder nicht erleben, die uns die Dinge denken und fühlen läßt, die wir denken und fühlen. Ich betrat mit erheblicher Nervosität den übervollen Turnsaal durch den Hintereingang, ergatterte einen Stehplatz unter großteils Erstsemestrigen, teilweise interessiert lauschte ich den Ausführungen des vortragenden Universitätssportlektors, teilweise tauschte ich mich auch mit der Studentin rechts neben mir über manch Interessantes zum Thema Futsal-Regeln aus. Da gewahrte ich in der zweiten Reihe ganz vorne rechts neben der Matratze des Trainers das schulterlange, rotblonde Haar der jungen Frau, die ich liebte, die mich das halbe Jahr über gefesselt und mich hingerichtet hatte. Ich weiß nicht mehr genau, was ich tatsächlich bei ihrem Anblick empfunden hatte, es war nervös und es war teilweise positiv, so mädchenhaft vergnügt saß sie mit ihrer Nachbarin scherzend da, dennoch verspürte ich die Aversion gegen das Negative in ihr, gegen all die Stiche und Schläge. Blanke Eifersucht raste in mir hoch, als ich bemerkte, daß der sich im mittleren Alter befindliche Universitätssportlektor lächelnd besonders häufig und gerne in ihre Richtung vorzutragen schien, zumindest erschien es mir derart, bald ging diese theoretische Schnuppertrainingseinheit zu Ende. Ich blickte noch einmal nach vorne zu ihr, versuchte aber möglichst unerkannt zu bleiben, erwuchs doch bereits während des Vortrages in mir der Verdacht, daß sie mich unter Umständen bereits gewahrt hatte, sie drehte sich zu Beginn einmal um und blickte in meine Richtung. Ich ging in die Umkleidekabine, zog mich um und ging die Stufen des Universitätssportgebäudes nach oben, im Hauptgang befand sich zum damaligen Zeitpunkt ein kleiner Bücherbazar, verschiedene Händler boten ihre Bücher in diversen Kisten feil, als ich den Gang entlangschlenderte, fand ich im rechten Augenwinkel die mir wohlbekannte furchtbare Abgründige in den Büchern schmökernd. Ich hielt sofort inne und kehrte mit gemischten Gefühlen um. Dort stand sie, teilweise genauso erstaunt über mich wie ich selbst über sie, sie stand dort abwehrend, verschlossen, ihre Beine waren überkreuzt, ineinander verschränkt, ein Buch wie ein Schild ihrer Aura in ihren Händen, als ob ich ihr aufgelauert hätte. *Na, auf der Suche nach dem verlorenen Schatz*, so stieg ich pseudocool in das Gespräch ein, auch wenn ich innerlich kaum verstehen konnte, was da mit mir geschah in diesem Augenblick, ich war tatsächlich sehr aufgeregt. Insgeheim dachte ich mir vielleicht auch so wie Falco damals … *Jeanny … du warst durchschaut. Augen sagen mehr als Worte. Du brauchst mich doch, hmmmh? Alle wissen, daß wir zusammen sind ab heute. Jetzt hör' ich sie! Sie kommen! Sie kommen, um dich zu holen* … Tatsächlich geschah Smalltalk, Gelaber in Contenance, mein Gerede von dem für die persönliche Gesundheit und körperliche Ertüchtigung zu erlernenden Futsal, die Frage nach ihren Prüfungen, die Antwort vom Bestehen derselben. Natürlich mußte sie auch loswerden, daß sie das letzte Wochenende nach ihrem kurzen Islandaufenthalt, also das nach meiner *Hinrichtung*, in Wien verbracht hatte, nun, sicherlich nicht alleine, wie ich die ihr innewohnende und sie und alles an ihr durchsetzende Niederträchtigkeit kannte. Doch nie werde ich diese Augen vergessen, sie waren groß und weit aufgerissen, sie wollten alles wissen, ich konnte nichts sagen, ich konnte nur mein Schutzlächeln aufsetzen, mir dadurch keine Blöße gebend, diese Augen, die mich zu fragen schienen: *Warum hast du nicht weitergekämpft, warum hast du dich verunsichern und abschütteln lassen, warum liebst du nicht weiter so kompromißlos, warum hast DU mich verlassen, warum konntest du nicht anders, warum, warum, warum* …

Ich konnte diesen Augen keine Antwort geben, wahrscheinlich waren diese Fragen bloß meine eigene Projektion, dennoch glaubte ich, einen Funken dieser Fragen in ihnen zu deuten zu wissen, oder doch wenigstens den Anflug eines Funkens. Denn abschließend frug sie mich, was ich denn nun tun würde, ich antwortete wahrheitsgemäß *nichts*, auch wenn da soviel mehr war als *nichts*, ob ihre Fragestellung sich auf die konkrete Situation oder das Leben im Allgemeinen bezogen hatte, ich vermochte es nicht vollends auszumachen, wobei ich mir insgeheim gewünscht hatte, sie hätte sich auf das Leben und daher auf *unser* Leben bezogen. Ohne gehandelt zu haben, zog ich davon, ich dachte mir insgeheim, daß ich sie eventuell zum Gespräch in ein Wiener Café hätte laden sollen, hielt mir dann aber sogleich die furchtbaren Geschehnisse der Schreckensnacht vor Augen und behielt damit im inneren Kampf die Oberhand, obgleich ich mir oftmals weiterhin vorwarf, nicht adäquat gehandelt zu haben, zu früh aufgegeben zu haben, zu schwach gewesen zu sein und dergleichen mehr. Schuldig fühlte ich mich, Schuldgefühle waren es gewesen, die ich davontrug, Grübeleien und rückfallartige Gefühlsregungen, ein Wechselspiel von allem, ein Hin und Her, der Verstand duellierte sich mit so manchen Regungen, die niederzuhalten ich versuchte, mir stets das Geschehene vergegenwärtigend, mich stets fragend, ob ich um diesen Menschen, diese Täterin, hätte ringen müssen, mich quälend, ob denn nicht das vermeintliche Schicksal bezwingbar gewesen wäre und dergleichen mehr. Dies alles versuchte ich mit allem zu vermischen und zu übertünchen, so ging ich etwa zur Tanzschule Elmayer, eine besondere Wiener Tanzschule, die sie, die in Reykjavik bis zum Goldkurs und darüber hinaus getanzt hatte, immer schon besuchen wollte. Ich selbst besuchte den Studentengrundkurs bereits zum zweiten Male, und die Tanzschule Elmayer roch nach Elite und nach den jungen, meist hübschen Damen der als solche bezeichneten guten Wiener und altösterreichischen Gesellschaft. *La Jeunesse dorée de Vienne.* Hier ging so mancher junge Schnösel aus sogenanntem gutem Hause ein und aus, *alter Adel* und junge Industrielle, gepflegte Haarschnitte und gutes Auftreten, vieles hier erinnerte mich an *sie*, die hier an einem bestimmten anderen Wochentag ebenso ihren Kurs absolvierte, mit Tanzpartnern, wie sie patzig meinte, die man ständig herumzerren müsse, nun, sie sei ja tänzerisch gebildet gewesen, aber trotzdem hätte man jedem zutrauen können, die angeordneten, verordneten Takte sich anzueignen und zu beherrschen. Wie dem auch sei, ich versuchte mich auf irgendeine Weise abzulenken und musterte daher im Studentengrundkurs die anwesenden Damen genauer, und eine kleinere, normal gebaute Brünette stach mir ins Auge, gefiel mir ein wenig. Ich versuchte also meine Gedanken an den einzigartigen widerlichen Abgrund, der mich das letzte halbe Jahr auf allen Ebenen beschäftigte, nach Möglichkeit hintanzuhalten und tanzte an den Dienstagabenden mit der Brünetten, einer Austauschstudentin der Politikwissenschaften, als wir dann während des Tanzens respektive in den Pausen einander etwas näher kennenlernten und ich leider bemerken mußte, daß sie es bereits auf einen anderen Kerl abgesehen hatte, verzog sich meine Miene etwas, ich vermied aber, meinen Unmut allzusehr zu zeigen. Vielmehr war ich dann in der nächsten Tanzeinheit überrascht gewesen, daß meine liebe Tanzpartnerin nicht nur auch aus Island kam, sondern sogar dasselbe Gymnasium in Reykjavik besucht hatte wie der Abgrund und, es war tatsächlich kaum zu glauben, sogar die selbe Klasse mit dem Abgrund geteilt hatte. Wie er denn so war, der isländische Abgrund, frug ich meine isländische Tanzpartnerin, arrogant und nicht unhübsch meinte die isländische Tanzpartnerin, wenn auch nur der Körper des isländischen Abgrundes modellhaft gewesen sei, das Gesicht jedoch nicht ganz, ich dachte mir insgeheim, daß der Neid eine der sieben Todsünden sei und die nur halb so attraktive Tanzpartnerin wohl froh wäre, wenn sie mit ähnlicher Anmut gesegnet gewesen wäre. Was für eine Koinzidenz! Welch schicksalshafte Fügung! Allmächtiger Abgrund, Du bist allgegenwärtig! Der Tanzkurs läpperte weiter im Wiener Spätherbst dahin, ich war immer noch versunken in Gedanken an den ewigen Abgrund. Nach einer bedeutungslosen vorweihnachtlichen körperlichen Affäre mit einer Rätoromanin, die ich oder vielmehr die mich im ruchlosen Sündenpfuhl Lada-Nova-Pub am Gürtel aufriß, nach dieser personal-unterleiblichen Begegnung fuhr ich heim in die winterliche Obersteiermark, wo ich die Weihnachtsferien verbrachte und ich mich immer tiefer in meine emotionalen Trübseligkeiten in Bezug auf mein ehemaliges abgründliches Gegenüber vergrub. Keine Nachricht mehr von demselben, nichts, was man hören konnte, kein Lebenszeichen, vergeblich hatte ich auf Glückwünsche zum Heiligen Abend gehofft, kein Silberstreif am Horizont. Einmal kurz vor Weihnachten hatte ich dem ehemaligen abgründlichen Gegenüber eine SMS-Nachricht mit meiner neuen Nummer geschickt, anonym, mit der Einladung zu Glühwein und Oper, woraufhin es sich per SMS nach der Herkunft derselben erkundigt hatte. Ich rief sogleich beim abgründlichen Gegenüber an, nervös, zum ersten Mal nach dem Abschied vernahm ich seine Stimme, was mir Unbehagen bereitete, nach meinem Befinden erkundigte sich das abgründliche Gegenüber, eine rhetorische Pseudofrage wohl, wie dem auch sei, ich wies auf meine angebliche Winterdepression hin. Nach kurzem Wortwechsel war der Dialog beendet, besonders einschneidend war er wohl nicht gewesen, denn sonst hätte ich ihn mir aller Wahrscheinlichkeit nach wohl besser eingeprägt. In den Weihnachtsferien selbst plagte mich eines Abends ein Anfall der Selbstzerstreuung, in dessen Rahmen ich ein oder zwei Stunden lang zwei verschiedenen Telefonseelsorgerinnen, einer in Wien und einer in Graz, mein Herz bezüglich der Erlebnisse mit dem ehemaligen abgründlichen Gegenüber ausschüttete. Anhand dieses Beispiels kann ich nun mit Fug und Recht die absolute Nutzlosigkeit der Wiener Telefonseelsorge in Bezug auf die Fällung existentieller lebensweltlicher Entscheidungen behaupten. Ich schilderte beiden – angeblich psychologisch geschulten – Beraterinnen mein in das ehemalige abgründliche Gegenüber verstrickte Leid, und während die Grazerin mir – vernünftigerweise! – dazu gratulierte, meinen Kopf aus der Schlinge gezogen zu haben, und mich dazu ermutigte, mit einer derart destruktiven, mit mir auf erbärmlichste Weise gespielt habenden Persönlichkeit endgültig abzuschließen, riet mir das Wiener Pendant dazu, es doch unbedingt noch einmal mit dem ehemaligen abgründlichen Gegenüber zu versuchen. Schließlich habe mir dieses abgründliche Gegenüber doch Intimstes anvertraut, es habe doch sogar mit mir schlafen, also das Innerste mit mir teilen wollen. Ich sollte daher schleunigst handeln und um diese Frau kämpfen, bevor ein anderer es tun würde und mir zuvorkäme. Eine SMS mit dem Inhalt *Ich sehne mich nach Dir und möchte Dich bald wiedersehen* sollte also Abhilfe schaffen. Die Wiener Telefondame weckte bei mir kurzfristige, glühende Hoffnungen, dennoch verkannte sie die tatsächliche Ernsthaftigkeit und Tristesse der Lage höchstgradig. Die Wiener Telefonseelsorgefrauen waren in allen Lebenslagen stets die pervertiertesten gewesen, psychoanalytisch verseuchte Freudsche Furunkel waren das, die einem die neurotischsten Dummheiten der sogenannten Wiener Schule einreden wollten. Nachlaufen, kämpfen, diskutieren, reflektieren, wo es nichts mehr nachzulaufen, zu kämpfen, zu diskutieren oder gar reflektieren gab. Der

Erniedrigung wollten sie einen immer preisgeben. Der Zermalmung. Die ländlichen, natürlichen Grazer Telefonseelsorgefrauen hatten immer den viel besseren Hausverstand, das viel ausgeprägtere Feingefühl und die weitaus bessere Menschenkenntnis, ebenso die Salzburger. Wien, das war der Tempel der psychoanalysierten Dressuridioten, die einen, wenn man auf sie hörte, mit in den Tod reißen würden, wie die gesamte postmodernisierte, pseudogesamteuropäische, nikotinzerfressene, kosmopolitische, patchworkfamiliäre, atheistenfreiheitliche Kultur- und Bildungsschickeria, bei der Psychosen chic sind und wo die andauernde Seelenanalyse des Selbst sowie des Gegenübers zum guten Ton gehört. Großstädtische, akademische, postmodernisierte, projizierende, völlig kranke selbsthaßnarzißtoide Scheidungselternbetonburgenschlüsselkindbesäufnisneurotiker.

Beim geradezu irrwitzigen Ansinnen der selbst völlig morbiden, manipulativen und therapiebedürftigen Wiener Telefonseelsorgefrau handelte es sich um ein selbstmörderisches und gar teuflisches, wie ich geradezu behaupten möchte und wie nachfolgende Ausführungen zu bestätigen suchen. Natürlich hätte ich mir nichts sehnlicher gewünscht, als daß die Ideen der Wiener Telefondame Früchte getragen hätten und ich tatsächlich einfach eine liebevolle Nachricht geschrieben, um meine vermeintliche abgründliche Liebe gekämpft und geliebt hätte. Ich traute mich nicht, wagte nicht den abermaligen Schritt an den Abgrund. Wohl vor allem deshalb, weil mir mein ehemaliges abgründliches Gegenüber zu deutlich die grausame Wahrheit ins Gesicht geschleudert hatte, eine Wahrheit, mit der jegliche Sympathie- oder Gefühlsbekundungen nicht zu vereinbaren gewesen waren. Es schien sich um eine im höchsten Grade ausweglose Lage zu handeln, aus der es schier kaum jegliches Entrinnen gab, in mir boten sich Ratio und Emotion Paroli, wohlwissend um die Sinnlosigkeit jeglichen Unterfangens unterdrückte ich dergleichen oder, besser gesagt, versuchte ich dergleichen zu unterdrücken. So war eben Weihnachten ins Land gezogen, und damit auch die vergebliche Hoffnung auf eine abermalige SMS-Nachricht, ein Lebenszeichen, wissend, daß diese Hoffnung bereits dazu verdammt war, im Keime zu ersticken. Am Heiligen Abend der Gedanke, daß das ehemalige abgründliche Gegenüber wohl denselben Heiligen Abend erleben müsse, die Gedanken an das isländische Eiland, den dortigen Christbaum, die dortigen Weihnachtsbräuche, all das verband mich, auch wenn es das selbst vielleicht nicht wahrhaben wollte, mit dem ehemaligen abgründlichen Gegenüber. Der Gedanke, daß, was immer auch geschehen möge, wir einander doch im Innersten auch ähnlich, auf eine gewisse Weise miteinander seelenverwandt und ineinander verwoben gewesen waren und sind, dieser Gedanke trug mich durch den damaligen Weihnachtsabend und die darauffolgenden Feiertage und Nächte, das Gefühl einer verboten-distanzierten-versponnen-transzendierten Liebe, die nur mir allein gehörte, ein Geschenk, das mir niemand verlieh und daher auch niemand nehmen konnte. Eingetaucht in tiefe Melancholie, sanftes Leid und eingebettet in die Erinnerung an eine zarte Hoffnung lebte ich dahin. Es wurde Silvester im Elternhause, ein scheinbar beschwingter Abend ohne meinen damals bisweilen noch rigorosen, rigiden, sich ein paar Tage im Spital befindlichen Vater, personal gegenwärtig waren meine beiden stets arschbazilligen, vermeintlichen und ständig falschen damaligen Freunde, meine Mutter, die Medizinerlebensabschnittspartnerin einer der beiden Bazillen und ihre noch jungfräuliche achtundzwanzigjährige, mauerblümchenhafte Schwester, wilder, destruktiver, erniedrigender Zank dieses einen anwesenden, gestörten, bazilligen Paares, und dennoch, es war mir, als wäre noch jemand anwesend gewesen, nämlich das abgründige isländische Gegenüber. Mein ehemaliges abgründliches Gegenüber, das ich zuvor in meinem Leben nur sechs Mal getroffen hatte, es war gegenwärtig und allmächtig, wie so oft dachte ich mir, was würde das ehemalige abgründliche Gegenüber nun wohl über diese und jene Situation denken, es handelte sich um eine fiktive Beziehung, ständig war das Ehemalige, das wahrlich Abgründige, mir nahe gewesen. Wein-, bier- und sektselig ging ich daran, eine SMS an das Ehemalige zu senden, es war kurz nach Mitternacht gewesen, ich konnte nicht anders, ich wollte diesen besonderen Moment mit dem Besonderen teilen, ich sandte, um meine Unsicherheit zu tarnen, dummes Geschreibsel, daß ich das ehemalige Abgründige sexy fand und wiedersehen wolle und dergleichen, mein Ruf fand keinen Widerhall, ich war völlig desillusioniert und absolut aufgelöst, als am nächsten Morgen und Tag, dem Neujahrstag, keine Antwort auf meinem Handy erscheinen sollte. Völlig kompromittiert hatte mich das Isländerluder abermals und nicht einmal einer Antwort hatte mich der nordische Brunzbuschen für wert befunden. Keine Ehre hatte das rotblonde Loch im Leibe. Beim Neujahrskonzert, das seinen Namen von selbigem Tag bezog, sah und hörte ich Teile dessen mit besonderer Wehmut, mit dem mir Tränen in die Augen treibenden Schmerz und mit mir den Magen zuschnürenden Gefühlen der Unzulänglichkeit und der Sehnsucht gedachte ich ihrer, der weiland Abgründigen, dem vormaligen, dem wahren Abgrund, dem ambivalenten Grund und Abgrund allen Seins, die doch ebenso fragil und hochkulturell gebenedeit war wie all diese klassischen Klänge, diese abgrundtiefe Tochter der sogenannten, teilweise selbsternannten Oberschicht, alles schien sie zu reflektieren, sie, es, uns, alles das, was uns verband, und alles das, was uns entzweite, ein Flug und ein Fall, es half alles nichts und half mir doch, liebte ich doch diese Sehnsucht, diesen bittersüßen Schmelz auf meinem alltäglichen Studentenalltag. Nach einigen Tagen schrieb ich abermals eine SMS-Nachricht, ich hielt es nicht mehr aus, hatte Angst, sie, den elenden, anziehenden, mich zermalmenden, auffressenden Abgrund, endgültig in der Gleichgültigkeit verloren zu haben, hielt also Ausschau in verzweifelter Manier, so konnte es doch nicht enden, also schrieb und kroch ich, mich selbst immer weiter aufgebend und erniedrigend, daß ich unsere gemeinsamen Treffen stets genossen hatte und ich gerne beispielsweise gemeinsam ins Theater gehen wollte. Sie, der alles zerschlagende Abgrund, schrieb nach zwei Tagen, daß es schon in Ordnung sei und man sich *ihretwegen ja eh wieder einmal* treffen könne, Fröken ließ sich also gleichsam meterweise zu einer Wiederkunft herab. Gesagt, getan, nach zwei Wochen Refraktärzeit vereinbarten wir einen Termin, und sie besorgte im Vorhinein die Karten. Daß Richard Wagners Lohengrin gegeben wurde in der Staatsoper, das wußte ich erst am Vorstellungsabend, unter dem Dirigat von Thielemann, die Ehemalige, die Abgründige hatte mich darüber, wie über so vieles, völlig im Dunkeln gelassen. Es trug sich zu, daß ich am Vorabend der Vorstellung alleine – meine damaligen proletenhaft-proletarischen Pseudofreunde mieden festliche

Anlässe stets wie der Teufel das Weihwasser, den lichtscheuen Kakerlaken gleich konnten sie sich nur im Rinnsale des Gürtels oder des Donaukanals unter ihresgleichen vergnügen und ließen mich fast stets alleine – einen Musikvereins-Ball besuchte, namentlich den der hiesigen Philharmoniker, ich trug meinen günstig, aber qualitativ hochwertig gekauften Smoking, kannte niemanden und nutzte den Studentenrabatt beim Eintrittspreis. Als ich, teils herumlungernd, teils tanzend, Zigarillos rauchend durch die den gleißenden Goldenen Saal umgebenden weiten Fluchten und Flure des an sich altehrwürdigen Musikvereinsgebäudes, welche durch das etwas Boulevardhafte dieses Semiprominentenauflaufs zum Teil entehrt wurden, schlenderte, traute ich doch meinen Augen kaum, als mir beim Gang durch eine der Türen das Ehemalige, das Allerabgründigste überhaupt, in zuckerlrosa Ballkleidtüll entgegenkam, umringt von einigen schwarzgekleideten Gecken, kichernd, grinsend, posierend wie eh und je. Es *mußte* mich gesehen haben, mir wurde schlecht im Bauch, Aufregung machte sich in mir breit, ich fühlte mich verraten und verkauft, so wie damals, als sich das Ehemalige, das Abgründige nicht dazu anschicken konnte, mich ein paar Meter entfernt zu grüßen, wenn es nur vorgab, mich nicht gesehen zu haben, was mir schwante, so war dies abermals eine furchtbare Enttäuschung und Verletzung, quasi die Draufgabe all dessen, was mir ohnehin schon seit langem entgegenfuhr aus dieser unheilvollen Himmelsrichtung, dieser rosarot grinsenden Weltkloake. Völlig verstört trollte ich mich, auch wegen meiner damaligen desaströsen finanziellen Situation, zu Fuß über den Ring und die Josefstädter Straße und den Gürtel in der Kälte der dunklen Stadt nachhause in meine Wohnung, die eckig-spitzen

Steine des Rollsplitts bohrten sich in meine Ledersohlen. Am nächsten Tage trug ich eines meiner Lieblingsparfums, Knize Ten, auf, zog abends meinen besten dunklen Anzug an, den mir eine liebe ältere Wiener Nachbarin im damaligen Hause am furchtbar lauten, stickigen Ottakringer Gürtel, Frau Votruba, geschenkt hatte, eine Maßanfertigung für ihren schlanken Sohn, die mir wunderbar zu passen schien. Ich trug mein schlichtes, applikationsfreies Smokinghemd mit sterlingsilbernen, leicht patinierten, polierten ovalen Manschettenknöpfen sowie eine silbergraue Seidenkrawatte zu meinen schwarzen, glänzenden, günstig erworbenen, aber hochwertigen, rahmengenähten, damals noch nicht maßgefertigten Halbschuhen mit damals noch von mir bevorzugter offener Derby-Schnürung. Ich fuhr mit der Linie J zur Staatsoper und ging dann zu Fuß zu ebendieser, die *Meistersinger von Nürnberg* war die ersten Oper, die ich einen Monat zuvor ebendort gesehen hatte, nun wurde schon wieder Wagner gegeben und ich durfte dem beiwohnen, ich trug den edlen, gediegenen, tailliert geschnittenen Fischgrätenmantel meines Vaters, meinen schwarzen Hut sowie Zino-Davidoff-Zigarillos bei mir. Als ich vor dem Staatsoperngebäude nervös eintraf, kam mir die großgewachsene, hagere Ehemalige, der rotblonde blanke isländische Abgrund, entgegengetreten, in einem Mäntelchen mit künstlicher Pelzkapuze, rosaroter Schnürlsamthose sowie sehr großen, eckigen, hellbraunen Rauhlederschuhen. Die hellen Haare waren züchtig zum Knödel, zu einem sogenannten Dutt, gebändigt. Akkolade, eine Zigarillo noch vor der Vorstellung geraucht, etwas gekünstelter Smalltalk über dies und das, darüber, daß es unter ihresgleichen, also in den verhurtesten und dennoch arrogantesten und zugleich in jeder Hinsicht verkommensten und abgründigsten Kreisen überhaupt, nun *hip* sei, Tee zu rauchen, weil dies billiger sei als Haschisch und dergleichen. Groß und schmal, ein gelungenes Mädchen, dachte ich, es gebrach ihr nicht an atemberaubender Schönheit, der Allerabgründigsten von allen, die Unsicherheit kannte in mir kaum Grenzen, als wir gemeinsam ins Innere der Oper vordrangen, ich versuchte nach Möglichkeit lässig zu wirken, Inneres zu übertünchen, gab meinen Mantel samt Hut ab, fragte scheinbar rechtschaffen nach unseren Sitzplätzen, folgte ihr, der abgrundtief Kalten, auf die uns zugewiesenen Plätze. Ich blickte ihr dabei auf den Arsch, ein Arsch eng verpackt in dieser rosaroten Schnürlsamthose, ich zwang mich, auf diesen Arsch zu blicken, denn ich wollte, daß man mir mein Verlangen ansah, es war zwar kein genuin physisches Verlangen, sondern vielmehr ein seelisches Bitten um Gnade, dennoch *hatte* ich als Mann so zu handeln, dachte ich, ein normativer Irrtum, denn gar nichts muß man in Wirklichkeit. Als ich sie auf die gestickten Buchstaben *X* auf ihren Arschhosentaschen ansprach und scherzhaft dahinterkommen wollte, ob sie, also der Abgrund, sich die Anfangsbuchstaben ihres zweiten Vornamens habe einsticken lassen, meinte sie nur schnippisch *Wo schaust du denn hin?*, ich grinste schelmisch, verunsichert. Ich wollte nach Möglichkeit mannhaft und feurig wirken, war in mir doch auch alles voller wässrig-labiler Schwingungen gewesen. Ich kann mich kaum an besondere Details aus dem *Lohengrin* erinnern, ein Werk, das die Geschichte des Gralsritters Lohengrin musikalisch abzuhandeln suchte, ich entsinne mich besonders der wunderbaren Ouvertüre, die zum Größten gehört, das die Musikgeschichte zu bieten hat, das zarte Dahinfließen der

Streicher, das sich mit den Bläsern irgendwo in der Ewigkeit vermählt, es war, wie den göttlichen Himmelsfrost kandierter Veilchen auf meiner Seele zu spüren, es war, wie auf der Musik über dem Orchestergraben zu schweben, in Tränen zu versinken – hingebungsvoll, selig. Ein seliger Reigen schüchterner isländischer Elfen mit rauschenden Gewändern kam immer näher und näher, immer süßer, immer näher. So traumversunken flüsterte ich dem Abgrund mein Lob die Ouvertüre betreffend zu, teils verunsichert, teils Applaus erhaschen wollend, und erntete dafür nur einen erbarmungslosen Blick. Meine Worte trafen ins Leere. Ich saß da, in meinem besten schwarzen Anzug, mit der silbrigen Krawatte meines damaligen vermeintlich besten Deppenfreundes, dem Zeck, mit echt silbernen Manschettenknöpfen, schwarzpolierten, rahmengenähten Schuhen und dem etwa dreißig Jahre alten mechanischen Schweizer Zeiteisen, welches mein Vater mir überließ. Ich war keineswegs overdressed, wie es so schön heißt, vielmehr war ich geradewegs würdig angezogen für diesen Anlaß, solchermaßen ließ ich das Ganze an mir vorübergehen. Auf der Bühne zogen edle Gralsritter vorbei, Könige und Herzoginnen gab es da zu bestaunen, allerlei Edelknaben und Grafen, holde Tenöre, blitzende Brünnen, schimmernde Schilde, hehre Harnische. Nachdem das Spektakel zu Ende gegangen war, erhoben wir uns, und als die Abgrundtiefe noch anschließend aufs WC ging, nahm ich mir ihren Mantel samt Pelznacken zur Hand und roch noch einmal intensiv daran. Ich tat es kurz, in der steten Angst, dabei ertappt zu werden, möglicherweise von ihr, der erbarmungslosen Abgründigen selbst, sie kehrte bald darauf vom Klosett zurück, ich half ihr gestelzt in den Mantel, man einigte sich auf einen anschließenden Kaffeehausbesuch. Ich blickte beim dunklen gemeinsamen abendlichen Gang auf ihre großen Schuhe. Man schlenderte in Richtung des weiland fürstlichen Schwarzenbergplatzes, irgendwie kam ich auf meine wurzelbehandelten, in der Kindheit verunfallten Vorderzähne zu sprechen, sie, der allwissende, sich an alles erinnern könnende Abgrund, erwiderte, daß sie davon bereits wisse. Ich meinte, wohl irgendeine Art von Eindruck geschunden zu haben, und erfreute mich insgeheim daran. Wohl aus der Angst vor dem allfälligen Zustandekommen eines Gesprächsnotstandes heraus bemerkte ich, daß der Schöpfer des von uns gesehenen Stückes, Richard Wagner, ein guter Freund meines Ururgroßvaters väterlicherseits gewesen war. Mit einer Prise selbstverzweifeltem Humor versuchte ich diese Koinzidenz nicht als solche, sondern als göttliche, unentrinnbare Fügung zu interpretieren, die mich als den geborenen Künstler von Schicksals wegen zu prädestinieren schien. Sie kostete dies nur den Funken eines isländischen Abgrundsgrinsens. Es schneite, und ich sprach darüber absichtlich in meinem oberststeirischem Dialekt, ich hielt mundartlich fest, daß es auch bei uns in der Steiermark aufs Gröblichste schneite, was das abgründliche Ärgernis angeblich kaum verstand und es zu der ätzenden Bemerkung hinreißen ließ, daß ich, obwohl schon seit vielen Jahren in Wien studierend und oftmals dort lebend, noch immer nicht der geraden deutschen Schriftsprache mächtig sei. Ich empfand diese Bemerkung als eine weitere schallende Ohrfeige einer unbeugsam, neurotisch-gefährlich abgrundtief Verletzenden. Als wir eines Werbeplakates einer japanischen Automarke gewahr wurden, zitierte ich diese Marke, sie meinte, dies sei aber kein Mercedes, da wir beide einige Minuten zuvor unser Wohlgefallen über die deutsche Nobelmarke kundgetan hatten und ich die Gelegenheit ergriff, scheinbar nebenbei mitzuteilen, daß ich Besitzer und Eigentümer eines alten 190er Diesel war. Der Hang zur Perfektion und zum Luxus schien eines der wenigen Details zu sein, die sich neben der verunglückten Studienwahl und der scheinbar verschütteten Liebe zum Musischen in unseren beiden Leben widerspiegelten. Solcherart plaudernd begab man sich in ein nobles Café am Ring, wohl eines der teuersten und erhabensten, wenn auch nicht erhaben genug, als daß ich mir seinen Namen hätte einprägen müssen. Sie, der schiere Abgrund, nahm mit dem Gesicht zum Eingang am Tisch rechts Platz, ich mit dem Rücken zur Pforte. Ich genehmigte mir ein Seiterl Helles sowie ein Paar Frankfurter mit Kren und Senf, sie nahm Tee und Toast mit einem Salatblatt. Dünn und etwas entnervt schien sie, der nervenlose Abgrund, so erinnere ich mich an den damaligen Abend, ein wenig gereizt zumindest, vielleicht war es auch nur Einbildung meinerseits. Alsbald kam die Rede auf ihren *besten Freund*, den finnischen Germanistikstudenten, sie, der alles pudernde Abgrund, frug mich, ob ich mich noch an Into erinnern könne, natürlich konnte ich, das Pimperl. Da saß sie nun, der zuckerlrosa Abgrund, schlank drapiert im engen Pulli, leicht geschminkt mit ihrer Ballerinafrisur des guten Hauses, und erzählte mir allen Ernstes, daß sie mit dem Into schon seit eineinhalb Jahren zusammen wäre, wenn er zehn Zentimeter größer gewesen wäre und er nicht diese häßliche Narbe am Oberarm aufgewiesen hätte. Das Psychogramm einer beziehungsunfähigen Kanotte. Vor kurzem erst habe sie, das seelische Abgrundsviech, ihm eine SMS mit dem Text *Tu me manques*, du fehlst mir, zukommen lassen. Ich frug, was er denn darauf geantwortet habe, *Nichts natürlich*, so ließ sie es verlautbaren, sie zwang ihn offenbar zu züchtiger Selbstkontrolle. Diese Meldung ging mir durch Mark und Bein, der beste Freund, der weiland asexuelle Begleiter meiner abgründigst Angebeteten, er war zum realen Konkurrenten herangewachsen, zu einem gar, der bereits die nächtliche Lagerstatt mit der holden Maid zu teilen begonnen hatte. Seinen physischen und seelischen Makeln – er sei ja ein sensibler Fisch gewesen – zum Trutze sei er aber ein *Genie* gewesen, angeblich hatte er gerade einen Bezirksmeistertitel im Schachspiel errungen, darüber hinaus oder geradewegs deshalb handelte es sich, so sie, in seiner Person um ein Genie. Insgeheim und innerlich bezweifelte ich Letzteres unbedingt, hielt doch Kant in der Kritik der Urteilskraft zum Begriffe des Genies fest, daß ebensolches *erstens ein Talent sei, dasjenige, wozu sich keine bestimmte Regel geben läßt, hervorzubringen; ... folglich, daß Originalität seine erste Eigenschaft sein müsse. Zweitens daß, da es auch originalen Unsinn geben kann, seine Produkte zugleich Muster, d. i. exemplarisch sein müssen; ... d. i. zum Richtmaße oder Regel der Beurteilung dienen müssen.* Beide Kriterien schienen mir durch die angeblichen Into'schen intellektuellen Höhenflüge nicht vollends erfüllt, meine innere Stimme sprach ihm daher still, aber klar den Rang eines Genies ab. Der schweineverpestete, filzlausbefallene Hurensabgrund setzte noch eines nach und hielt mir vor, daß der Into außerdem *gut* sei. Gut wofür? Verreckter Sauhund! Mit seinem Schwanz soll man am Karlsplatz die Tauben füttern! Ich wußte natürlich, daß es sich hier um die Kategorie des Horizontalen zu handeln hatte, und fühlte mich ein wenig angegriffen, zu Unrecht, hatte der isländische Abgrundsfuthobel doch – noch – keine tiefgreifende Erfahrung mit mir gemacht. Daß ich als feuriger Toskaner-Sproß der wahre *King of le divan et le lit* bin, wollte ich nicht prahlend preisgeben. In meiner tiefen Verletztheit blieb mir nur, aus diesem seelenunheilvollen Moment heraus *Aha, toll, eine Sexbeziehung also* zu knurren, abermals lächelnd, nach außen hin Contenance wahrend, innen jedoch brodelnd, keinen Deut meiner inneren nachhaltigen Enttäuschung wollte ich ihr, der Stinkfut, anheimstellen und preisgeben, einen solchen Triumph ihr zu vergönnen war ich außerstande gewesen, mich am Boden röchelnd zu sehen, wollte ich ihr, der Abgrundsfurche, also verunmöglichen, ich wollte es der größten Isländerhure von allen nicht gestatten, sich meiner vollends zu bemächtigen und mich weiterzuquälen. Vertripperte Triebgetriebene. Abgrund, du Skunk, am skrofulösen Skrotum saugend! Du größter Fotzenkrater von ganz Island! Auch wenn es, das dumme Schamlippenquartett, vielleicht nicht in diesen Kategorien dachte und unter Umständen nicht unmittelbar meine Desavouierung intendierte, was manche in meiner Umgebung zu denken wagten, wobei ich jedenfalls von dem Vorsatz der bösen Genitalpapille überzeugt war, so konnte ich nicht anders, als tiefen Schmerz zu empfinden und diesen Schmerz außen lächelnd, innerlich taumelnd an mir abprallen zu lassen. Ein Wagnis schlechthin, mich noch einmal diesem Wahnwitz auszusetzen, mich ein weiteres Mal in die furchtbaren Seelenverstrickungen und Stichflammen zu begeben, die mich bereits so oft derart viel Substanz gekostet hatten. Dennoch, diese Höhen- und Tiefflüge, sosehr sie mich auch gebeutelt und geschlagen hatten, sosehr sie mich auch vegetieren ließen, sie gaben mir wenigstens das Gefühl, am

Leben zu sein, meine Seelenvereisungen aufzusprengen, mich endlich wieder wahrzunehmen, meine Untiefen zu spüren, eine ewige, quasi-narzißtisch-regressive Sehnsucht, ein Schmerz, der Leben war und für den zu leben es galt. Die Rede kam auf meine Karriere, ich versuchte mit etwaigem Status zu punkten, erzählte von der Möglichkeit und der Ungewißheit, eventuell einmal in Brüssel als Bioethikreferent oder dergleichen tätig zu werden, und wiederum gab ich meinen ungeschützten Hals preis, indem ich meinte, ob es wohl schaffbar sei, eine Rede zu schwingen mit österreichischem Akzent, auf Englisch und dergleichen, sie, die Abgrundsklitorisvorhaut, meinte, ich solle einfach vorab erklären, daß dies meine erste Rede sei et cetera. Eine praktisch Veranlagte und dennoch zugleich sehr Unpraktische. Man handelte kurz irgendwelche vergangenen Frauengeschichten ab, ich tat kund, daß ich erwog, eine private Promotionsfeier im Herbst durchzuführen, in deren Rahmen ich selbständig und eigenverantwortlich mit meiner E-Gitarre als Entertainer zu fungieren plante, alle seien geladen, auch sie, das Abgrundseileiterpaar, sie lachte und meinte, gerne würde sie einmal meine Gitarrenkünste persönlich erleben. Als ich mich zum Genusse einer meiner damals lieben und permanent seltenen Zigarillos anschickte, machte der Abgrundsschambehaarungsuntergrund ein Exemplar einer dieser erlesenen Rauchwaren mir abzutrotzen sich anheischig. Ja, die nordisch-abgründige Körpergegend rund um After und Scheide hatte tatsächlich Vertrauen gefaßt und war offensichtlich für immer zutraulich geworden. Ganz von sich aus, was ich freilich gerne geschehen ließ. Im Spaße meinte die abgründige weibliche urogenitale Region an diesem Tische, sie würde gerne eine Freudsche Psychoanalyse an mir durchführen, das sei doch interessant. Ich lachte etwas überlegen, wiederum Mimikry zum Teil, und bat die abgründlichen unterleiblichen Innereien, sie mögen doch beginnen. Die Abgründige begann und frug mit ihren hellen, großen Augen, den vollen Lippen, den makellosen, gut aneinandergereihten, blitzend weißen Zähnen und den fragilen Gliedmaßen am dünnen Körper, woran ich gerade dächte. Ich, der ich wenig zuvor, um männliche Dominanz zu demonstrieren, ihren abgründigen Teller ohne zu fragen genommen hatte und den Rest ihres abgründigen Toastsalatblattes verzehrt hatte, was Empörung bei ihr hervorrief, mir aber ein untergründiges Gefühl seichter Überlegenheit verursachte, ich sagte, ich dächte an die Härte des Tellers und zugleich an die Weichheit des Salatblattes. Zwei Antagonisten, ich selbst assoziierte damit die männlichen und weiblichen Hochzeitsorgane, unterbreitete dem Abgrundsmuttermund diese Gedankenstürze aber keineswegs. Sie, das genitale Nordlicht, die abgründige Prostata feminina, vermochte mit diesen meinen Gedanken auch tatsächlich nicht besonders viel anzufangen. Mitten im Gespräch deutete sie, die Abgrundsintimteilrasur, verstohlen, aber dennoch ein wenig aufgeregt auf einen sehr dünnen Rassehund, einen Windhund wie von *Trussardi*, der etwas weiter hinter uns geknotzt war, sie grinste dabei in der ihr eigenen Art. Überhaupt schien sie, der Abgrund an sich, sich leicht zu unterhalten und sehr bald zu amüsieren, was jedoch unter Umständen nicht an einer seelischen Seichtheit, sondern an ihrem feurig-heiteren Naturell gelegen war. Diesem heiteren Naturell stand meine in ihrer Gegenwart enttäuschte, wunschgeprägte, durch sie, den Abgrund, verursachte, bisweilen wäßrig-phlegmatische Melancholie gegenüber, die sich nach mehr sehnte, jedoch nicht mehr bekam. Ich konnte nicht anders, als ihr, dem Abgrund, zu gestehen, daß ich damals, vor etwa drei Monaten, *in sie verliebt* gewesen war, insgeheim war ich es natürlich noch immer, immer noch tat mir der Magen weh bei allem, was da an Negativem vom Abgrund zu mir durchdrang, mein Geständnis, das keines war, weil es ohnehin schon seit dem Anbeginn offensichtlich gewesen war und sein mußte, diese Konfession rang ihr, dem abgründigen emotional-vaginalen Super-GAU, nur ein knappes, liederliches *Du bist so indiskret* ab. Du Verbrecherin. Du gebierst Unbill. Du Gefühlsnazi. Du Emotionsfaschistin. Du inzestoide Häresie. Du total verfickter Fotzen-Troll. Du häretische Inzestsodomitin. Du eiternde Hämorrhoide an meinem wunden After. Du erwürgend-zuckender Schließmuskel. Ich hatte es hier mit einem Menschen zu tun, einem Arschlochabgrund, mit einem Mädchen, einer Frau, die all das, was ich ihr an Begehrlichkeiten, an Echtem, Gefühltem übermittelte, von sich abschüttelte wie ein nasser Hund, dem nichts unangenehmer und perfider war, als mit dem ihm Widerwärtigen konfrontiert zu werden. Es half also alles nichts, mein Elan schien gebrochen, es war bereits halb zwölf geworden an diesem kalten, finsteren Jännersonntagabend, der bereits in die Nacht hinübergeglitten war, man brach auf und ab. An meiner Seite wandelnd palaverte das Abgrundsfurunkel immer noch über Into, es schritt links, ich versuchte stattlich zu wirken, bemäntelt, behütet, ich geleitete es zur Straßenbahnstation, wir warteten kurz, dann fuhr die Straßenbahn bereits ein, ich versuchte noch einmal, alles gutzumachen, das Geschehene ungeschehen zu machen, alles zurückzudrehen, aus Verzweiflung fast frug ich forsch, ob ich den Abgrundsabszeß denn noch heimbringen sollte und so weiter, der abgründliche Auslegungsstörfall lächelte nur, lachte fast, gab mir einen Kuß auf meine Wange und verschwand im Straßenbahnwaggon. Ich war aufgewühlt wie selten zuvor, rief sofort meinen damaligen Pseudokumpanen, eben ein subversives burgenländisches Erzarschloch, an, er möge mir mit Rat und Tat zur Seite stehen, denn ich hatte das Gefühl, sie, der strahlende, mich fressen wollende Isländerabgrundsgenitalauswurf wolle eine Beziehung, sie hatte doch in der Oper gemeint, sie, die zukünftige abgründige Gebärmutter, wolle einen Mann und Kinder, woraufhin ich zynisch-verletzt gemeint hatte, sie, die abgekapselte abgründige Eiteransammlung, solle sich einen Samenspender suchen, Herrgott noch einmal, sie sucht doch, so meinte ich entdeckt zu haben, und sie, die abgrundtiefe Analfistel, sprach mit mir darüber, es könne doch keine andere Möglichkeit geben, als mir zu erliegen, es müsse doch eine Chance für uns geben, klar, die Zeichen standen bisher gegen uns, ja, aber dieses Lächeln, diese Augen, konnte man sich denn davor verschließen? Und ich schreie, ich schreie, ich schreie nach Dir, bis die Milch Deiner Fotze fließt! Ich bitte Dich, laß mich mit geziemendem Opfergeiste dem Herzen Deines Abgrundes nachgeifern, der zum Lohne für die Ausbreitung dieses Geifers den rosaroten Hosenboden erlangen durfte. Mein damaliger wahrheitsscheuer und wirklichkeitsverdrehender, anglistikstudierender Scheinkumpan hielt mich für vollkommen verrückt, er hielt mir die harten, aber nicht zu verleugnenden Tatsachen vor, und ich befand, daß er größtenteils recht habe, neben den schier erdrückenden Fakten gab es kaum eine andere Möglichkeit zu gewahren. Noch tagelang beschäftigte mich dieses Ereignis, ich wartete insgeheim auf eine Meldung, einen Anruf von ihr, dem abgründigen Fotzenfurunkel, doch ich wartete völlig vergebens, weder Meldung noch Anruf, nichts in all der Zeit. Sie, der allmächtige Abgrund, hatte sich von mir abgewandt, ebenso rasch, wie sie erschienen war, ebenso schnell schien dieser Stern auch schon wieder zu verglühen. Es war der kurz darauffolgende vierzehnte Februar, der Valentinstag, an dem ich ihr, dem abgründigen charakterlichen Wurmfortsatz, ein Gedicht gewidmet und es ihr als handgeschriebenen Brief auf dem Postwege übermittelt hatte. Es war eines von damals vier Gedichten für damals vier junge Damen, denen ich schrieb, kurze Gedichte, schnell verfaßt, aber ihres war das wichtigste gewesen, an das Gedicht an den vaginal-mentalen Abgrundsausfluß klammerten sich all meine hehrsten Hoffnungen und kühnsten Sehnsüchte. Als Antwort-SMS erschien die Meldung, daß sie, das nymphomane Unterleibchen, keine Zeit habe, weil sie Ende Februar in »Kognition und Sprache« *durchfallen* würde, wenn sie nicht genug lernte, gezeichnet von der *Präwalküre*. Ich schloß auf einen angespannten Seelenzustand und versuchte altruistisch, ihr, der Abgründin, Hilfe anzubieten. Ich, der früher an der hohen Schule selbst Sprachwissenschaftliches zu lernen hatte, bot ihr meine Dienste an, die sie, die abgründige Scheidenflatulenz, jedoch nicht in Anspruch nahm. Wochen vergingen bis zu ihrem Ehrentage am Ende des Lenzmondes, ich konnte nicht umhin, ihr zu ihrem abgrundhohen Wiegenfeste eine Glückwunsch-E-Mail zuteil werden zu lassen, ich schrieb, daß zwar unsere *Liebe* verging, aber unsere Freundschaft bliebe und daß ich ihr in diesem Sinne alles Gute wünschte. Sie, der abwärts gehende Erdboden, die Sauspalte, antwortete nach einigen Tagen eher lapidar, daß sie sich zwar freute, daß ich die

Gegebenheiten jedoch falsch ausformuliert hatte: *Liebe* sei falsch ausgedrückt gewesen. Ich verstand abermals, daß ich eine fotzige Ohrfeige vom Abgrundsscheidenfurz persönlich erhielt, welch ein wiederkehrendes, mich ganzheitlich besudelndes Trauma, dem mich zu entziehen ich außerstande gewesen war.

Kurz darauf lernte ich im Lada-Nova-Pub eine dickliche, etwas älter aussehende Frau kennen, deren Gesäuge alles andere als euterschwach war und die ich bereits drei Wochen vorher im selbigen grindig-coolen Gürtellokal gewahrt hatte, wobei ich es damals vorzog, sie nicht anzusprechen, sondern – ganz Larifari – eine andere x-Beliebige mit nach Hause zu begleiten und kräftig zu beglücken. Dieses unerhebliche Luder gestand mir a posteriori, daß es liiert gewesen war. Drei Wochen später, kurz nach dem hochheiligen Osterfeste des Todes und der Auferstehung unseres Erlösers und Herrn Jesus Christus, ergab sich jedoch eine abermalige Kennenlernsituation mit der alten geilen Cup-D-Milchkuh, eine baldige Vertrautheit stellte sich ein, obwohl hier nicht die Lohe der hohen Minne loderte, so war es doch etwas Nahes, Irdisches, das sich hier wärmend an mich schmiegte, eine erdig erpressende Frau, im Erdzeichen des Steinbockes geboren, mit dem erotisch-sinnlichen Aszendenten des wässrigen Skorpions gesegnet. Ein paar Jahre älter als ich, war sie zunächst sehr zuvorkommend, in jeder Hinsicht einladend, üppig, stark weiblich, kaum behaart, ein wenig gepolstert, mit ordentlichen Riesenzitzen, einfühlsam, laut leidenschaftlich kopulierend klammerte sie sich alsbald ein wenig an mich wie eine erstickende Klette. Ich empfand ein tiefes Wohlgefühl in ihrer Gegenwart, und dennoch, irgendetwas schien mir an ihr respektive bei ihr zu fehlen, irgendetwas trieb mich immer noch umher, obwohl die Frau all das verkörperte, was ich mir an Verhalten an einer Frau insgeheim immer schon gewünscht hatte. Sensibilität, Hilfsbereitschaft, sogar in Momenten der blankesten Hilflosigkeit, des ausgelieferten Krankseins, Unterstützung, Altruismus, Solidarität. Es gab nichts, was die Frau nicht verstand, sogar meine Witze, außer meiner Sucht nach *draußen*. Einmal, wenige Tage nachdem die Frau mich gerade ihren in Wien weilenden Eltern vorgestellt hatte, war ich abends bei ihr, stahl mich aber davon, verabschiedete mich, ging, nicht sagend, wohin, und landete im U4, um mich dort als pfundiger Malefizkerl mit Besamerqualitäten einem Alphatier-Löwen gleich zu präsentieren. Die stets klammernde, permanent überwachende, insgeheim stark verunsicherte Frau verkraftete meine Freiheitsavancen äußerst schlecht, und wenn, dann nur unter erpresserischen Krokodilstränen, die psychopathische Erpresserinnenvagina unterdrückte mich auf ihre subtile Weise. Dieser fortwährende Kampf zwischen Anziehung und Abstoßung, in dessen Dunstkreis die alte Frau und ich mich bewegten, diese Melange aus unsicherheitsgenährtem, vertrauensversorgtem, reziprokem Klammern und ohnmächtiger Befreiungs- und Eroberungswut zog sich noch viele, viele Monate weiter. Zu Beginn meiner Beziehung mit der alten Frau wollte ich die ehemalige Geliebte und Täterin vulgo Abgrund davon wissen lassen, vielleicht spielte ein wenig das Moment von Eifersucht, die ich in ihr entfachen wollte, in meiner Nachricht mit, sie wissen lassen wollend, daß eine neue, andere Frau in mein Leben getreten war, eine neutrale Botschaft und dennoch ihr ganz im Besonderen gewidmet. Die darauffolgende Nachricht traf mich, wie so vieles mich von ihr bereits schwer getroffen hatte, eine weitere Breitseite, mit der ich kaum mehr gerechnet hatte. Anstatt durch meine anderweitige Bindung wieder verstärkt an mir interessiert gewesen zu sein, schrieb sie, die Abgrundsseelenmörderin, daß sie seit geraumer Zeit *mit Into wirklich glücklich* gewesen sei. Ich traute meinen Augen kaum, konnte kaum fassen, was da wirklich stand, es schlug mir wie eine Kanonenkugel gegen den Magen, derjenige, dessen Physis den hohen Ansprüchen nicht zu genügen schien, derjenige, der doch zehn Zentimeter größer hätte sein müssen, der tranige Fisch, der dumpfbackige Finne, der Narbige, er schien sich offenbar temporär doch durchgesetzt zu haben. Ich fühlte mich als elender Verlierer, ich hatte offenbar doch nicht genug gekämpft, ich weiß, daß er das Kreuz auf sich genommen hatte, er hatte die Seitensprünge mit all den Nebenbuhlern ertragen, er hatte geduldet, daß sie, die Isländerabgrundssau, stets von anderen schwärmte, er ließ sich von ihr, dem ewigen abgründlichen Mösensulz, erniedrigen, er hatte die Kraft, all diese Erniedrigungen hinzunehmen, ihre Launen, ihre Übelkeiten, all ihre Perversionen und menschlichen Garstigkeiten hatte *er* eingesteckt, geschluckt, er war ihr skandinavischer Prellbock gewesen, ihr Mistkübel, ihre blutige Monatsbinde, ihr bekacktes Scheißpapier, war mit all dem fertiggeworden, so schien es fast. Er hatte das Ziel erreicht, ihm wurde zuteil, was mir verwehrt gewesen war, wie sehr beneidete ich ihn. Mißgunst, das war es, was ich empfand, gelbe Eifersucht, sprühenden Neid, er durfte an ihrer Seite sein, erniedrigt, aber zugleich erhöht, liebte sie ihn gar? Was für ein furchtbarer Gedanke. Ich konnte es kaum glauben, wußte aber zugleich, und das war meine größte Hoffnung, daß dieses Glück nicht von ewiger Dauer war, ja keinesfalls sein konnte, ich wußte doch um die stete Unzufriedenheit dieser ihrer Person, sie konnte niemals zufrieden sein, sie hatte mir in ihrer halbnaiven Offenheit doch bereits im Jänner persönlich gestanden, daß sie mit solch einem kleinen, narbigen, lurchig-verlurchten Troll nicht glücklich werden konnte, wie konnte sie sich nur an ihn prostituieren? Mir war klar, daß dies alles nicht von Dauer sein konnte, unklar war lediglich, *wann* dieser wahrlich eitrige Knoten platzen, die lächerliche Geschwulst sich in heiße Luft auflösen würde. Ich nahm all meine Vernunft zusammen und hielt mir stets den Gedanken vor Augen, daß jemand wie *er*, ein veritabler Wurm, nicht dazu geboren sein konnte, um an ihrer Seite zu strahlen. Jemand anderer war dazu auserkoren, sie, das abgrundhafte Scheidenbeuschel, wahrhaftig und aufrichtig zu minnen, auch wenn es dieser Abgrundsschamhaarstreifen, so dachte ich, im Endeffekt nicht wert gewesen sein konnte.

Der Sommer zog ins Land, meine Dissertation neigte sich ihrem höchst erfolgreichen Ende zu, und ich mußte auf Geheiß meines damaligen freundschaftlichen universitären Mentors, der meine Neigung zu Peter Sloterdijks Werken leider keinesfalls teilte und mir daher von deren Zitation dringend abriet, meine Arbeit wieder und wieder nachbessern. In dieser Zeit flog ich auch mit der fetten Alten nach Korsika und suchte Abstand zum abgründlich Unerreichbaren. Die Abgrundstäterin war aber immer noch gegenwärtig wie ein ständig über mir schwebendes Damoklesschwert, und während ich auf Korsika eine Woche des dolce vita verlebte, begegnete mein damaliger Schleim- und Scheinkumpan und insgeheimer lausigster Oberzeck im Café Einstein bei der Universität zufällig der bösen Isländerbasiliskin, die er ja noch vom Lirtzz kannte, während ich in der wunderbar warmen, karstig-gastfreundlichen korsischen Südlichkeit weilte. Nach einer Woche der Sonne, der Aufs und Abs mit der älteren, dicken, faltigen, lüsternen Vulva kam ich braungebrannt wieder in Wien an, meine Mutter schilderte mir sogleich am Telefon, daß mein damaliger liederlicher Möchtegernkumpan, der meine Frau Mama darüber fernsprecherisch informiert hatte, das holde semi-intoische Paar beim Kaffeetrinken, Grabschen und Turteln inspiziert hatte. Er hatte sie nämlich sogar angesprochen und gefragt, ob sie nicht das isländische Mädel sei, das mit dem Egilmaro ab und zu unterwegs gewesen sei, was sie, die Vulkanaschenfötzin, lapidar bejahte. Sie, das junge abgründelnde Vaginalgewitter, so meinte mein burgenländischer Möchtegern-Kumpel, das absolute Zerrbild, also die Karikatur eines Kameraden, sei übrigens *die Fescheste* gewesen, mit der ich jemals im Bett gewesen wäre, obgleich er sie, den isländischen Abgrundsluzifer, nicht als tatsächlich lieblich empfand, sie wirkte verschnöselt und kalt, er hätte sich in diese Fürstin der Vaginitis nicht verlieben können. Ihr hilfloser Gespons, das bleiche Abgrundsopfer, wirkte hingegen umso hilfloser, so mein damaliger schimpansiger Scheinkumpan, der hilflos unterlegene Into sei tatsächlich um einiges kleiner als sie gewesen, habe gekräuseltes, helles, kurzes Haar, schicke Brillen und eine kurze, breite Nase gehabt. Der kleine Finnenlurch sprach kein Wort und klammerte sich wie ein klammer Pinguin an das Händchen seiner Angetrauten und von ihm Angehimmelten, des Abgrundsmösenflieders, ängstlich schwitzend, wissend, wessen niederträchtigen Scheinkumpanen er dort im Café Einstein begegnet war. Er mußte mich wohl gefürchtet haben, denn ich begehrte nicht seine Seele, nein, nach seinem

Alles trachtete ich, und ich tat es unaufhörlich. Nach meinem Urlaub trat ich in telefonischen Kontakt mit der Abgrundsspalte, meine Nervosität bemaß sich gering, wir unterhielten uns eigentlich gut in diesem Gespräch, als *ihrerseits* die Rede darauf kam, daß wir einander wieder einmal treffen könnten. *Ich blockte ab* und erwiderte, dies sei durchaus möglich, aber nur, wenn wir im Falle einer Zusammenkunft beide positiv dächten und uns einander gegenüber nett verhielten. Um nur ja keinen Anschein jeglicher übertriebener Sympathien zu erwecken, hielt ich die Abgrundsscheide darüber hinaus mit dem Hinweis darauf auf Distanz, daß man am selben Tage noch einen Männerabend geplant habe und daher etwas unter Zeitdruck stehe. Meine hohe Affinität zur verhängnisvollen Abgrundstochter schien etwas geschmälert, vollends gebrochen war sie jedoch niemals …

In dieser Zeit begann der Kontakt mit der ehemals begehrten Abgründlichen ein wenig zu versanden, der tiefe Herbst färbte das Land, alles begann in sich zu ruhen, so auch meine ehemals tiefsten Gefühlsregungen. Überschattet wurde all das von der ersehnten, aber unerträglichen Trennung und der wenige Tage darauf folgenden Pseudowiedervereinigung mit der älteren, fetten Vulva im November, eine Nacht der Geständnisse und der bitteren Krokodilstränen, eine Nacht, in der ich schwor, nur mehr mit ihr einschlafen zu wollen, eine Nacht, nach der ich tatsächlich vier Monate lang, außer der Heiligen Nacht, nur mehr bei ihr, der Alten, Lüsternen, Klammernden, Fetten, Furzenden, Seelenterrorisierenden, wohnen sollte. Eine innige, bewegte, teils behagliche, teilweise sehr einengende Zeit, die mich nicht immer an die Vergangene denken ließ, eine E-Mail-Nachricht, von mir zu Weihnachten versandt, eine Antwort ein, zwei Wochen später, beinahe ohne Belang. Dann im Jänner meine Erwiderung, in der ich schreibend frug, wer sie denn sei, ich schrieb ihren Namen mehrmals voll aus, …, …, …, *wer bist Du?* Um ihren Charakter auszuloten, buchstabierte ich diesen unsäglichen Namen, fragmental, draußen war es kalt gewesen, in mir glomm immer noch die Frage nach dem *Wer* und dem *Warum*. Sie schrieb, viele Zeilen waren es gewesen, sie schrieb von ihrer Beziehung zu Into und davon, daß sie seit längerem nicht mehr glücklich mit ihm gewesen sei. Sie schilderte, daß er ihr *alles* genommen habe. Ihre Freiheit, ihre Geilheit, ihre Lebenslust. Sie habe ihn betrogen, es ihm gesagt, er sei jedoch zu feige gewesen, Schluß zu machen, auch das bleibe wiederum an ihr hängen. Überhaupt sei diese Liaison lediglich davon bestimmt, wie sie sich verhalte, er lebe in völliger Passivität und Abhängigkeit von ihr. Jetzt reiche es ihr, und sie werde sich demnächst von ihm trennen. Auch ihr Germanistikstudium, welches sie ja stets gegen ihren eigenen Willen begonnen hatte und welches sie in keinster Weise befriedigen würde, wolle sie *keinesfalls* abschließen. Viel eher würde es sie nach Indien in einen kontemplativen Ashram ziehen oder sie würde eine Hafnerlehre in Südtirol machen, denn sie interessierte sich immer noch für die Herstellung von Kachelöfen. Mir bot sich das Bild einer Zerrissenen, Um-sich-Schlagenden, ein Bild, das ich vorausgesehen hatte und das ich, wäre ich an Intos Stelle gewesen, auch für mich selbst befürchtet hätte. Ich hatte mittlerweile genug Abgrund inhaliert, um zu wissen, daß es so kommen *mußte*. Meine Erwartungen hatten sich klarerweise und auf furchtbare Weise bewahrheitet, der tranig-trübe, bleiche finnische Fisch, das feinsinnige Wasserzeichen, war den ständigen Anfeindungen und herrischen Avancen der Waffen der vulkanisch-feurigen Widderfrau offenbar nicht mehr gewachsen gewesen, alle diplomatischen, liebevoll gemeinten Kittversuche wurden mit allerhöchster Wahrscheinlichkeit als verweicheierte Gefühlsduselei abgewertet, ich sehe ihre strafende, bissige, kaltblütige Fratze vor mir, ich kann mir vorstellen, wie starr und gleichgültig sie den Zappelnden, Hilflosen abservieren würde. Seine Stunde hatte längst geschlagen, wir alle wußten es, und wer sie kannte, dem war klar, daß dieses Abservieren, das feindselige Abschießen nicht mehr Monate, sondern nur mehr wenige Wochen oder gar Tage dauern würde. Meine anfängliche Antipathie ihm gegenüber wich nun einem Moment des Mitgefühls. Ja, ich bekenne, er tat mir wirklich leid, sie hatte ihm übel mitgespielt, er ist statt meiner auf den Opferstock gezogen, ein paar Monate in jeder Hinsicht benutzt und gefickt worden und dann leer, ausgepumpt, entwertet, wie das U-Bahnticket von letzter Woche, besudelt vom Altar verstoßen worden. Noch hechelte er nach Luft, noch bat er innigst um den Verbleib seiner schönen Iceland-Diva, noch versuchte er vergeblich, mit Intellekt und Nächstenliebe um ihre dominante, erbarmungslose Gunst zu buhlen, doch je mehr er sich unterwarf und winselnd um ihre Zuneigung flennte, desto mehr widerte er sie an, desto unwerter wurde er in ihren Augen. Je mehr sich das Kaninchen zuckend um sein Leben kämpfend zu befreien suchte, desto stärker zog sich die Falle zu, desto unbarmherziger schlugen sich die Krallen des Raubtiers zerstörungslüstern in seinen sanften Pelz. Ich selbst hatte noch ihre Worte *Wenn ich jemanden haben kann, wird er für mich uninteressant* in den Ohren. Er hatte a priori keine Chance gehabt. Der Finne Into hatte keine Chance gehabt, nicht den Funken einer Möglichkeit, niemals, zu keiner

Zeit. Der Preis für ein wenig Glück war die totale Zerstörung. *Ich mache mir gleich zu Beginn ein Bild von den Menschen*, ließ sie mich einmal wissen. Er war, und das ist die blanke Wahrheit, zu allen Zeitpunkten chancenlos gewesen, und ich war es à la longue wohl auch, der einzige Unterschied lag darin, daß ich mich von ihr losriß, das Ausreißen versuchte, bevor sie mich vollends zerstören und danach vergewaltigt, blutend im Rinnsal liegend, liegenlassen konnte. Ich weiß aber, daß auch mir dieses Schicksal hätte widerfahren können, hätte ich nicht einige wenige Gewogene und Scheingewogene an meiner Seite gehabt, die noch bei Sinnen gewesen waren. Ich war damals blind vor Anbiederung, hungerte nach Liebe, ein falscher Hunger, der mit Falschem gestillt wurde.

In diesem Februar telefonierte ich noch ab und an im sogenannten Callcenter, um mich neben meinem in Bälde abgeschlossenen Doktoratsstudium finanziell über Wasser zu halten, den Lenzmond März über verblieb ich lernend zuhause im obersteirischen Elternhause. Daneben entfernte ich mich bewußt von der alten, faltigen, fetten, wollüstigen Frau, zu der ich mich auch leiblich nicht mehr so wirklich hingezogen fühlte, ich bereitete mich innerlich auf eine Trennung vor. Als ein denkwürdiger Lenztag, der Geburtstag der Widerlichen, ins Land zog, schickte ich mich an, das heißt, es beliebte mir, ihr meine Geburtstagsgrüße per E-Mail zu übermitteln. Sie antwortete nicht. Etwa drei Wochen später legte ich mein Rigorosum ab, welches ich nervös, aber in für mich etwas unerwarteter Weise souverän mit Auszeichnung bestand. Nach einem Mittagessen mit meinem damaligen wissenschaftlichen Mentor lief ich trunken vor Freude, also überglücklich, geradewegs ins naheliegende, aber unschöne Neue Institutsgebäude der Universität Wien, wo ich auch immer wieder zu Mittag aß, um E-Mails der Freude und der Glorie zu versenden, zuvor hatte ich noch bebend vor Glück meine Mutter angerufen. Sofort mußte ich der Vergangenheit in der Person des ehemaligen Abgrundes, der Vergangenen, Sich-an-mir-vergangen-Habenden, eine E-Mail-Nachricht senden, all meine Freude und meinen Stolz stellte ich ihm beziehungsweise ihr anheim. Wie unglaublich und unglaublich schön es gewesen war, daß der Sohn aus der Einschicht aus der Obersteier Ende Juni als erster Genetiker interdisziplinär in Genetik und Moralphilosphie *sub auspiciis Praesidentis rei publicae* zum Doctor rerum naturalium promoviert würde. Was für eine Genugtuung, was für einen Stolz empfand ich, *welche Rührung, ich könnte die ganze Welt umarmen und mein Glück hinausschreien, ich hab' Dich lieb, ich umarme Dich*, schrieb ich ihr, sie war trotz allem noch meine Welt, meine Insel gewesen, das konnte man nicht vollends bestreiten. Sie gratulierte mir recht höflich, aber meine Emotionen eher kalmierend als erweckend, eher benennend als entfaltend waren ihre Ausführungen gewesen. Sie stellte auch die These auf, daß, da ich nun ein Promovierter, ein Doktor war, mich ja alle Frauen verfolgen müßten, was ich ganz objektiv entkräften mußte und konnte, da, wie ich leider oder Gott sei Dank richtig festhielt, eine potentielle Geschlechtspartnerin auf der Straße oder in einem Lokal oder sonstwo ja nicht an meinem Gesichtsausdruck mein Promoviertsein zu erkennen vermochte oder das Doktorale aus meinem Augenzwinkern herauszulesen imstande war. Da in der Tat das Doktorsein, außer wenn ich zur Bank gehe oder von der Ärztin in der Praxis aufgerufen werde, ein an sich nicht publikes, sondern oftmals jeder Publizität entbehrendes Moment ist, muß, darf, kann und möchte ich mich lieber auf meine natürliche Ausstrahlung als Mann verlassen, um eine junge Frau oder gar Dame kennenzulernen.

Dennoch, ich war über jeden einzelnen Happen froh und dankbar gewesen, den mir die abgründige Kröte vorspie. Danach verlief der Alltag dahin, ich war noch mit dem brunftig-fetten Pinzgauer Weib liiert, das um Jahre älter war als ich, und ich liebte das brunftig-fette Weib nie, aber die Brunft und teilweise auch ihr Fett hatten es mir angetan, und als Lohnverrechnerin einer Kommanditgesellschaft konnte das Informationswissenschaften absolviert habende, feiste, oftmals raunzende und rülpsende und krank seiende und furzende, dicke, psychoterroristische, orangenhäutige, pausbäckige Weib mit einer Fut wie ein Kuhschädel samt seinen bigotten Raiffeisenkassenlagerhausbauerneltern ständig mit guten Hinweisen aufwarten, was den Broterwerb anging, abgefeimt im Broterwerb war die Fette ja, und sie lud mich auch immer zum Mahle ein, säugte mich gleichsam an ihrem fetten Busen, und auch ihr großzügiges Schlafgemach in Klosterneuburg konnte ich mit ihr teilen. Bei ihr war gut anlehnen, und ich saugte und labte mich an ihren prallen Hängezitzen und fraß und wohnte ihr regelmäßig und ausdauernd-ausgiebig im Schlafgemach bei und dergleichen. Ich hätte noch mindestens zwanzig oder auch dreißig Jahre auf diese Weise weiter dahinvegetiert, beiwohnend-beischlafend, saugend, mich labend, fressend, und ich hätte meine Tage an der Seite der fetten, stets brunftigen alten Kuh in Sicherheit verbringen können. Sie stellte mich allen ihren Bezugspersonen vor, es war eine scheinbare Eintracht, sie verhätschelte mich, vergötterte mich, beschlief mich im Schlafgemach, fütterte mich, korrigierte meine wissenschaftliche Arbeit nicht inkompetent, fraß, schiß, furzte, stank, säugte mich, kopulierte, kam, schwitzte, stöhnte, ließ mich an ihrem materiellen wie immateriellen Fettsein teilhaben. Ich steuerte stets Kostgeld bei, trotz des Obolus schimpfte sie, ich esse zuviel. Sie schleimte sich bei meinen Eltern ein, ihr ranziges Fett ummantelte mein ganzes Dasein und ließ mich erstarren. Ich wäre wohl immer mehr zu ihrem hörig-abhängigen Fickwerkzeug geworden, wären da nicht die permanenten Gedanken an das wohlige Unwohlsein in der garstigen Gegenwart der abgründigen Fotze gewesen. Im Namen des Afters, des Schoßes und des ranzigen Schweißes. Samen.

Abgrund, ewiges dreilöchriges Fott, du fehltest mir. Mösenwichsfickschlitzhurenstrapsslipspermastöckelschuhnylonfutritzenoberschenkelbeinmösensirupgeschwader. Mösli. Ein Abgrund mit drei Löchern. Deine dreilöchrige Dreischweinigkeit. In meinem fetten, runzligen kleinen Garten war da nichts von der abgrundtiefen Eleganz und Garstigkeit, die der klaffende Wunden reißende, aber faszinierende vaginale und dekadente, edle Abgrund verkörperte. Die fette, afterschweiß- und mösensirupsekretierende Amme verhielt sich zum Abgrund wie eine durch Erbschaft zu großem Kartoffelwohlstand samt zugehörigem Traktor gekommene Erdäpfelbäuerin zu einer genuin bösen, kalten, aber geradezu gräßlich schönen Comtesse, die im Blute ihrer geschändeten und gepfählten Untertanen badet und nachts mit dem Henker fickt, wenn sie es nicht gerade aus Abschaum heraus in ihrer bloßen Abartigkeit mit den am Friedhof herumstreunenden Hunden trieb. Es war wie eine Pinzgauer Bauernpolka und Chopins Nocturne Nr. 10,

Opus 32, Nr. 2 in A-Dur, denn der Abgrund konnte mit seinen blauen Augen auch sehr tiefgründig und elitär dreinblicken und war einmal sehr lebhaft, dann wieder gesittet-damenhaft und nahm einem jedesmal den Atem wie der Frühlingssturm, dem niemand sich entziehen konnte. Niemand konnte glauben, daß er ihn auch nur für eine halbe Sekunde hätte aufhalten können, wer weiß, vielleicht wäre er auch über Nacht über einen hereingebrochen, dann konnte man etwas erleben! Niemals war er gewöhnlich, alles war er, doch nicht profan, das Plebeische war ihm stets fremd gewesen, und mit einem Hauch wunderbar-unnachahmlicher *Sprezzatura* konnte er selbst Anstrengendes herrlich leicht und bar jeder Mühe erscheinen lassen, und meine nachträgliche Begeisterung kommt nun, viele Jahre nach der ersten Begegnung mit dem Abgrund, immer deutlicher und stärker und jedenfalls mindestens gleich stark wie zu Beginn zum Ausdruck. Die Speerspitze der Weltkultur. Entmaterialisiert, stromlinienförmig, kristallklar. Nie, zu keinem Zeitpunkt, habe ich etwas Schöneres, etwas in seiner natürlichen Anlage Anmutigeres als den Abgrund gesehen. Ein starkes Ringen um Unsterblichkeit. Die letzte Macht über alle Mächte! Das freie, herrliche Raubtier blitzte aus seinen stählernen Augen. So charakterlich degeneriert, so grazil und so vollkommen war er in all seiner Ambivalenz und strukturellen Zerrissenheit. Mein Urteil ist ihm gewiß. Nichts hat mich lebenslang so fasziniert wie der Abgrund. Seine Ausstrahlung und seine Perfektion lassen daneben keinerlei Raum. Alles verblendet sein Schein, alles verblaßt neben ihm. Abgrund, Du Pretiose. Du Himmelszier. Wo der Abgrund ist, kann sonst nichts sein. Es ist ein eifersüchtiger Abgrund, der alles andere in sich hineinzieht wie ein großes Vakuum oder ein unendliches schwarzes Loch, dem ständig gehuldigt zu werden hat, neben ihm soll man keine anderen Abgründe haben. Jede Bewegung scheint wie eine große Inszenierung, ist aber Grundbegriff der abgründigen Daseinsberechtigung, ist eine Conditio sine qua non der abgründlichen Ontologie. Da ist der Abgrund, dort sind bloß Kuhfladen, Abgrund, Du Telos alles Seins, Du strahlst in ewiger Herrlichkeit, und ich gehöre Dir auf ewig. Abgrund, ich ward Dir verfallen immerdar. Ich weide mich weidlich an Dir. Ich bin süchtig und labe mich an Deinem Glamour, versunken und verfallen. Aber es ist eine süße Verfallenheit, von der ich mich im Laufe der Jahre immer mehr und mehr zunehmend selbst heilte, wenn auch nur sehr langsam und unter Aufbietung all meiner mentalen Kräfte.

Die Tage wurden länger, es wurde wärmer, ich hatte außerdem gleich nach meinem Rigorosum auch eine bestimmte ökonomische Sicherheit in Form einer festen Anstellung bei einer Schweizer Pharmafirma in der Tasche, all dies in Summe, so meinte ich, machte mir einen Abschied vom fetten Fickleib wohl erträglicher, wobei diese Anstellung als Pillendrehersklave als die schlimmste meines Lebens in meine Biographie eingehen würde, weniger Schlaf, mehr Schweiß und Mühsal und weniger Wertschätzung als als hirn- und sinnentleerter Türklinkenputzer in Arztpraxen für Pulver und Salben gab es zuvor und danach zu keinem Zeitpunkte. Dahingedacht-verschwendete Gedanken an den verfickten Abgrund und seinen Pißcharakter waren dagegen wie Balsam in dieser staubigen Zeit. In vorhersehbarer Konsequenz trennte ich mich von der Furzenden und Fettleibigen, dem alten furiosen Fickferkel, auch wenn ich darunter zunächst sehr litt und ich nach einem halben Jahr von meinem damaligen, ehemaligen wohnungsmitbewohnenden Zecken erfuhr, daß die fette Bache gleich wieder einen Jüngling an Land gezogen hatte, der ihr Lätzchen polierte. Die Spinne Thekla, so nannte ich sie fortan, suchte immer junge Männer, die ihre Tages- und vor allem Nachtstunden froh machten, so war es auch kein Wunder, daß sie sehr bald wieder zum stelzenspreizenden Fröhlichsein anhob, das stark läufige, sich alle Stengel der Welt einverleibende Berufsluder. Mein Ego war gekränkt, und die Plumpe, mich an ihren Zitzen gesäugt Habende hatte mich hinter sich gelassen, ließ mich gleichsam außen vor, und ich hatte Zukunftsängste ob des Verlustes der unendlich säugenden Amme, aber es ging wieder bergauf.

Ich schilderte die Geschehnisse per Fernsprecher meinem persönlichen und immer noch in Österreich weilenden Abgrund, der mich freundschaftlich zur Distanz zur fetten Stute anhielt. Noch immer war ich in abhängigem Mail- und beizeiten Telefonkontakt mit dem Abgrund und schlug alsdann einen gemeinsamen Ballbesuch vor. Man telefonierte sogar einmal aus meiner damaligen Legebatterienversandhauskatalogsfirma, in der ich, den Pharmamoloch mittlerweile hinter mir gelassen habend, als täglicher Acht-Stunden-Telefonjoker unter permanenter Kontrolle der Telefonzeiten und Anrufkontakte stets willfährig Was-weiß-ich-was-für-Versandhauswaren zu vertreiben hatte, ich rief an, und wir laberten nach Dienstschluß eine Stunde lang, der Abgrund und ich, ich und der Abgrund, wir beide ganz alleine gemeinsam am Telefon, ein echtes abendliches Stelldichein, der stets statusgeile Abgrund frug mich, ob ich denn – es war ja immerhin *nach* meiner Promotion, aber ein Bioethiker ist eben ein Orchideenfächler und daher ohne ordentliche Protektion obrigerseits temporär oder langfristig zur nepotismuslosen Belanglosigkeit in irgendeiner Telefontarifburg verurteilt – ein eigenes Büro habe, was ich lachend verneinte, um ihn im Laufe des Gesprächs auch auf meine damals neue, leider nicht sehr billige Homepage mit allerlei Gemälden und Gedichten von mir zu lotsen, das Titelbild mit meinem hübschen bärtigen Foto fand er recht adrett, dem vormals stets bösen Abgrund war darob ein *Ja, sehr schön* zu entlocken, und wir spannen unsere Pläne für einen gemeinsam zu besuchenden Ballabend. Der Abgrund gab sich also wieder human, versöhnlich und kroch wieder langsam zu mir heran. Irgendwann später, nach ein paar Wochen etwa, trudelte wieder eine unbedarft-belanglose Mail vom sich abermals für ein paar Tage auf Heimaturlaub auf der kalten Insel befindlichen Abgrund ein. Es gäbe ja *sooo viel zu erzählen*, nur sei der Abgrund momentan kurz vor dem Abflug nach Wien und gerade bei seiner sogenannten Familie, also in Wahrheit der stahlwarengeschäftbesitzenden Gebärerin, und müsse heute noch mit dem isländischen Schäferhund Tappi seiner Nachbarin Gassi gehen. Wie dem auch sei, nächste Woche bekomme er endlich Internet in seine Wiener Studentenheimwohnung – *es lebe die Kommunikation!* –, dann würde ich wieder von ihm hören, einstweilen verbleibe er mit lieben Grüßen aus Reykjavik. Ja, in Wahrheit hoffte ich freilich immer noch, in die Sphäre der Abgründigen, des ständig glühenden Schürhakens in meiner Wunde, zu gelangen und eine abgründig-irrwitzige Lebensliebe zu generieren, und daher entbot ich ihr meinen Gruß in Form eines sie adressierenden, von mir höchstselbst handgeschriebenen Briefes. Die Antwort des unbeschreiblichen Abgrundes suchte mich heim und fand mich in Form eines erstaunlicherweise recht freundlich ausformulierten

Briefes auf bläulichem Briefpapier mit dunkelrotem Rande, in welchem sich der Abgrund für meinen ersten Schritt bedankte, denn er, der isländische Abgrund selbst, sei von Anfang an *fest dazu entschlossen gewesen*, unseren schriftlichen Kontakt wieder aufleben zu lassen, für den Abgrund sei ich immer schon ein *rätselhafter und somit interessanter Mensch* gewesen. Der Abgrund sei von seiner Mutter sehr geprägt und die Analyse aller Menschen, die bisher in sein Leben getreten waren, sei zwar nicht immer einfach, aber dennoch so weit realisierbar gewesen, daß der Abgrund zumindest glaubte, diese Menschen zu kennen. Seine Psychoanalyse sei bei mir etwas fehlgeschlagen, da ich mich bei jedem unserer Treffen völlig *anders verhalten* und teilweise total gegensätzliche Charaktereigenschaften gezeigt hätte, was den Abgrund zwangsläufig zu dem Schlusse führen mußte, daß ich keine solide Persönlichkeit besitze, aber das werde ich wohl selbst schon herausgefunden haben, so der Abgrund, *was er damit sagen wolle, wisse er nicht*. Vielleich sei es eine Erklärung dafür, daß er die Freundschaft mit mir sehr schätze, meinte er. Seine *neue* Beziehung, denn der Abgrund hatte sich neuerdings mit einem dauerbesoffenenen Tiroler Golf-GTI-Clubfahrersolariumsaisonkartenbesitzertechnomechatronikstudentenpuderanten vergesellschaftet, wie er mich wissen ließ, stehe natürlich keinem gemeinsamen Ball im Wege, ein Ball sei sogar der ideale Rahmen für ein Wiedersehen, meine Vorschläge seien prinzipiell ganz gut, allerdings müsse man nicht unbedingt auf einen Musikvereins-Ball gehen, da der Abgrund schlechte Erfahrungen mit dem Philharmonikerball gemacht habe, und ob der Abgrund die feurige Eleganz, welche ich ihm in meinem Schreiben zuschrieb, besitze, werde sich ja noch zeigen. Am Briefende frug der eisig-ewige Abgrund im Postscriptum, ob er jetzt etwa den Brief an den Herrn Doktor Elmar Mayer-Baldasseroni adressieren müsse ...? Das abgründige Wesen schlug, was unsere Ballpläne anbetraf, in diesem handgeschriebenen Brief – ich wurde aus diesem Abgrund und seiner Wankelmütigkeit nicht einmal annähernd schlau, geschweige denn weise, unwissend war und bin ich, was er jemals überhaupt von mir gewollt hatte, ach, wie gerne hätte ich dies erfahren – noch keinen konkreten Ball vor, aber in entsprechendem Ambiente solle das Ballvergnügen eben verbracht werden, tanzend, kichernd, Gift spritzend, nein, ich hatte die Tiraden noch nicht vergessen, die grenzenlosen Umtriebe eines haßerfüllten Gegners, der personifizierten Untugend in Gestalt der isländischen Räuberfotze. Zur Wahrung meiner wichtigsten Lebensvoraussetzungen mußte ich mich damals aus der Schlacht davonschleppen und Distanz gewinnen, um nicht dem widerwärtigsten Ende anheimzufallen und wieder völlig dahinzusiechen. Daß ich nach all dem Erlittenen wieder und wieder die Gegenwart des Furchtbarsten suchte, hatte ich wohl überlegt. In diesen ernsten Stunden war ich mir der ganzen Tragweite meiner Entschlüsse und der hehren Verantwortung für mich selbst voll bewußt. Nach einigem Geplänkel einigten sich die Parteien auf den sogenannten *Ungarball* in der Ungarischen Botschaft, ein pseudopostaristokratisches Einladungsereignis der ehemals österreichisch-ungarischen sogenannten Oberschicht, für den ich eine Damen- und eine Herrenkarte ergattern konnte. Wenige Tage zuvor hatte ich im Postkasten am Gang meines verwahrlosten Hauses am furchtbaren Währinger Gürtel laut jubelnd und schreiend vor Freude einen Brief des *Leopold-Kunschak-Wissenschaftspreis*komittees erhalten, das mir zur Zuerkennung eines Leopold-Kunschak-Wissenschaftspreises herzlichst gratulierte. Sogar der damals amtierende *Bundeskanzler* erschien dem erlauchten Kreis höchstpersönlich in all seiner Glorie in braunem Anzug mit brauner Krawatte zur Preisverleihung, es war nach seiner Mascherlzeit, sich wie immer wohlüberlegt artikuliert habend und geradewegs aus Brüssel hergeeilt seiend, schüttelte er den Laureaten, also auch mir, die Hand und drückte mir dann die Preisurkunde, dotiert mit immerhin ein paar Euro, in ebendiese, dann lächelte selbiger kurz mit mir milde in die Kamera und war nach der stundenlangen Würdigung des Wirkens aller Beteiligten auch schon wieder verschwunden, da die Welt ihn rief. Welch Wohltat, welch Wonne, ach wie schade, daß der herrlich-hübsche Abgrund dieses ergreifende Erlebnis im Publikum gaffend und grinsend nicht miterlebt hatte!

Jedenfalls war und bin ich ein genuiner, veritabler, echter, wahrhaftiger und immer noch stolzer *Wissenschaftspreisträger*, und eingedenk dieser erfreulichen Tatsache ließ ich mich selbstbewußtseinsgestärkt, weiland viele Abertausende oder gar Hunderttausende Beamtenkaffeepausen zuvor, als frischgebackener ebensolcher auf den Kampfe mit dem Abgrund ein. Ich wohnte damals, aus der Zecken-WG am stickigen, verhurten Ottakringer Gürtel bereits ausgezogen, in der um nichts weniger furchtbaren *Schopenhauerstraße* am Rande des schrecklichen, dreckigen, lauten und stinkenden Gürtels im achtzehnten Bezirk, Währing. Ein Greuel. Aber ich machte mich dennoch hübsch für den freudigen, großen Abend, etwas grandioses Terre d'Hèrmes, ein Duft wie eine Symphonie, noch aufgetragen habend, zunächst meine dem Smoking zugehörige schwarze

Masche, die damals noch nicht, wie gegenwärtig, eine selbstgebundene gewesen war, nicht findend, mich dann aber doch zeitgerecht beim Abgrund am Orte des vormaligen Schreckens in dessen Studentenheimwohnung einfindend. Der herrlich strahlende Abgrund öffnete mir die Türe in seine Wohnung in einem der oberen Stockwerke. Zurück an die ehemalige Hinrichtungsstätte, die Stätte des Furchtbaren. Der optimistisch grinsende Abgrund hatte sich in ein zuckerlrosa Ballkleid gewickelt und kredenzte mir wohltemperierten, also relativ gut gekühlten, prickelnden Sekt, aber wohl keinen zu teuren. Es war grotesk, wie der weiland in selbigem Gebäude, in selbiger Wohnung, in selbigem Zimmer befindliche und damals sehr furchtbar gewesene Abgrund sich nunmehr nicht mehr hämisch, sondern annähernd zivilisiert verhielt. Wiederum zeigte er mir das eine oder andere Foto mit Klassenkameraden und dergleichen, und ab und zu blitzte die verbrecherische Garstigkeit durch seine elenden, zersetzenden blauen Augen, doch er schien heute besänftigt zu sein, man mußte kein Inferno befürchten, aber man wußte nie. Abgrund, Du in meiner Nähe bedeutet mir ein Messer an der Kehle. Der Abgrund meinte, ob meine perfekt polierten rahmengenähten Schuhe denn Lackschuhe seien, und ich verneinte. Abgründig standesgemäß trug der Abgrund Coco Mademoiselle von Chanel, ein Duft, dessen Herznote mir heute noch die Sinne raubt und nach dem ich jede Dahergelaufene frage, in Lokalen, in der Straßenbahn, an der Uni, in der U-Bahn, egal wo. Ich habe sogar selbst eine Gratisprobe bei mir daheim und vermag mir darob jederzeit die widerwärtige Süßlichkeit des Abgrundes zu vergegenwärtigen, obgleich das Odeur an meiner Männerhaut nicht dieselbe abgrundtiefe Süße entfaltet wie an der Halsschlagader und den Handgelenken des schier Unfaßbaren. Im Taxi brabbelte der Taxifahrer irgendetwas von Bundesheer, und ich wußte, daß der Abgrund es einmal in Erwägung gezogen hatte, sich als Nicht-Mann ebenso wie sein verblichener Vater der isländischen Küstenwache zu widmen, was ich dem Taxifahrer zur Erheiterung erzählte, der Abgrund wehrte lachend ab, was für ein Gaudium. Jeder Witz war nur dazu da, die Spannung erträglicher zu machen, jedes Lachen war eine Maske, die mich vor den Verbrechen gegen die Menschlichkeit des versauten Abgrundes retten sollte. Ich ging also zum Ungarball in der Ungarischen Botschaft mit dem Wesen, das mich eine Zeitlang zuvor hingerichtet hatte. Ich mußte ein Masochist sein, um mir das alles anzutun, aber meine Hoffnung quoll über meine Bedenken und bedeckte meine Sinne, sodaß ich in jedem Lächeln des Abgrundes, der ja eigentlich an einen belanglosen Mechatronikstudenten, einen versifften und versoffenen Golf-GTI-Fahrerprolo, vergeben war, eine Heiratserklärung vorzufinden glaubte. Das Ereignis war mir dennoch eine veritable Freude gewesen. *Un ballo dolciamaro.* Bei der Eröffnung des Balles stand ich nahe am Abgrund, dessen behandschuhte lange, zierliche Pratzen meine Hände vergewaltigten, als ich, Eindruck bei der Niedersten schinden wollend, erwähnen mußte, daß eine Schweizer Automatikuhr einer sehr renommierten Traditionsmarke mein linkes Handgelenk zierte. Sofort gierte der wie immer maßlos taktlose Abgrund auf meine Hände und sagte *Aja!*, die Geldgier schoß ihm aus den Augen. Als der Abgrund und ich uns in der Galerie zu setzen geruhten, eilte plötzlich die Tageszeitung *Die Presse* in Form eines Fotografen daher. Wen fotografierten sie? Natürlich das zuckerlrosa Eingehüllte, das, so muß ich zugeben, in seiner Scheußlichkeit süßer war als Kaiserin Sisi in ihren allergnädigsten und allerhöchsten und apostolischsten, allzeit allerreinsten Zeiten, verkörpert von Fräulein Schneider oder in natura, und das daher freilich passend zum Ungarball mir ein liebes Accessoire bedeutete. Der Augenaufschlag des Abgrunds war eine Waffe, die ihresgleichen suchte. Ich war getroffen und gesegnet vom Blick des Abgrunds. Widerwärtig picksüßer Abgrund, das war *Dein* Abend, ich liebte Dich komplett, und da war auch dieser Anflug eines Frohgefühls in Deiner Gegenwart. Ein Herzschlag neben dem Abgrund war wertvoller als ein ganzes Leben mit jemand anderem. Als im Laufe des Balles nicht nur ständig Damenspenden von irgendwelchen Volontärinnen verteilt wurden und nachdem irgendein unbedeutender Landeshauptmann seine Rede geschwungen hatte, hieß es nach der wie immer infantilen Publikumsquadrille abermals Alles Walzer und es galt, das Tanzbein zu schwingen, im schwarzweißbunten Gemenge der Fräcke, Uniformen und Abendroben drehte sich der Abgrund mit mir im Walzertakt immer am selben Platz, denn die posierenden Gecken und Primadonnen ließen einen kaum Platz zum Atmen, ein Geschleime ringsum, eine oberflächliche Fleischbeschau, wie es eben der Brauch ist in der Glitzerplastikwelt der selbsternannt-selbstherrlichen Bussi-Bussi-Schickeria. Mir war klar, daß, *wenn* jemand in das Fadenkreuz des immer wieder fesches Jungblut auffordernden letzten Kaisersohnes, also in den Vorhof des Ungarball-Elysiums gelangen würde, es nur der froh grinsende scheußlich-herrliche Abgrund sein konnte. Mit seinem hochgesteckten Haar, den mädchenhaften Zügen, der hochgewachsenen Figur, den mehr als perfekten Zähnen, dem divenhaften Getue und dem appetitlichen, *makellosen* Dekolleté, in das ich mich gerne vergraben hätte, obgleich es viel zu hold zum säkularen Sich-Begeilen war und ich in Wahrheit auf fette Bauernbusen stand, konnte nur er es sein, der die zweitklassigen Provinzluder neben sich verblassen ließ und sie zu statierenden Putzfrauen, Bäuerinnen und Bodenvasen degradierte. Der raumgreifende Abgrund war die Kaiserin der Nacht. Er war die Freiheit und die Grenze, die Flamme des Universums. Die Schönste der Schönen. Totalistische Prätention. Sie war das, was man im angelsächsischen Raum schlechthin *flamboyant* nennt, sie war eine Ode an die Schönheit und eine Hymne an die Dekadenz, jeder Atemzug war eine Oper, jeder Augenblick einen Oscar wert. Überschäumende Grandesse. Das Auge des Tornados. Exzeptionelle Megalomanie. Die Schallmauer durchbrechend. Schlag auf Schlag, so atemlos, so pulsierend, so stilistisch-strahlend. Abgrund, meine einzige Freude, Du Göttin. Den Scheitel umgleißt mir Dein wonniger Glanz, Du Schmuckstück, mystische Elfe, Ikone des Fin de siècle, Maybach unter den Mercedessen, nicht Gold, nicht Geld, nicht Ruhm, nicht Reichtum, *Du* allein bist alles, was mich bewegt. Du bist Askese und Orgie, narko-narzißtisch und basal verwöhnt, polymorph luxurierend und oszillierend in einer Mystik zeitloser Eleganz. Morgenblüte, wenn Du bei mir bist, gewahre ich die Lavendelhaine im Süden und die klare Luft des Nordens, wenn ich die Augen schließe und an Dich denke, so weiß ich, daß ich *bin*, ich gehöre Dir, Du Gipfelpunkt der Weltkultur, Alleredelste, Allerhöchste, Allerhehrste, für immer.

Die Provinzbühne Wien, der Landeshauptmann, all das ländliche Gestrudel, das sich hier bot, war ihrer in Wahrheit keineswegs würdig. Diese Frau sollte im Buckingham Palast ein und aus gehen oder bei den Festspielen von Cannes in der ersten Reihe stehen, sie sollte mit einem Women's-World-Preis für ihr Lebenswerk – gräßliches Gegrinse – ausgezeichnet werden. All das Gesülze hier war doch viertklassig im Vergleich zu Ihrer abgründlichen Hoheit, die dennoch den Anflug von Nervosität zu zeigen schien, als der alte Erzherzog sich beim Anklingen des Donauwalzers, sie begehrlich angrinsend, in ihre unmittelbare Nähe drängte. Ich spendete ihr etwas Trost und Aufmerksamkeit und Zuversicht, mein kleiner Abgrund, und das war er in diesen Momenten tatsächlich, er würde den Tanz mit dem knuffigen alten Herrn schon schaffen, dachte ich, und ich war unendlich stolz, daß ich mit ihm an meiner Seite an diesem Theater teilnahm. Ich teilte dem Abgrund auch schon zu Beginn des Balles mit, daß es eine würdige Begebenheit war, daß der Leopold-Kunschak-Wissenschaftspreisträger mit der für mich schönsten Dame überhaupt auf den Ungarball gehen würde, was dem Abgrund meiner Erinnerung nach ein wie immer abgefeimt-frohes Grinsen zu entlocken vermochte. Im Laufe des Abends wurde der Abgrund sogar tatsächlich ein-, zweimal vom alten Habsburg zum Tanze aufgefordert, unter Beifall, der auch von mir stammte, wirbelte er mit ihm über die Wiener Provinzbühne, herzhaft grinsend, wie in einer Werbung für Mundhygiene und Zahngesundheitsprophylaxe. Die Masse bebte, und ich war unendlich stolz, der wahre Begleiter des Abgrundes zu sein. Dies alles vermochte sich mir sukzessive zur echten Freude zu gestalten und mir alsbald zu ebendieser zu gereichen. In die anfängliche Anspannung mengte sich ein allmähliches Wohlgefühl. Man zog sich zurück auf ein Gläschen, der Abgrund mußte mit seinem Lebensabschnittspartner kurz telefonieren, ich wiegte mich nicht in Eifersucht, handelte es sich doch letztlich nur um einen in Wahrheit nutzlosen, gewohnheitsrechtlichen Ficker, während *ich* der wahre *Lebensmensch* des Abgrundes zu werden imstande war. All die Grausamkeiten des Abgrundes waren temporär vergessen, jeden anderen Menschen hätte ich in die Hand gebissen, nur vom Abgrund ließ ich mich trotz seiner vormaligen Bosheiten füttern und fraß ihm, solcherart beglückt, artig aus ebendieser. Der Abgrund erzählte mir, was er denn nicht alles kochte daheim, Fisch und Gratin, dieses Gratin betonte der Abgrund auf der letzten Silbe und betonte diese wie ein kleines Kind, sodaß es wie *Gratiiiiiiiin* klang und mich heute noch in wundersamer Weise belustigt, manchmal zitiere ich dieses *Gratiiiiiiiin* sogar im Familienkreise, wenn es mir beliebt. Im Anschluß an diese Lustbarkeiten der scheinbar gehobenen, festlich-gesellschaftlichen Tanzveranstaltung reflektierte man gemeinsam darüber, sich zum Behufe des Tanzes ins allgemeine Treiben zu begeben. Man erwog also das eine oder andere Tänzchen und gab diesem Gedanken schließlich nach. Ich, der ich zwei, drei Studentengrundkurse beim Elmayer mit wenig Taktgefühl absolviert hatte, und das abgründliche zuckerlrosa Wesen an meiner Seite, das in Island auf Goldstar-Niveau tanzte. Ich hatte nie die Gelegenheit, das volle Potential des Abgrundes auszuschöpfen, und vice versa, der Aston Martin mußte im Stall bleiben, ohne daß ich ihn ordentlich geritten und damit eingeweiht hätte. Als am Ende des Balles, so gegen drei oder vier Uhr morgens, sich die tanzenden Reihen lichteten und nur der allerhärtestgesottene Kern der Sich-Vergnügenden überzubleiben schien, schickte sich der spontane Abgrund in seiner ihm in besonderem Maße eigenen Spontanität dazu an, ganz undivenhaft im Freistil mit meiner Person, also mir, herumzuhüpfen, was dem Abgrund, der astrologisch betrachtet ja ein dynamisches Feuerzeichen war, große Freude bereitete, er grinste breit, lachte, und er hüpfte mit mir durch den großen Saal in der ungarischen Botschaft. Abgrund, das war lustig. Im Ernst, das war eine der wenigen guten Seiten des Scheusals, daß es spontan sein konnte und ohne Allüren und Angst, daß etwa ein Härchen verrutschen oder eine Wimper verkleben würde, einfach leben konnte. Lebensfreude einfach so. Hier können sich viele nicht einmal zu einem Viertel so attraktive Damen eine große Scheibe abschneiden, mit Verlaub. Ja, leben konnte der Abgrund, das ist wahr, den Moment auskosten, Johlen, Saufen, Tanzen, das alles konnte man vom Abgrund haben. Gegen vier meinte er dann, es sei nett, aber bald nur noch zäh, und es sei an der Zeit, sich von der abendlichen Veranstaltung zu verabschieden, auch, so meine ich rückblickend, um diese in guter Erinnerung zu behalten, denn es war tatsächlich ein schöner Abend gewesen, dem nichts Besonderes mehr hinzuzufügen gewesen wäre. Nun, es gab ein Küßchen auf die Wange, und der Abgrund verschwand, ganz standesgemäß, in einem beigen Taxi, wahrscheinlich der Marke *Mercedes-Benz*. Ich für mich, ich ging zu Fuß zum Nachtbus am Schottentor, um Geld zu sparen, es war eine beißend kalte Nacht, aber ich lebte nicht mit dem goldenen Löffel im Handgepäck, daher trug jede kleinste Ersparnis zu meinem pekuniären und psychosozialen Wohlbefinden bei. Die Freude hatte sich nun mit etwas Wehmut vermählt. Ich wollte am liebsten mit dem Abgrund zusammen heimfahren in seine kleine, düstere Höhle, ihm etwas Liebes ins Ohr flüstern, ihn streicheln, ihm zärtlich ins Ohr säuseln, wie sehr ich ihn mochte, mit ihm eng umschlungen einschlafen und mit ihm in ewiger Eintracht wieder aufwachen. Eine liebliche, frohe Zweifaltigkeit hätte sich auftun sollen, ich, der sich ansonsten nicht zu einer Liebesbeziehung aufraffen konnte, ich wäre mit dem Abgrund zu einer großen, frohlockenden Gefühlsblase verschmolzen und hätte ihn, wenn ich ihm meine wahren Emotionen kundgetan hätte, auch regelmäßig, zunächst zärtlich, einfühlsam, auf seine Bedürfnisse eingehend, dann aber auch hart und ausdauernd und in immerwährender, einträchtiger Liebe, kräftig und stets zu unserer gemeinsamen vollsten Zufriedenheit *durchgefickt* und mit ihm in weiterer Konsequenz drei oder vier oder noch mehr uns ebenbürtige, schöne, frohe, kreative, musische und intelligente Kinder gezeugt.

Das heilige Sakrament der Ehe, dieses sakramentale Bündnis vor Gott, wäre nur die logischste und hehrste Konsequenz unserer Liebe gewesen, so dachte ich. Du hast ein immerwährendes Opfer gestiftet und heiligst mich, wenn ich Deine Fotze schlecke. Rette mich vor dem ewigen Verderben und nimm mich auf in die Schar Deiner Auserwählten. Doch ich phantasierte, ein flimmerndes mösiges Elmsfeuer ward in meinem Herzen, die Realität verhielt sich derart, daß der Abgrund mit seinem damals permanenten Kopulations- und Lebensabschnittspartner, dem Mechatronikstudenten, der mit seinen Technikersauffreunden bei GTI-Treffen alljährlich im Mai am Wörthersee herumlungerte, in einer Liaison lebte, ich also nur der platonische, ballbesuchende Kumpan gewesen war. Ebendieser Studentenrammler abgründigerseits war es auch, der, als ich eines Tages eine Lesung im Wiener Literaturhaus veranstaltete, mit dem Abgrund in Personalunion auftauchte, mich kaum – und ich ihn kaum – ansehend grüßte. Der Strolch saß da, ich weiß kaum mehr, wie der armselige Bumser aussah, groß schien er gewesen zu sein, der Studiosus, und dem Vernehmen nach ein dunkler, antisozialer Typ, der dem gesamten Lesungsgeschehen beiwohnte. Ich stellte den wenigen Anwesenden abschließend noch fröhlichen Gesang meinerseits anheim, ich gab Schumanns Mondnacht zum Besten, obgleich ich kein ausgebildeter Sänger bin, ich las aus meinen Gedichten und erklärte den Gekommenen exegetisch meine Gedichte. Ein müder Haufen, aus dem der mit seinem GTI-Fahrerbumser stets busselnde und liebherzende isländische Abgrund herausstach. Der grottenhafte Abgrund, tief wie der Erdkern, er war harmlos, gebändigt von der Letztklassigkeit seines Begleiters. Sie glotzten, grölten nicht, applaudierten brav, es gab ein Küßchen für den Veranstalter, am Ende sollte der Abgrund zum begleitenden Hohlkopf sagen, daß er sich vom *Elmar* verabschieden solle, und der in seiner Hohlköpfigkeit und beispiellosen Ahnungslosigkeit Herumlungernde fragte nur, wer das denn sei. Einen erbärmlicheren Vollkoffer vermag man sich kaum vorzustellen, als er mich später in einem Internetforum wiederfand, wollte er mich in seiner proletenhaften, plebejischen und unsensiblen Art zu irgendeiner Biersauf-Party im zehnten Hieb einladen, ich denke, daß ihm keinesfalls mehr zu helfen war, ein Graus.

Einmal noch suchte ich den Abgrund heim, elender Abgrund, Du ließest mich zum Fressen einrücken, zur Nahrungsaufnahme zu Dir nachhause an den Ort des Grauens, in das Psychodrom Salesianergasse. Es geschah im späteren Frühling oder Sommer nach dem Ball, und das Geschlechtsteil einer Hündin, altertümlich auch Hundsfott genannt, lud mich zum Fraße. Der Fraß war ein ebensolcher, man bot mir in der Studentenheimmikrowelle zerkochte Spaghetti und Dosentomatensauce dar und war auch noch stolz darauf. Das abgründliche Mahl, mit dem ich gespeist wurde, bringe mir ein Leben der Endlichkeit. Großer Abgrund, gib, daß dieses Opfer mich entsühne und beschirme. Mögen die Küchendünste zu Dir emporsteigen, samt der unheilbringenden, vom Übelgeruche der zerbohrten Jungfräulichkeit duftenden Opfermösengabe. Goldenes Mösenkalb. Der Gepard bricht in den Tempel ein und frißt den Tabernakel leer. Irgendetwas gab es außerdem zu saufen, ein Glas Wein oder so, billigen Fusel jedenfalls, Sauerampfer schmeckte man mir zu, einen Unseligen labte der Abgrund. So ward ich nach der stumpfsinnigen Akkordarbeit als willfähriger, weisungsgebundener, persönlich abhängiger Lohnsklave am Telefon in der Hölle der Versandhausartikel- und Verstandesvernichtungsfabrik, die mit sündhaft nutzlosem Plunder zur Massenverblödung beitrug, zum Instantgewürge des Leibhaftigen geladen. Die immanente Verdummungssklaverei war weiland zur Aufbringung meines täglichen Brotes vonnöten gewesen, aber der Abartigkeit und zerberstenden Säure der Hundsfotze unterwarf ich mich aus freien Stücken, in ihrer Säure wollte ich baden, mich an ihrer ewig grinsenden Hochglanzfeschheit berauschen. Gelaber über Arbeit, über ihre ewig wechselnden Schwänze, das ewig unruhende und glitschige nordländische Fotzenteil machte seinem unrühmlichen Namen alle Ehre. *Ganz Wien* hatte mittlerweile wohl bereits in ihr gesteckt und sich in sie ausgeschleimt und in sie entleert, wenn nur die Hälfte ihrer Geschichten stimmte. Zu guter Letzt, ich steckte in meine

Schuhe ein paar Zeitungen, die ich von meiner Unwirtin erbat, denn ich lege stets Wert auf das ordnungsgemäße Trocknen meiner kostbaren und sehr gepflegten rahmengenähten Schuhe, da erdreistete sich die Hundsfottilie dazu, mir herüberzuschleudern, daß ich kleine Füße hätte, jawohl! Wieder eine ungefragte und unerwartete Säureattacke des *Erzluders*! Denn das war noch nicht der Abartigkeit letzter Schluß, die Steigerung folgte umgehend: Sich körpersprachlich ekelnd, mit einer Miene des Unwohlseins entfuhr es der Universalfotze: Kleine Füße sind irgendwie unattraktiv. Du Sau. Ja mein Gott, du Trampel, wenn ich als Frau so wie du Schuhe so groß wie Kindersärge hätte, wäre mir auch unwohl angesichts wohlgeformter, eleganter, schlanker Herrenfüße der Größe zweiundvierzig. Elende, du hast dich entlarvt, denn dein Ansinnen habe ich längst durchschaut: Du wolltest und willst stets von deinen eigenen, subjektiven Unzulänglichkeiten ablenken und daher andere erniedrigen, du erzallerstinkendste Untermöse, du trachtest, andere zu unterjochen, um selbst höher zu erscheinen. Ich begegne dir mit Gleichgültigkeit, du Jauchengrube aller guten Sitten. Ich war innerlichst getroffen. Du Erzfott, ich hatte schon lange genug von dir und dennoch nie wirklich genug, war hin- und hergerissen zwischen meiner rational begründeten Selbstachtung und meiner in der Selbstzwecklichkeit und in der Gottesebenbildlichkeit gründenden Würde einerseits und meinem die Menschenwürde mißachtenden Anspruch andererseits. In deiner Machtsphäre zu verweilen und mich dir selbst anheimzustellen, aus der Absicht der allerhehrsten Gefühle heraus, die ein wahrhaftiger Mann zu hegen imstande ist, diesem Impuls hatte ich mich ohne Bedingung hinzugeben, süße Quelle der Qual. Auch mußtest du mir erklären, daß der schmarotzende Volkswagen-solariumsprolet wenigstens dazu imstande war, deinen an Herzverfettung verstorbenen Shubunkin mit einer Schaufel aus der kleinen Studentenwohnheimszelle zu tragen, als starker Mann also ein zoologisches Pompe funèbre zu inszenieren imstande und von daher wenigstens als männliche, starke Schulter zu gebrauchen gewesen war, wenn unser Möslein einmal schwächelte. Du vulkanische Vulvuzela. Auf die Frage, ob ich denn dergleichen zustande gebracht hätte, grinste ich verlegen, was mir das Erzfott als Negation auslegte, was wiederum nicht wahr war, ich hätte sehr wohl dein verendetes Fischlein in weitaus heroischerer Manier vom hehren Herde entfernt und dir anschließend seelische Erquickung verschafft, indem ich dich in den Arm genommen hätte, wie ein Mann es tut. Du zuckendes, saftelndes, niederes Vulvenfleisch warst dessen aber zu keinem Zeitpunkt in annähernder Weise würdig. Ich ging heim.

In der nachfolgenden Zeit schrieb mir das abgründliche unterleibliche Körpergewebe ab und zu Mails und ich dem Fleische, mit Inhalten wie *Hi Egilmaro. Was für ein reger Kontakt da im Entstehen* sei und daß *das ewige Hin und Her* mit seinem GTI-Tuning-Bumser *für andere nicht nachvollziehbar* sei, aber die Situation sich mittlerweile verändert habe und das abgründliche Fleisch gerade wieder dabei sei, sich in ihn zu verlieben, *er habe sich bereits.* Es könnte ja ein Happy End haben, wenn die GTI-Fahrersolariumsbumsereltern nicht gar so kleinkariert wären und ein anderer Mann nicht schon *Besitz vom Abgrund ergriffen hätte*, anders lasse sich das nicht formulieren. Momentan kämpfe wieder einmal das Herz des Abgrundes gegen seinen Verstand, also gegen seine Fotze. Wer wohl gewinnen werde, frug sich der Abgrund, in derselben Zeile annehmend, der, den er gewinnen lasse, und da komme wieder der Verstand, also die alles beherrschende Möse der Möse, ins Spiel. Dann schrieb das isländische Abgrundsfleisch noch Erzbanales über seinen Ferialjob, den es für vier Wochen in Egilsstaðir als Kellnerin in einer Bierkneipe zu absolvieren hatte, lauter Fischer und Seeleute aus *wirklich armen Verhältnissen*, hatte der Abgrund zu tränken, diese hockten mit ihren Kameraden am Tresen der kleinen verrauchten Bar und machten dem Abgrund die Hölle heiß, manche seien relativ nett gewesen, eigentlich alle, aber fast alle seien auch anzüglich gewesen, mehr als anzüglich, und hätten dem Abgrund immerzu auf die Titten gestarrt und ihm auf den Arsch geklatscht und im Suff dazu gejohlt und unflätige Bemerkungen über das vermutete Sexualleben des Abgrundes gemacht. Es sei sehr anstrengend dort, noch dazu sei das Abgrundsfleisch gleich in der ersten Woche krank geworden, so wie immer, wenn es stressig werde. Ich könne mir ja gar nicht vorstellen, was dort alles gelaufen sei, aber mittlerweile habe sich das Fleisch, also der Abgrund, ganz gut erholt, es sei ihm eine Freude, nach seiner Rückkehr ins alte Österreich mit mir Abend essen zu gehen. Er wisse nicht genau, von welchem Wochenende ich gesprochen habe, er sei ja relativ flexibel als studierender Abgrund, wie ich sicherlich wisse, und er wolle es mir ersparen, all das zu lesen, was ich sicher noch hören werde, mit liebem Gruße.

Dieses geplante Treffen fand zunächst nicht statt, vielmehr hob der unedle Orga(ni)smus drei Monate später in einer neuerlichen Mail an, daß es nach seiner Rückkehr nach Österreich mit dem Tiroler Tilo, dem alten GTI-Fahrermechatronikerstecher, *zur Zeit ausgezeichnet laufe*. Es sei momentan wie eine Beziehung, aber sie, der Abgrund und der besoffene Proletenmechatronikrammler, wollten sich eigentlich bedeckt halten, was eine offizielle Verbindung angehe. Ihre sogenannten Freunde wüßten es zwar schon, aber die gerade in Kirgisistan zum Bergsteigen weilende Abgrundsmutter sei von einer Neuauflage von Tilo und dem Tochterabgrund nicht so angetan, deshalb würde sie vorerst warten, wie sich das Ganze entwickle ... Der Abgrund und ich könnten gerne etwas unternehmen im nächsten Jahr, Tee trinken sowieso, und auf einen Ball könne man natürlich auch gemeinsam gehen. Der Kaffeesiederball wäre super, sei dem Abgrundsfut aber wahrscheinlich zu teuer. Und was mein anderer Vorschlag mit dem Cartellverbandsball oder dem Jägerball gewesen sei, der ja so nobel und voller konservativer, kaum kamerascheuer, kesser Lederhosen- und Lodenjackenträger sowie Dirndldamen sein solle, frug der Abgrund, prinzipiell sei es einfach eine Terminfrage, weil die Abgrundsschleimspalte auch noch auf drei oder vier andere Bälle gehen werde, aber *irgendetwas* würden wir, also ich und das isländische Abgrundspimmelloch, schon organisieren ... Das gewissens- und daher absolut moralfreie Scheidenstinktier, der bartholinische Abszeß, die Seelengonorrhöe, wünschte mir des Weiteren erholsame Wochen bei meinem spätherbstlichen Thermenurlaub, den ich im November antrat, und zeigte sich darüber hinaus schon gespannt, was ich alles finden würde, *Körper, Seele, Frau et cetera*! Ich begab mich nämlich auf einen sogenannten Wellnesstrip nach Bad Ischl, um mit der Seele zu baumeln und um ganzheitlich zu entschlacken. Die ob des Abgrundes stets unterschwellig trauernde Seele leitete gewissermaßen den Introitus eines Requiems ein, ich konnte diesem Requiem aber nach dem

Kyrie Einhalt gebieten und mich mit Ischler Sole und chinesischem Qigong selbst erretten, ich wurde zum Salvator sui, zum Selbsterlöser, nicht ohne auch an die Errettung durch die guten Mächte der Schöpfung gedacht und geglaubt zu haben. Eine der letzten Nachrichten des Unfaßbaren hatte ich mir noch eine Zeitlang aufbehalten, um sie alsbaldigst in aller Würde und als Zeichen meiner radikalen, völligen und dauerhaften Abwendung und Loslösung vom ewigen Unbehagen zu löschen. Sie demonstriert eine einmalige, einzigartige und ungemeine isländische Hundsföttigkeit, Liederlichkeit und hoffärtige Vermaledeitheit der Unsäglichen. Sie ist nur eine Facette des Unglaublichen, das, wer es nicht selbst erlebt hat, kaum oder nicht einmal annähernd imaginieren werden kann. Perpetuum Vaginae. Das Verderben in der Person des Abgrundes setzte auseinander, daß es sich als Erstes dafür entschuldigen möge, daß es sich so lange nicht gemeldet habe, das sei ihm einfach passiert, weil es normalerweise sofort auf eine Mail antworte, und später der Meinung gewesen sei, daß es das ohnehin getan habe, und erst viel später darauf gekommen sei, daß es das nicht getan habe. Soviel dazu. Wahrscheinlich habe es *damals* auch Gründe gegeben, die es ihm, dem verdorbenen Abgrund, verunmöglicht hätten, sofort zu antworten. Mittlerweile sei vieles anders, und ehrlichgesagt mochte der Abgrund nicht an die alte Konversation anschließen, die eben *Vergangenheit* sei. Seit nicht einmal drei Tagen sei der ewige Abgrund wieder Single, und ich sei außerstande, mir vorzustellen, wie gut ihm das tue. Diesmal sei das mit Tilo ziemlich schnell über die Bühne gegangen, weil *er* derjenige war, der gleich Schluß machen wollte, was der Abgrund zu diesem Zeitpunkt nicht übers Herz gebracht habe, weil es eigentlich gut gelaufen sei mit dem Abgrund und Tilo. Aber *nach einem Tag* hatte er, der Abgrund, sich erholt, ich wisse ja, daß er nicht gerne zurückschaue. *Emotionalität könne er sich nicht leisten.* Jetzt habe er wieder all seine Kräfte für sich. Auch habe es einige sogenannte Freundschaften gegeben, die unter seiner Beziehung gelitten hätten, zeitlich gesehen auch die mit mir, und eine, die zerbrochen sei, was aber nichts mit Tilo zu tun hatte, *dafür* habe er, der in sich schlechte Abgrund, eine neue Bekanntschaft gemacht, *die ihm extrem Spaß mache.* Eine Bekanntschaft sei es nun auch nicht mehr, aber sie täten so, weil er, der neue mutmaßliche Abgrundsbegatter, verheiratet sei und drei Kinder habe und auch aus anderen Gründen. Der Abgrund, die klitorale Kalaschnikow, habe nicht gedacht, daß eine *Affäre mit einem verheirateten Mann so viel Spaß machen* könne, noch dazu könne er, das Schleimspaltentier, *wirklich überhaupt nicht lügen*, deshalb werde es auch irgendwann nicht mehr funktionieren, egal, *dies seien Spekulationen.* Im Studium und beim Futsal gehe auch was weiter, zwar nicht ganz nach den abgründlichen Vorstellungen, aber da sei er wohl selbst dran schuld. Was sich bei mir tue, wollte er wissen. Die Ballsaison sei so gut wie vorbei, gut so, die letzten Bälle hätten dem Abgrund verdeutlicht, daß die Kosten-Nutzen-Relation eines Balles in keinster Weise ausgeglichen sei, weshalb der Abgrund vorschlage, daß wir einander einfach so träfen, ohne großen Aufwand, und was ich dazu meinte. Er, der mösenböse Abgrund, freue sich darauf, von mir zu hören, vielleicht schafften wir es, daß wir uns auch einmal wiedersähen, mit liebem Gruße.

Dafür hat das trotz aller Jugend ewig ranzige, triefende und läufige Mösenfleisch also eine neue Bekanntschaft gemacht, die *ihm extrem Spaß macht.* O Grind. Abgrund, Abgrund, Schicksalsfott! Ich beschwöre dich! Fikri ist dein zweiter Vorname! Stets fickrig. Du penetrationserflehender Mösenturbo! Du ranzige Futrakete! Du vierlippiges Ein-Loch-Regime! Du Raketenritze! Du Todesfuge! Du Fließbandschlitz! Das Liederliche trägt keine Liebe in sich. Er tunkt seine Wurst in Deine Sauce. Du triefende Schleimspur von hier bis nach Sodom. Spermagetränkte Slipeinlage einer immer läufigen, ausrangierten Praterprostituierten. Du zombie-valentes G-Punkt-Orchester. Du unterleibliches Tourettesyndrom. Du hemmungslose Ovulationskanone. Du elende Eizellplantage inmitten eines Östrogensees. Du endlos aufgeweitete Steckmuffe samt abgewetzten Gumminippeln. Du Gentaxi. Sameneinpumpung ist dein Lebenszweck. Futil-fertile Futilität. Sein Pömpel in deiner Kimme. In deiner Fotze herrscht Krieg! Schwarze Messen in deiner verpickten Grotte! Selbstgefistete Eiterhölle! Triumph des Pimmels. Du psychogenitales Entlastungsgerinne! Ständige Dammriß-Widerstandskämpferin! Deine Fotze ist ein Selbstbedienungsladen für alles, was einen Puls hat. Extreme Eskalation der unteren Eingeweide. Gang-Bang-Kanone! Genitales Massengrab. Ständig eruptierender Vaginalvesuv. Samenstrangseiltänzerin. Du Luderviech! Klitorale Kriegsführung! Die Schlacht um den Punkt von Gräfenberg. Abgefingertes Loch.

Daß der ewig läufigen Schwanztruhe, der Seelen- und Samenräuberin, das wahllose Herumkopulieren bar jeder moralischen Dimension Spaß machte, war wohl keineswegs vom Tische zu weisen, daß sie aber eine bloße Bekanntschaft mit einem Familienvater vorgeben würde, die beiden Sexualdelinquenten also zumindest euphemistischerweise *so täten*, da er, der multigame Mösenritter, eine Frau samt Kindern hat, läßt trotzdem genügend Raum für die Erkenntnis, daß Fräulein Fottilie niemals gedacht hätte, daß das amoralisch-unzüchtige, reziproke geschlechtliche Sich-Erregen im Sinne des aneinander Aufgeilens mit anschließendem Zusammenstecken der jeweiligen gegengeschlechtlichen Geschlechtsorgane zum Behufe des Lustgewinnes in irgendeiner Weise anstößig sein könnte, insbesondere eingedenk der Tatsache, daß der in gleichem Maße liederliche Hurianerbock *eine Familie hatte und aus anderen*, von der Troßhure nicht erwähnten Gründen. Eher benennend als entfaltend soll hier nur exemplarisch veranschaulicht werden, daß dies keineswegs den Gipfel, sondern bloß ein Einzelmerkmal des dem Fotzenfleische innewohnenden Amoralischen darstellt, welches in vielerlei Niederträchtigkeiten Ausdruck fand, findet, finden wird und gefunden haben wird. Eine Entschuldigung für all diese fotzenhaft-hinterfotzigen Vergehen ließe sich kaum ins Treffen führen, eine Geltendmachung des juridisch-prozessualen Grundsatzes *in dubio pro reo* ist auch hier wohl keinesfalls angebracht.

Als ich dem Abgrund dennoch, gleichsam wie ein unschuldiges Schäflein sich an jede Zuwendung klammernd, die Treue haltend, mitteilte, daß ich abermals keine guten Erfahrungen mit sehr jungen Frauen im Allgemeinen und mit einer anderen jungen, des Nächtens im biergedämpften Zwielicht des Gürtel kennengelernt habenden, aber bereits volljährigen und daher auch naturgemäß bereits überaus geschlechtsreifen, also zu den Monden menstruierenden und Eisprünge habenden, oberösterreichisch-bäuerlich-unbedarften Frau mit festen Brüsten im Speziellen gemacht hatte und ich in dieser schwierigen Zeit nebenbei auch meinen nerv-, hirn- und seelentötenden Fließbandtelefonjob beendet hatte und ins angelsächsische Ausland ging, um in Albion an den Eliteuniversitäten Newcastle und Oxford zum Wohle der Menschheit und des ganzen Universums unermüdlich unentwegt mit übermenschlichen Anstrengungen und einhergehenden Erfolgen zu forschen, und ich in beiden Fällen ein paar Worte des Trostes, der Aufmerksamkeit und des mitmenschlichen Mutmachens zu erlangen erhoffte, da schoß unmittelbar wieder die ganze ätzende Schärfe des Weltenungeheuers auf mich Unschuldigen ein. Einer Schiffsladung brennender, übelriechender, zerstörerischer, beispielloser, sich selbst vermehrender Scheiße gleich stieß es mir aus dem Internet in unglaublicher, noch nie dagewesener Wucht, an die ich mich heute noch mit größtem Unbehagen erinnere, sinngemäß entgegen, ich sei halt *nicht der Typ Mann*, den man sehe und sich denke: *Mein Traummann*, um das zu denken, müsse ich der jungen von mir Gefreiten Zeit geben, Zeit, die ich ihr nicht gegeben habe. Einen *Idioten* hatte mich die wohl vom vielen Egils Polar Beer dumm gewordene Abgrundsfotzentriller, die Guerilla-Gorilla-Fotzilla, geheißen und setzte noch eines nach, preßte mich aus und durchbohrte mein Herz, das in meiner Brust dahinschmolz, ich war ausgegossen wie Wasser, der Abgrund zerschlug mir die Glieder und zertrampelte mich im Staube des Todes, und was, ich habe für eine Woche, also vor meinem Forschungsbeginn als Assistenzprofessor in Oxford, keinen Job? Ich solle mich schämen, denn ich sei ein *absoluter Faulpelz*.

Du permanent penetrierte, pflaumige, pornophile, pittersüße Plastikpenismanschette. Bist du Mensch oder Möse?

Menschmöse. Ich exorziere dich! Miktion in dein Maul! Ein gewalttätiger, herrischer, unerschrockener, grausamer Abgrund bist du, untermenschlichste aller stinkendsten Erzfotzen, du Inkarnation des Asozialen, du fleischgewordenes Fäkalsubjekt bar jeglichen Grammes Hirn und jeder annähernd funktionierenden Gehirnzelle. Ich verachte dich nicht einmal mehr, jedes Blatt Papier, das ich dir widme, sei vergeudet und verschollen sei es in Ewigkeit, du Verdammte, Monster in Ewigkeit. Du Nuttenmaul, willst du den globalen Krieg? Koprolalie über dich! Mich dünkte stets, du seist bloß böse, nun weiß ich, daß du auch debil bist. Weißt du denn nicht, du grottendummer Futkanister, wie viele Frauen schon in mich verliebt waren, du vermagst es nicht zu zählen, Grotte, Allerabartigste von allen. Ich bin glücklich ohne dich mentale Totschlägerin, mindere Bazille, du Tamponrinnsal und Hobbynuttenakademikerin, du Herrin der leeren Vodkaflaschen und Friedhof der abgemolkenen Schwänze. Muskelschlauch. Du saugende Pumpe. Eichelkranzträgerin. Deine gurgelnde Möse röchelt wie ein alter Traktor und frißt alles in sich hinein. Monatliche Eizellverschleuderung im Galopp ist dein Schicksal. Du Klitoralathletin. Prostataentleererin. Eiersackjägerin. Nur das verstehst du, und nur darauf verstehst du dich, Schamlippenakrobatin in Ewigkeit. Ewiger Eichelmagnet. Du Futlappentornado. Du Brodelsafttsunami. Klitoraler Super-GAU. Virtuosin am Frenulum. Smegmaphage und -schlürfende Sau. Dreckiger Antichrist. Unter allen. Unterleib. Futlappengeschwader. Du. Flimmerndes Bilibiliwasser aus Deiner emporgereckten Harnröhre. Vergeltung. Nach dieser hereinbrechenden Götterdämmerung im Sinne eines wild hereindräuenden ewiglich schicksalshaften Ragnarök suchte ich Erbarmen beim lieben Gott und in der Stille, doch du böser Wurm, du ewig geifernder mich verfotzt habender Fafnir, der sich in mein Gewissen bohrte und sich als gräßlicher Lindwurm in mich fraß und sich als alles zersetzender Basilisk in meinen Gedärmen wand wie ein ständig feuerndes Kriegsschiff, du warst ein innerlich alles zerbombendes Schlachtschiff Tirpitz der Bismarck-Klasse, so herrlich wie ein Weltkrieg und so wohltuend wie die Amöbenruhr.

Als ich daraufhin alle Brücken abbrannte und nur im Internet nach dir Ausschau hielt, dich stalkte, du Stück, da stieß ich Spanner auf eine spannende Homepage mit dir und deiner Mudda, isländischer Mittelklasse-Trash, der einen auf Haute-Volée macht. Provinzbildungsbürgertumsplastiktischdeckenschickeria. Deine Mumu auf YouTube, deine Mama auf Zwitter. Dort im Internet haust deine Brut, deine postmodern halbierte Patchworkfamily alias fotzige Möchtegernschnöselgebärmutter posiert kamerabegeilt auf All-Inclusive-Billig-Weltreisefotos kleinbürgerlich und pseudodekadent vor sich hin, mit dir kleiner rotblondierten, linkswählenden, aber trallalakonservativen Möchtegernburberrystudentinnenmösinnenlebensabschnittspartnerinnenkurtisanin, der isländische philiströsgesamtschuldfrigide, netzstrumpfbestrapste Mob stellte ebendiese nackten Fakten ins Netz, und seitdem wissen ich und alle Welt, was es bei den beiden Fatzkes oder Fotzkes voriges Weihnachtsfest im Reykjaviker Stadtteil Vesturbær und überhaupt jeden Monat zu fressen gab, denn selbst die Serviettenfarbe und das isländische Wohnzimmertapetenmuster sind gut erkennbar auf diesen höchst privaten und für jedermann sichtbaren Klopapierfotos des Kitzlers und seines Heimatpsychodroms, Haustier da, Möse dort, Exfreund mit IKEA-Katalog und Reyka-Vodka-Blick et cetera, langsam wird sogar mir die Aufzählung zu blöd und lächerlich. Nachkriegsakademisches Geschmacksprekariat. Erstaunlich, daß noch keine Röntgenauszüge oder Bankbilder oder umgekehrt abgebildet waren. Ich kreierte ein persönliches Profil auf einer Idiotenplattform und hinterließ willentlich meine digitale Fährte am Profil des ubiquitären Schwanzetuis – ein dümmliches Foto, wie gewohnt grinsend, mit einer knallroten Geburtstagsmasche sowie weißen Playboyhäschenohren am Schädel, aber diesmal bereits sehr abgemagert und irgendwie wie vom harten Schlanker infiziert aussehend, mit spindeldürren Beinchen und spitzer, langer Nase, zerspitzt, zerfickt und zerlebt, das Abgrundsdämchen war fotzendumm genug zu glauben, ich würde mit ihm weiterhin Konversation pflegen. Das dumme Teil, das inferiore Hochglanzloch, der Abgrund schickte sich also an, mich zu belästigen, und schrieb, ich sei auf seiner Seite gewesen, ohne ihm eine Nachricht zu hinterlassen. Es sehe fast so aus, *als würde ich ihn nicht mehr kennen wollen?* Offenkundig hatte sich das Stück Genitalfett das letzte Restlein Gehirn, das allerletzte Oberschlundganglion beim Vodkaumtrunk verbrannt oder sich selbiges beim ungepflegten Beischlaf mit einem oder gleichzeitig mehreren seiner unzähligen Kopulationspartner aus dem Schädel gepumpert. Natürlich wollte ich, daß die Amöbe merkte, daß sie mich nach dieser mehrjährigen Tortur allergründlichst *am Arsche zu lecken* vermochte. Auf daß sie gehe und defäkiere.

Als ich einige Wochen später im fortgeschrittenen Lenze desselbigen Jahres nach dem getanen Tagwerke bei einer Agentur, welche im ersten Bezirk in der Nähe des nach dem alten Reichsfürstengeschlecht benannten Lobkowitzplatzes ihre umfassenden sogenannten Modelgeschäfte betrieb und deren freier, aber ebenso unfreier, willfähriger und getretmühlter Mitarbeiter ich auch im Rahmen eines sogenannten Shootings als Darsteller für eine Trachtenmodemanufaktur aus dem Salzkammergut gewesen war, an einem sonnigen Freitagnachmittage zur nahen Untergrundbahnstation bei der Staatsoper ging, um mit einer damaligen alten flüchtigen Bekannten zum Spaziergang auf den Leopoldsberg bei dem herrschaftlichen Orte Klosterneuburg anzuheben, gewahrte ich *zufällig* die Unsägliche, mit einem Mobiltelefone in der Gluckgasse stehend und offenkundig konversierend. Ich, mit meiner schwarzen englischen Wachsjacke und meinem alten grünen steirischen Wanderrucksack ausgestattet, nahm sie *en passant* wahr, ignorierte sie jedoch, blickte sie aber gleichzeitig an, in ihr Antlitz, in ihre Augen, und sie nahm mich wahr, blickte wiederum mir ins Antlitz, in meine Augen, *wir gewahrten einander*, wir sahen uns, und wir lächelten uns an, sie ohne aufzuhören zu telefonieren, und ich ohne aufzuhören zu gehen, es war ein besonderer Moment, ein kurzer, aber versöhnlicher Tropfen Ewigkeit darin.

Es gab kein Zurück mehr. *Für einen Augenblick war alles gut.* Es war, als ob wir einander für einen Moment lang alles verziehen hätten respektive als ob ich ihr vielmehr ihre abscheulichen Verbrechen gegen die Menschlichkeit nachsah, als ob ich ihr gleichsam eine Generalabsolution erteilt hätte. Es war, wie wenn ein Opfer nach Jahrzehnten seinen Peiniger nach vielerlei geschichtlichen Wirren wiedertrifft, es jedoch nicht Sühne, sondern Versöhnung intendiert. Es ließ mich wieder verklärend-verklärt an meine Liebe zum Abgrund denken und an die wunderbare Zeit, die ich in meinen Träumen verlebt hatte, doch auch an die Realität, die ich nun erlebte, und an die schiere Vergänglichkeit allen Seins. Meine alte Spaziergangsbegleiterin, der ich anschließend von diesem Gespräch erzählte, sagte zu meiner Begegnung und der verflossenen *Liebe*, daß diese wie ein schöner Sommertag gewesen sei, der eben auch vorbeigehe und nicht mehr präsent sei, bloß in unseren Erinnerungen.

Dann und wann und eigentlich sehr oft dachte ich immer noch an das Verblichene, es suchte mich heim, alles, was ich an Weiblichem jagte, was mir vor die Flinte kam, alles wurde am Unheilvollen gemessen, am objektiven und dennoch subjektiven Wertemaßstab, alles Normative konzentrierte sich in der bösen Wabe, noch gab es keine Ruhe in mir, alles in mir zog sich nach ihm und ihr hin, wie die Gezeiten hatte es mich in der Hand und gab in Wirklichkeit niemals Ruhe. Sekunden, Minuten, Stunden, Tage, Wochen, Monate, ganze Jahreszeiten und Jahre vergingen, ohne daß die Macht des Unsäglichen gebrochen gewesen wäre. *Es*, das im ewigen Eise erstarrte ewig Isländische, war der Urmeter, die Verdinglichung des Unfaßbaren, der Prototyp, das fleischgewordene Optimum oder Opium, an ihm wurde alles gemessen, der liebe Gott hatte es gut gemeint mit seinen Proportionen, und es gab nichts Besseres, alles war ungenügend und niemals hinreichend in der unmittelbaren Gegenüberstellung, und zur gleichen Zeit konnte alles nur besser sein im Vergleich. Es war androgyne Erotik, durch die eine zunehmende Fraulichkeit, vermengt mit einer allseits besudelten Verderblichkeit, brach, pure Schönheit gepaart mit eiskalter, schillernder, alles ermordender, spitzer, stechender Charakter- und Gewissenlosigkeit.

Dieses Gewissen plagte vielmehr mich, es stach mich, ich erlitt psychosomatische Attacken, es ging mir in die Bauchgegend, ich dachte, es sei meine unendliche, unauslöschliche, untilgbare *Schuld* gewesen, daß nichts aus unserer Liebe geworden war, aus unserer keimenden Zuneigung, ich hätte nicht aufgeben dürfen, ich hätte nicht auf die Leute in meiner Umgebung hören sollen, ich hätte um sie kämpfen sollen, es war zuwenig, ich gab zu früh auf, sie hatte wahre Liebe verdient, es war zuwenig, ich war zu tölpelhaft, zuwenig charmant, ja, höchstwahrscheinlich war es meine steiermärkische Vokalfärbung gewesen! Ja, das mußte es gewesen sein, hätte ich schon zu Beginn sogenanntes Schriftdeutsch in der Manier der Burgtheaterschauspieler mit ihr gesprochen, dann hätte sie gleich einen erstklassigen Eindruck von mir erhalten, sie hätte mich gewollt, begehrt, geliebt, begattet, mit mir Nachkommen gezeugt, in Liebe, immerwährender, alles durchdringender Liebe, und wir hätten einander ohne Bedingung geliebt, bis an das Ende unserer Tage, und sie wäre immer schöner und schöner geworden durch meine, durch unsere Liebe, und diese unsere Liebe wäre vollkommen und dauerhaft und endlos gewesen.

Ich war mir sicher, daß sie sich tatsächlich auch in mich verliebt hätte oder bereits hatte, wie in den kleinen, unbedeutenden Froschlurchen Into, der aber zu keinem Zeitpunkt nicht einmal annähernd ihr Typ gewesen war, der jedoch mit der Zeit eine Art Gewohnheitsrecht an ihr ersessen oder vielmehr erschlichen, erschlafen und ervögelt hatte, und so war eben auch ich jemand, den sie offensichtlich sehr interessant und sicherlich attraktiver als den Zapfen Into fand, bei dem sie aber doch *noch* nicht bereit gewesen war, sich ihm in lieblicher Einheit, beginnend in herzlicher Sympathie, im Rahmen einer ganz normal verlaufenden Beziehung, in inniger Liebe hinzugeben, um zunächst händchenhaltend und ein wenig schamhaft verliebt durch die Gegend zu flanieren, später erste, verliebte Küsse auszutauschen, erst Küßchen, dann in weiterer Folge intensive, lange, nie enden wollende Zungenküsse einander verabreichend, um nach vielen Wochen oder Monaten das liebevollste, allerzärtlichste Petting auszuüben, streichelnd, die körperliche Nähe des anderen gewahrend und dabei gegenseitig unsere Körper, Geister, Seelen und Bedürfnisse auslotend, um danach mit mir, viel später und einander schon sehr vertraut seiend und sich gegenseitig respektierend und innig liebend, den liebevollen, regelmäßigen Geschlechtsakt auszuüben, ihr Honigtöpfchen herrschaftlich und herrlich zu bewirtschaften und auszukosten, um unsere Flüssigkeiten in lieblichster Eintracht und alles überragender, ekstatischer, monogamer Wollust zu vermengen, gemeinsame Klimaxe zu erleben, also in liebevoller Vereinigung ekstatisch, schwitzend, zuckend, mit verzerrten Gesichtern laut schreiend und hemmungslos wie im Kampfe auf Leben oder kleinen Tod; wie eine wilde, dreckige Sau, fruchtbar zu sein und schwanger zu werden und neun Monate lang schwanger seiend, in freudiger Erwartung, in guter, lieblicher Hoffnung zu sein, stets in meiner alles umfassenden Liebe, gemeinsam ein Kind mit mir zu erwarten, ein halb isländisches, halb österreichisches Kind unter ihrem liebenden, reinen Herzen zu tragen, während der Schwangerschaft mit bereits dickem Bauch und schweren, bereits milchtragenden Brüsten und rotgeschwollenen, tauglänzenden Lippen mir ausdauernd beizuwohnen; wobei ich darauf Acht zu geben hätte, das Kindlein im Mutterschoße in meiner wilden, lauten, raubtierhaften im Sinne von animalischen, archaischen, unkontrollierbaren und fessellosen, beispiellosen, ausdauernden, aggressiven, explodierenden, rücksichtslosen, genuin männlichen Leidenschaft nicht zu stören; und es dann zu gebären, zu gebären, zu gebären, einige Male, wieder und wieder, eine Familie, also eine liebliche Kinderschar heranwachsen sehend, liebend, schmusend, menstruierend, kopulierend, abspritzend-abgefüllt-werdend, unzählige Höhepunkte habend, schwanger seiend, gebärend, schreiend, entbindend, nachgebärend, stillend, die hübschen Kinder an ihrem vollen, in voller nahrhafter Muttermilch stehenden, reichen und nahrhaften, sehr kräftigen, hellhäutigen Busen stillend, so schön und mütterlich, durch die Anstrengungen der Geburt, der schreienden und anstrengenden, schmerzhaften oder gar orgiastisch-sinnlichen Entbindung erschöpft, aber so schön, mütterlich, madonnenhaft, herzensrein seiend, durch meinen Samen und die Mühsal der Entbindung und die einhergehenden Geburtsorgasmen von allen Befleckungen gereinigt werdend und dennoch erotisch seiend, vielen, also vier oder fünf oder sechs kleinen Mädchen, Buben, aber vorwiegend schönen Mädchen das Leben schenkend, sie mit mir heranwachsen sehend, oftmals anläßlich der unzähligen einträchtigen, zärtlichen, aber auch ekstatischen, ausdauernden Geschlechtsakte in allen Stellungen sowie der vielen Entbindungen und Taufen und Erstkommunionen weinend, später die Hochzeiten der Kinder erlebend, von mir getröstet werdend, in ländlicher Idylle kochend, bügelnd, meistens schwanger, selten nicht schwanger seiend, bis an unser Lebensende kopulierend und unsere Enkel- und Urenkelgenerationen herzlich begrüßend und einträchtig in aller

Ruhe zum Herrn heimkehrend. Viele Liter Deines allerhehrsten Menstruationsblutes sind seit damals ungenützt verflossen – ich glaube mich daran zu erinnern, daß Du ebenso wie ich die herrliche Blutgruppe A positiv innehast – und haben sich in der Kanalisation mit den Fäkalien der Welt vermengt und sind in die Meere geflossen, insgesamt ungefähr hundert Eizellen enthaltend, die abgestoßen, weggeschwemmt und verspült wurden, da sie nicht mit dem edlen, in weißen Bächen strömenden Sperma eines jungen Mannes vermengt und daher befruchtet wurden, etwa von dem, der Dir diese lieblichen Zeilen widmet. Sechs oder gar acht oder noch ein paar mehr Kinder hätten wir seit damals wohl zeugen können, Du wärest eine dauernd ohne jegliche Empfängnisverhütungsmittel, insbesondere ohne die Dein Hormonsystem verfälschende, ovulationshemmende, ungesunde Pille, begattet werdende, die Begattungen von sich aus sehr begehrlich ersehnende und dabei stets sehr sinnlich stöhnende und oftmals den Gipfel erklimmende, immer brunftige und daher quasi immer schwangere, an Deinen prallen Zitzen, also Deinen hellen, rosafarbenen Nippeln die werte Nachkommenschaft lieblich säugende Hausbache geworden, die mir am heimatlichen Herde Kuchen büke und meine Hemden bügelte, während Dein von den vielen Schwangerschaften gebeugtes Kreuz Dir ab und zu schmerzte. Dein goldenes Mutterkreuz. In einem Meer von Samen, einem Meer meines reinen, reinigenden, weißen, wohlriechenden, stets fruchtbaren, lebenspendenden Samen schwömmest Du immerdar. Samen, Samen, überall nur Samen, samenverschmiert, samenüberströmt, in einer Samenlache vorgefunden seiend wärest Du samengurgelnd, ihn halb schluckend und wieder hervorspeiend, in einer Samensintflut watend und über das Samenmeer gehend bis ans Ende der Welt. Engelsgesang in Deinen Ohren, Weihrauchgeruch in Deinem Herzen, Hostiengeschmack auf Deiner Zunge und mein zuckendes Glied in Deinem Maul. Sieh voller Huld auf meinen Pfahl, der durch das kostbare Blut Deiner Spalte erkauft wurde. Scheide und After liegen so nahe beieinander wie … Nur vom Damm getrennt, nur vom Damm getrennt … Denn deine Fotze singt mir ein Lied … Jede Wehe eine Weihe. Jede Wehe eine Orgie. Dein ausgeweitetes, klaffend rotes Scheunentor wurde mit jeder Geburt gedehnter, sodaß die Köpfe unserer hellhaarigen Kinder wie von selbst nach dem raschen Blasensprung zwischen Deinen Satteltaschen herausflutschen und sich unser Nachwuchs die Nabelschnur nach Deiner letzten Orgasmuswehe jeweils selbst abbeißt. Plopp. Da kommt schon die nächste Schwängerung von mir, denn Du bist fruchtbar und orgasmierst in Ewigkeit. Du wendest Dich um, weil Du sehen willst, wer hart in Dich eindringt. Dann siehst Du sieben goldene Dildos und mitten unter den Dildos einen, der wie ein Mensch aussieht; ich bin bekleidet mit einem Gewand, das bis auf die Füße reicht, und um die Brust trage ich einen Gürtel aus Gold. Einsam hämmernder Held, gleißend, potent und fruchtbar. Mit lauterem Sinne und herzhafter Tat. ICH STEHE IN FLAMMEN! Herrische Pracht, göttlicher Prunk. In einem Rausch aus Metall und Geilheit, einem Reigen aus Seide und Stahl stieben prasselnde Funken. ICH HABE IN FOTZENBLUT GEBADET. Aus meiner Brünne loht das fruchtbare Feuer. Lichtträger. Brennender Bumser. Strahlender Stecher. Geiler Gralsficker. Letzter Lohengrin. Stark wie ein Fels. Mein Reich ist Mein Wille.

Meine Herkunft dunkel wie Gott und klar wie das Leben. Der Lohn des Siegerwortes: Nichts ist mehr über Mir! Salvator mundi. Heiland. Messianischen Anspruch erhebend und diesen stark durchsetzend. Mein Haupt und Meine Haare schillernd wie Messing, leuchtend wie Coca, Meine Augen wie blaugrüne Smaragde; Meine Eichel glänzend wie Goldbarren, die im Schmelzofen glühen, und Meine Stimme ist wie die von Bob Marley. In Meiner Rechten halte ich Meine Peitsche, und aus Meinem Mund stößt Meine glitschige Zunge, und Mein Gesicht leuchtet wie die machtvoll strahlende Sonne. Als Du Mich siehst, fällst Du wie abgefickt vor meinen Füßen nieder und lutschst Meinen platinernen Lingam. Ich aber spreize Deine Beine und sage: Fürchte Dich nicht! Ich bin der Erste und der Letzte und der Lebendige. Ich schwängere Dich in Ewigkeit, und Ich habe den Schlüssel zu Deiner Muschi und zum kleinen Tod. Himmel und Erde werden vergehen, aber Deine Yoni wird nicht vergehen. Ich habe Mich entäußert, bin Mensch geworden und habe den Weg des Heiles erschlossen. Ich zögere nicht mit der Erfüllung der Verheißung, wie einige meinen, die von Coitus interruptus reden, Ich bin geduldig mit Dir, weil Ich nicht will, daß Du Dich befingerst. Und Mein Geist weitet die Enge Deines Schoßes. Ich gebe Dir ein Loch aus Fleisch. Der Tag des Herrn wird kommen wie ein Dieb. Dann wird der Himmel prasselnd vergehen und die Elemente im Brand Deines Mösenfeuers, Meiner Verheißung gemäß. Abgrund gestern. Abgrund heute. Abgrund in Ewigkeit. Jeder Gipfel bist Du. Jeden Zentimeter schluckst Du und gebierst immerdar, wirfst und säugst in immerwährender Glorie. So sei es. Als ständig begrapschte Kellnerin und begehrter Männerschwarm hättest Du in ewige

Karenz gehen müssen, was in der Natur der multiplen Aufzucht von Nachkommen liegt, da diese die Figur erweitern, aber *es ist geil*, und Du wärest für immer nach Österreich gezogen und wir hätten durch das Kindergeld einen Batzen Geld zusätzlich erhalten, hätten unseren wertvollen Beitrag zur Bevölkerungsökonomie geleistet und wüßten in unserer Freizeit um vielerlei Kinderlieder und Basteleien, wenn wir nicht gerade schrieben, musizierten, äßen, kochten, schliefen oder uns ausgiebig liebevoll fortpflanzten. Aber du stinkst … wie die ranzige Brunze vorm Lirtzz.

Amen, ich sage Dir:
Heute noch wirst Du mit mir im Paradies sein.

Lukas 23,43